Karl Ulrich Lippoth

Schwermetall

Musikalische Landpartie

Karl Ulrich Lippoth

Schwermetall

Musikalische Landpartie

Bibliografische Information der Deutschen Nationalbibliothek:
Die Deutsche Nationalbibliothek verzeichnet diese Publikation in der Deutschen Nationalbibliografie; detaillierte bibliografische Daten sind im Internet über http://dnb.dnb.de abrufbar.

Herstellung und Verlag: BoD – Books on Demand, Norderstedt

ISBN: 978-3-7519-9452-1

›Die Frage ist zweifellos berechtigt, und das Problem ist recht interessant, denn die Gründe dieser Erscheinung würden sich bei der Beobachtung vieler allgemeiner Tatsachen ergeben und, einmal aufgewiesen, zur Erklärung mehrerer anderer, ähnlicher Erscheinungen führen; es wären aber viele und weitschweifig zu erörternde.‹

Manzoni

SCHWERMETALL

I. KRÄFTIG – ENTSCHIEDEN

Herrisch und dreist hielt sich Emil Eduard Daus, der sich, seit er zu heiraten beschlossen, der Belfagor nannte und für einen Teufel hielt, auf seiner Türschwelle und schnitt Grimassen um ein zwischen den Zähnen steckendes Zigarillo herum. Der linke Fuß wippte in Empfindung einer schnell getretenen Basstrommel, und jedes Mal, wenn der Daus oder Belfagor einen Schwall Rauch in die Morgensonne blies, kniff er die Augen zusammen, nickte entschieden, aber ohne Begeisterung im Takt einer nur ihm hörbaren Chorzeile, und in seinem Gesicht spielten durch den Rauch stoßende Sonnenstrahlen, als wären sie Scheinwerfer und leuchteten über eine Bühne. Ein Mann von solcher Art, die schon der Kirchenvater nennt und böse wird darüber und mit hart geballter Faust ein solches sagt: Da mögen sie nun lächeln, die Selbstsicheren, die noch nicht heilsam von Dir, mein Gott, hingeworfen und zermalmt sind; Emil Eduard Daus, durchaus nicht hingeworfen und schon gar nicht heilsam, noch nicht, vielmehr im Begriff sich zu verheiraten und den Kopf noch höher erst zu tragen; dieser Selbstsichere begrüßte den Tag. Um ihn her war nichts als Vogelgezwitscher zu hören, rund um einige zueinander und ineinander gedrängte Gärtchen samt kleinerer Häuser und niederer Obstbäume ragte der Wald, als befände man sich hier in einer noch jungen Rodung tief in unerschlossenem Gebiet, wo man den Pastor lange suchen muss. Vom See her ging ein leichter Ostwind, der kaum die Baumspitzen regte. Und trotz der Sonne war der Morgen kalt, es war erst Ende April.

Einige zwanzig Meter vom Haus entfernt auf der Straße stand schon seit einigen Minuten ein großer schwarzer Wagen älteren Baujahrs, vom Hausherrn unbemerkt oder nicht zur Kenntnis genommen. Die Insassen, zwei Männer um die Vierzig, saßen still und sahen staunend zum Haus. Sie sahen Emil Eduard Daus; sahen, wie er, der sich der Belfagor nannte, seit er zu heiraten entschlossen, den Morgen begrüßte. Sie staunten über ihn. Der Fahrer, untersetzt, aber stramm, über dessen Bauch sich ein buntes Hemd wölbte und den daher stark verzerrten Kopf eines Monsters zeigte, nickte, je länger er zusah, je stärker mit dem Kopf. Das Staunen wich von ihm, indem er so nickte, und machte einem Ausdruck von Zufriedenheit platz, einem sehr harmonischen Ausdruck, als sei es dieser Mann seit längerem gewohnt, so auf die Dinge hinzusehen – als gewährte ihr Anblick ihm, sich für einen zufriedenen Menschen zu erachten. Und jetzt gerade blickte er hin auf musikalische Dinge, auf die Frage – genauer – welche Musik Emil Eduard Daus dort auf seiner Schwelle im Sinn hatte, dass ihm Fuß und Nacken zuckten, und genau das glaubte er zu wissen, denn hier ging es um Schwermetall, und da beanspruchte er Expertenrang.

Einem Mann von so scharf verzeichnender Sinnesart mit einem gewöhnlichen Namen Schmach zuzufügen, hätte wohl seine Befähigung beeinträchtigt, sich zufrieden zu zeigen, und so hieß er klangvoll Karl von Kurtz. Neben ihm auf dem Beifahrersitz ein länglicher Kerl in einer alten Lederjacke, der eben seinen Morgenjoint geraucht und so seine Wahrnehmung dessen, was da ist, zugunsten dessen, was dahinterliegt (wohl unterschieden) vermindert hatte. Da er sich unbequem vorbeugen und den Kopf wenden musste, um den Daus auf seiner Türschwelle erkennen zu können, war seine Wahrnehmung noch obendrein beschränkt. Er zwinkerte angestrengt, aber es wollte ihm durchaus nicht einleuchten, was Emil Eduard Daus und Karl von Kurtz in diesem Moment verband. Dieser Mann hieß Pütt. Pütt hatte kein solches Einsehen wie sein Fahrer. Er sah den Daus auf der Schwelle stehen und räusperte sich mit einer Art Schrei. Karl von Kurtz nickte und trommelte auf dem Lenkrad, Pütt räusperte sich lauthals, und beide sahen hin auf Emil Eduard Daus, der den Morgen auf seiner Türschwelle begrüßte. Sie staunten. Und nicht so sehr über den Daus staunten sie, den sie immerhin wiedererkannten, obwohl er jetzt kurze Haare und zur Jeans ein blütenweißes Oberhemd trug, was, wohlverstanden, überaus lächerlich war. Vielmehr staunten sie über sein Haus. Als sie gelegentlich gehört hatten – von Anna Neander – dass der Daus sich einen Besitz in Caputh am Schwielowsee zugelegt habe – als sie das gehört hatten, diese Männer aus dem Wedding... sie hatten traurig lächelnd genickt: Ja, ja, hatten einander bestätigt gefunden, wie der Mensch herunterkommen kann, wenn er nicht gut achtgibt, und hatten vor dem geistigen Auge eine Villa mit Portikus und Weibern, nackt in Stein gehauen, sehen können, schändlich grünen Rasen und am Steg ein Motorboot mit aufgepumpten Muskeln. Nun der Daus im weißen Hemd vor einem Neubau! Hässlich, dieses Haus, und unscheinbar, die Mauern rot, die Fenster weiß, der Garten eine Baustelle mit Büschen. Das Gras war schütter, sandig, hilflos aufgestellte Bäumchen standen da und regten kümmerlich die Zweige.

Überhaupt, die ganze Gegend hier, Caputh am Schwielowsee – jetzt erst fiel es ihnen auf, wie sie im Auto saßen und erstaunten – diese ganze Gegend hier enttäuschte sie: Wo waren denn bitte die Villen, die man sich vom Wedding her hier dachte? Überall nur Häuschen, Sozialismus, trockne Gärten. Nicht mal Zäune zwischen dem Besitz, allein die Unordnung engherziger Versuche, hier und da mal etwas blühen zu lassen, der Bequemlichkeit des Auges halber, und der des Gesäßes mit einer Gartenbank zu schmeicheln; nur das Durcheinander, die

Verzweiflung, das Scheitern dieser Versuche errichteten dem Auge Grenzen hier, Begrenzung, wirr verschachtelt ohne Plan – und mitten drin der Daus, der große, der gewaltig Geld verdient und einen Ruf hatte... Donnerhall, so böse. Vögel immerhin, man hörte Vögel schlagen, keine Grenzerfahrung, Vögel hatte es im Wedding auch, aber immerhin.

Pütt ertrug nicht länger diese Lage, das verständnislose Starren auf den Daus, die Vögel und das Garteneinerlei.... Mit kühner Geste, auf den Fahrer lauernd, warf er die Musik an, drehte laut, es klirrte, zitterte und schlug im Wagen. Niemand lärme mir dazwischen, sagt der Kirchenvater, da man ihm dazwischenlärmt, und wäre Karl von Kurtz beim Memorieren der Kirchenväter aufmerksamer gewesen, er hätte ganz sicher Pütt beschieden: Niemand lärme mir dazwischen! Denn eine Neigung zu schonungsloser Kürze besaß er ohne Zweifel. So stieg er einfach aus. Es war die Musik, Pütt hatte falsch gewählt. So konnte er sich nicht sammeln und nicht zu einem Urteil über diese sonderbaren Umstände kommen, in welchen sein Freund, der Daus – sein alter Freund von damals, den er Jahre nicht gesehen hatte – das Dasein jetzt hinbrachte. Besinnung wollte er und Urteil, aber die Gitarren heulten! Entschlossen stieg er aus.

Pütt indessen warf sich im Sitz vor und zurück, stieß mit der Nase fast ans Armaturenbrett, und hinten schlug sein Kopf bedrohlich weit über die Kopfstütze. Ganze sieben Mal schnellte er so hin und zurück, dann erst sprang er aus dem Wagen, streckte seine Arme, wiewohl sie eher dürr waren, drohend zum Himmel und schrie etwas wie »Supershitty«. Schließlich hieb er mit den Fäusten auf das Wagendach. Er richtete keinen Schaden an, aber den Versuch musste Karl von Kurtz anerkennen. –»Genau«, rief er und hieb nun auch aufs Dach.

Angesichts zweier Männer, die vor seinem Haus auf einen schwarzen Wagen hämmerten, wäre es jetzt an Emil Eduard Daus gewesen zu staunen. Aber er stand weiter in der Morgensonne, paffte sein Zigarillo und lächelte ohne eine Spur von Erstaunen, gar etwas abschätzig. Mit einer knappen Handbewegung bedeutete er Karl und Pütt, ihm zu folgen, und verschwand in seinem Haus. Die Besucher fanden so ihren Widerwillen gegen die neuen Lebensumstände eines alten Freundes wieder und schritten durch den Garten mit gefurchter Stirn, Pütt sehr finster, Karl nur ohne Glauben. Mit langausgestrecktem Arm zeigte er Pütt alles, was bedenklich war: den halb versteckten Wagen hinterm Haus, Ferrari; einen Blümchensonnenschirm und Plastikstühle zwischen zwei im Staub verkrümmten Bäumchen, Kirschen; eine Katze, struppig, die um einen Schuppen strich, der bald dem Einsturz nahe war. Pütt verfolgte das Bedeuten, ruckhaft warf er seinen Kopf herum, mit aufgesperrten Augen. Seine Arme waren willenlos, hingen schlenkernd an den Schultern, wenn er sich herumriss.

Sie betraten ein mit wenigem, aber teurem Mobiliar erst halb und nicht sehr passend ausstaffiertes Zimmer. Emil Daus hantierte an einem Schrank, mit Flaschen sichtlich besser ausgerüstet als sonst das Haus mit Einrichtung, und schenkte Whiskey aus einer geschliffen funkelnden Karaffe in schwere Gläser. Die reichte er den Gästen.

»Das ist schlimm«, sagte Karl von Kurtz. Er sprach mit Bedeutung, hielt sich fest im Kreuz und fasste Emil Daus ins Auge: »Und ich dachte, du bist dekadent geworden.« – »Böse«, sagte Pütt.

»Dekadent und böse«, sagte Karl, »das ginge ja noch an, aber böser Spießer? Unschön.« – »Ist halt noch nicht fertig hier«, bemerkte Pütt und grapschte nach dem Glas. Emil Eduard Daus steckte gesegnet voll Gleichmut. Ganz recht, dieses Projekt war noch nicht fertig – und sollte es nicht sein. Er wies um sich: »Das Heim bestellt die Frau, die wird ja noch geholt, nicht wahr?« Und er fügte hinzu: »Wozu heirate ich denn!«

Pütt musterte einige herumliegende Musikalben und verschluckte sich. Er hustete: »Nein, nein, die nicht, das Heim bestellt die nicht, nur Bücher! Scheißmusik, was ist denn los mit dir?« Karl von Kurtz, mit steifem Rücken, warf einen Blick auf die Musik und spitzte seine Lippen. Das Glas, das Emil Eduard Daus ihm, Karl von Kurtz, dem Fahrer, aus Gedanken- oder Verantwortungslosigkeit oder nur der Vollständigkeit halber gegeben hatte, reichte er Pütt: »Trink du.« Er schob die Hände in die Hosentaschen, hob das Kinn und fragte: »Anna sagt, sie nimmt dich, weil du so viel Geld gemacht hast. Muss ich mich um Anna sorgen?« Und er hob das Kinn noch höher, sah zur Decke, kniff die Augen zu. Das war ein Schmunzeln, eine Art; bei Karl von Kurtz war Schmunzeln Härte mit entblößtem Kehlkopf.

»Kaum«. Emil Eduard Daus sprach weder prahlerisch noch zu bescheiden. Allerdings: Er lachte in sein Glas. »Ich habe noch mehr Objekte... im privaten Gebrauch... vorübergehend, immer nur vorübergehend. Eins in Dahlem, eins in Friedenau, und eins... na, ist ja gleich. Und dieses Haus, hmm... es gilt den Schein zu wahren, nicht wahr?«

»Ja, verstehe«, sagte Karl von Kurtz, »dann ist es schlimmer, als ich dachte.« Pütt beklagte, dass er nicht verstehe: »Dieses Haus ist scheiße, das versteh' ich.« Sein Unverständnis für die Verhältnisse, in denen Emil Eduard Daus als Ehemann sich einzurichten im Begriff war, ließ eine kurze Pause entstehen. Emil Eduard Daus stahl sich im Verlauf dieser Pause ein Grinsen ins Gesicht, ein Grinsen, wie gesagt zu werden verdient, welches durchaus böse war. Er sagte: »Jungs, als wär's gestern! Herrlich.« Er präsentierte Zigarillos. »Raucht mal die, die sind in Whiskey eingetaucht.« Und Pütt griff zu, Karls Nein war nur ein Ruck im Kinn. Pütt und Emil rauchten, wohlverstanden, hingegeben, dass ihre Sinne ganz und gar die Lust am Rauchen ihnen wiesen. »Und ihr beiden«, sagte Emil Eduard Daus mit List und Vorsatz, »hängt noch miteinander rum.« Er dachte wohl, jetzt Würze ins Gespräch zu bringen. Karl von Kurtz, getreu dem Satz des Kirchenvaters, dass, um Alles aus dem Nichts hervorzubringen, Eines reicht, versetzte knapp und streckte seinen Bauch vor: »Jepp.« Das musste auch ein Emil Daus zur Kenntnis nehmen. Dann war Pütt soweit, er stierte in sein Glas, er suchte, schwenkte es, o nein, es war nicht leer, Pütt trank, er warf den Kopf nach hinten, trank und sagte: »Yippie! Yeah!«

Es machte sich jetzt doch bemerkbar, dass diese drei Pastoren, wie sie einstweilen schon einmal angesprochen werden sollen, sich so lange nicht gesehen hatten. Als Karl im Auto gesessen und den Daus angesehen hatte, auf der Schwelle, wie er nickte, war es ihm wie Gestern, Freude, Holla vorgekommen, ein Erkennen, Schauern, Wiedermal, als wäre es wie eh und je, man könnte weitermachen, wo es abgerissen war. Da war er einem Irrtum aufgesessen. Allerhand. Er dachte nach und wurde förmlich: »Du trinkst Whisky.« Emil Daus sah prüfend in sein Glas. »Nicht ganz. Ich trinke Bourbon, straight. Ich trinke single barrel.«

Pütt erschrak und heulte auf. Er dachte an seine Leidenschaft für Malt, den irischen, jene Leidenschaft, die ihn mit Anna Neander verband, wenn ihn auch sonst nicht mehr viel mit ihr verband. Er hatte seine Zweifel, leidvergessen roch er an dem Bourbon, fragte sich, ob Anna das verdient hatte. Strafe, ja, aber Bourbon? Unbeirrt erkundigte sich Karl von Kurtz nach allem, was ihm maßgeblich erschien, und was er wissen musste, um zu sehen, was hier eigentlich geschah; warum es eigentlich geschah: »Und hast nie mehr gekifft?« – »Wie angekündigt.« – »Und hast Geld gemacht.« – »Wie Heu.« –

»Mit Immobilien.« Emil Eduard Daus, es war ja Zeit, nahm sich sein Glas vor, nippte, schnalzte mit der Zunge, nickte.

»Tja. Und bist berühmt, ein Immobilienhai, wirst angeprangert, öffentlich. Ich kenne Leute, die das interessieren würde, wo du den Ferrari parkst.« Das waren Feststellungen, einfache Tatsachen, die Karl von Kurtz sich einprägte, unumwunden, ungerührt, damit die Fakten unbestreitbar wären, wenn er dennoch die Geschichte nicht verstand. – »Ja, allerhand.« Pütt maulte.

Emil Eduard Daus focht das nicht an, er stellte bloß sein Glas ab, dumpf, ein satter Ton stand noch im Raum: »Ich handle konsequent.« Das interessierte Karl von Kurtz, er nahm das zweite Glas, das Pütt im Trotz dennoch geleert hatte, und stellte es daneben, horchte auf den Klang. »Konsequent!« Der Klang war rein, und rein war das Begehren Karls von Kurtz, er wollte Aufschluss. »Und wie ist es mit Gemeinheit?« – »Konsequenz. Ich strafe Dummheit.« – »Wer nicht sehr gerissen ist, ist dumm. Verstehe.« Karl verzog kaum eine Miene, Wertung brauchte es hier nicht, nur eine Haltung. – »Ja, wer mein Interesse nicht erkennt, nicht wahrhat, was ich will, ist dumm, nun ja«, erwiderte der Daus in großer Ruhe. »Ja, die Anna«, sagte Karl, »nun sieh mal an, ihr heiratet!«

Emil Eduard Daus zuckte der Mundwinkel. Wohl nicht das Verhör, vielleicht aber die darin zur Anwendung gebrachte Taktik konnte er anerkennen. Karl von Kurtz verbarg immer noch einen gewissen Scharfsinn hinter seiner barschen Art, über alles hinwegzugehen, was nicht in seine Welt passte. Und Karl von Kurtz lebte nun einmal in einem Comic. Semjon Schlechta hatte das mal festgestellt und irgendetwas von Stilmitteln des Comics, Reduktion und Immanenz des Mannigfaltigen im stilisierten Bild gesagt, das übliche Geschwätz, nur so viel stimmte: Karl von Kurtz lebte in einem Comic. »Ja«, sagte Emil Eduard Daus darum und vermied es, Karl anzusehen:

»Ich glaube, ihr seid deswegen hier.« Beim Blick auf Pütt überwand aber doch etwas wie ein unbeherrschtes Lächeln seine Aufführung. Auf ein solches Zeichen, dass ein Emil Eduard Daus immer noch aus der Kulisse heraustreten könne – oder auch herausstolpern – schien Karl von Kurtz gewartet zu haben. Er legte ihm feierlich die Hand auf die Schulter und verkündete:»Das wäre alles... wir können dann fahren.« Damit wandte er sich um, ernst und gesammelt.

Emil Eduard Daus, wie angenommen werden muss, war sein Wackeln in der selbsterrichteten Kulisse durchaus bewusst, weshalb er nun gleich die Haltung fahren ließ und neugierig nachhakte:»Dekadent und böse? Ja?« Aus Gründen, die noch deutlicher hervortreten werden, erweichte diese ungedeckte Neugier Karl von Kurtz, ja, sie rührte ihn geradezu an, und so ließ er die Strenge, trat auf Emil Daus zu und umarmte ihn, förmlich, steif, nicht ohne Zier, doch war ihm gut. »Hab´ ich gesagt, dass ich mich freue, Mensch?« – »Nein«, erwiderte Emil Eduard Daus und zupfte seinen weißen Hemdkragen, »das hast du nicht.« – »Du auch nicht.« – »Scheißzigarren«, sagte Pütt. Er starrte angewidert in den Aschenbecher und sah zu, wie seine eigene Hand den Zigarillo Zentimeter um Zentimeter zu Krümeln rieb. Gefährlich sah er aus, ein kalter und gewissenloser Täter: »Emil Daus, das stinkt nach Schnaps. Schnaps muss man trinken, Mann, und rauchen muss man Shit!«

»Pütt hält Reden«, staunte der Daus, »wer hat ihn das gelehrt?« – »Semjon«, sagte Karl, »er hängt den ganzen Tag bei Semjon rum.« Pütt widersprach, energisch: »Niemand«, rief er, »niemals, nie, ich rede wie ein Fürst!« – »Ach, Semjon?« Emil Daus hielt sich an Karl: »Der lebt noch?« – »Schon.« – »Und ihr... ihr seht euch...« – »Schon.« – »Den hätte ich natürlich auch einladen können«, überlegte er und dachte hin und her, »ach was«, er schüttelte den Kopf:»Nein, nein, das wäre wieder dekadent und böse.« – »Das habe ich für dich geregelt«, sagte Karl von Kurtz. Er machte seine Lippen schmal und zeigte sich beflissen, dienstbar, als ein Mann zugleich, dessen moralischer Rigorismus es seinem Gegenüber unmöglich machte zu unterscheiden, ob Härte oder Milde ihn durch diesen Mann betraf. »Dachtest du, ich fahre ohne Semjon? Wir fahren jetzt gleich zu ihm hin, er wartet schon.« – »Zu Semjon!« Für Pütt dauerte das hier schon zu lange, zumal er durch die Kombination von Schnaps und Drogen am frühen Morgen hinreichend benommen war, jede Veränderung des Gegebenen zu begrüßen. Er wankte aus dem Haus, das Whiskey-Glas noch in der Hand. Emil Eduard Daus schüttelte den Kopf. »Konsequent«, sagte er und ging. Immer noch beflissen folgte Karl von Kurtz. Er zog die Haustür zu, überwachte Emil Eduard Daus beim Schließen und zeigte sich erst zufrieden, als der Schlüssel zweimal umgedreht worden war: »So. Vorne steht mein Wagen, der ist neu, den kennst du noch nicht, Benz, sonst alles wie gehabt. Schwarz und schmutzig. Schwermetall.« Er wies auf seinen Wagen.

Pütt, der auf halber Strecke seinen Schwung verloren hatte, stand angewurzelt im Garten und kratzte sich am Kopf. Die Vögel sangen nicht, vorn auf der Straße dröhnte es im leeren Wagen, Gitarren, schwer und nass, dazwischen eine Kopfstimme, irrlichternd über dem Dröhnen. »Moormusik« hatte Emil Eduard Daus so etwas früher genannt, verächtlich, weil Karl von Kurtz diesen Morast als Geburtsstätte allen Schwermetalls verehrte. Neben Pütt stak zwischen Grasbüscheln ein Nachtlämpchen im Sande Brandenburgs, daneben lag das Whiskey-Glas. Eine Lampe, ein Glas, Pütt, dazu war es gekommen, und es hatte nicht den Anschein, dass Pütt sich selbsttätig aus diesem Arrangement zu lösen wüsste. Entgeistert studierte er das Lämpchen.

Vorsichtig, auf Zehenspitzen, um ihn zu schonen und seinen Erkenntniswillen zu ehren, der wütend auf die Lampe drang, passierten ihn die beiden Anderen. Am Wagen holte er sie ein, gerötet, dass er dieses Abenteuer ausgestanden, schnaufte durch und prustete:»Ist es nicht besser, wenn gleich Semjon vorne sitzt und nicht hinten neben Daus... vielleicht?« Er hatte seine Zweifel. Da saß Emil Eduard Daus längst auf dem Vordersitz und kramte Pütts Gepäck aus dem Fußraum vor, Verpflegung, Sachen, Lumpen, die er nicht mal nennen konnte, und warf alles auf die Rückbank.

Karl von Kurtz ließ den Motor an, stellte die Musik aus und wendete den Wagen, ruhig, mit Umstand, wie es seine Art war. Seine Art war es, gründlich nach der Vorschrift vorzugehen. Streng nach Liste führte er jeden Handgriff aus, getan wie abgehakt, jeden Handgriff, und achtete, dass jeder Handgriff einzeln unternommen wurde, nichts sich mischte zu gleicher Zeit. Emil Eduard Daus sah ihm zu, als fühle er sich an einen alten Angsttraum zurückerinnert.»Welch ein Glück«, sagte er, »dass ich dir nicht beim Wichsen zusehen muss.« Er betrachtete seine Hände und verzog das Gesicht. Karl von Kurtz bediente zärtlich lehrbuchhaft den Automatikhebel und fuhr an. »Du hast dein Gepäck vergessen«, gab er ihm zur Antwort, »jetzt ist es leider zu spät zum Umkehren, ich kehre nicht um. Ich kehre niemals um.« – »Ich habe kein Gepäck.«

Der stolze Satz erfuhr von der Rückbank her ein empörtes Murmeln als Echo. Gleichzeitig wurde an etwas genestelt, gekramt, das Murmeln wich einem Schnaufen, schließlich zischte ein Bier. Das immerhin war, wie es immer gewesen war – Karl stellte es mit Befriedigung fest: Nicht alle Lebensäußerungen Pütts riefen in seiner Umgebung Reaktionen hervor. Manche verhallten einfach im Bewusstsein, blieben unerhört. Er beobachtete im Augenwinkel, wie Pütts Genestel und Murren auf der Rückbank an Emil Eduard Daus vorbeizog, ohne irgendeine Regung bei ihm zu bewirken. Der Wagen rollte an Häusern und Gärten vorbei, kleinen Häusern und Gärten, die wirr und regellos dazwischen lagen, einzelnen Villen, einem Bootsclub. Karl lag mit verschränkten Armen auf dem Lenkrad und musterte alles aufmerksam. »Abscheulich«, sagte er und wies auf den Bootsclub. »Hast du da dein Boot?« – »Ja.« – »Was für eins?« – »Ein kleines Segelboot.« – »Ohne Motor?« – »Hilfsmotor. Er knattert sehr.« – »Segelboote sind scheiße.« – »Genau«, schrie Pütt von hinten.

Karl ließ sich in den Sitz sinken, er wusste jetzt Bescheid über die Gegend, er war jetzt fertig mit ihr. Hier zu leben war ein Traum, den er nicht träumte, und er wusste nicht mal anzugeben, warum nur eigentlich er diesen Traum nicht träumen konnte. »Fahren wir«, sagte er und schnallte sich an. Seine Hand näherte sich der Musikanlage. Vor ihnen schloss sich eine Schranke. Auf der Herfahrt hatten sie nichts bemerkt, keine Schranke, Schienen, nichts, wie Rotwild stahlen sich die Gleise aus dem Unterholz und schlüpften wieder rein, im Straßenstaub dazwischen lagen sie fast unsichtbar. Emil Eduard Daus kam das gelegen. »Oh, na bitte«, sagte er, »das dauert jetzt.« Pütt erschien zwischen den Sitzen, um zu sehen. Emil Eduard Daus hatte wieder diesen Tonfall wie damals, wenn er entschlossen gewesen war, etwas Unvernünftiges, Gewalttätiges oder sonst Verrücktheiten zu begehen; etwas, das sich ansehen ließ wie einen Film, man lehnte sich zurück und sah es sich an, doch sah man etwas an, das wenigstens Pütt vor das Rätsel stellte, wie man so etwas tatsächlich tun konnte, es ausführen, den Impuls dazu in sich erzeugen. Ein Paradox. Und Emil Eduard Daus stiegt auch schon aus dem Wagen, mit der Ruhe des Mannes, der unaufhaltsam ist, weil er das Unabdingbare tut, lief seitab den Weg hinunter, der zum See ging, schmal, nur Sand und spitze Steine. Ungenau war eine Brücke zu erkennen, die die Gleise übers Wasser führte. Emil Daus war jetzt am Ufer und begann damit, sich auszuziehen. Erst fiel das weiße Hemd, das, wohlverstanden, albern weiße Hemd, es wurde abgetan mit herrischer Gebärde; darauf fielen auch die Jeans, die albernen, die Wäsche riss er sich vom Leib. Im Wagen sahen zu: Hier Pütt, vor kalten Augen lief der Film ihm ab, dort Karl von Kurtz, dem Neugier Frieden schenkte. Vor der Schranke querte jetzt ein Vorortzug, erst langsam, dann beschleunigt, rollte auf die Brücke zu. Der Daus erstieg die Böschung zu den Schienen, stand jetzt splitternackt am Gleis und wartete den Zug ab. Pütt dachte an die Leute, die im Zug nach Potsdam fuhren und den Daus erblicken mussten. Die Szene war so schlicht und übersichtlich, dennoch komisch, das war ganz nach seinem Sinn. Ein Nackter steht am Zug! Er lachte, bis ihn Karl mit einem Blick verstummen ließ.

Als der Zug vorbei war, betrat Emil Eduard Daus die Brücke. Vom Wagen aus sah man ihn erst wieder, als er zwischen Stahlstreben hervor an den Rand trat. Er sah nach unten, sprang sofort. Fünf, sechs Mann hoch war die Brücke, zwei Mann hoch die Woge um den Daus. Die Schranke hob sich, Daus versank. Der Wagen wartete. Jetzt legte Karl sich wieder mit dem Arm aufs Lenkrad, stellte die Musik ab. Jemand hupte, Pütt stieg aus und fuchtelte erbost mit beiden Armen. Das sah nicht eben furchterregend aus, bewirkte aber Frieden. Daus kam hoch, er tauchte prustend auf und ruderte ans Ufer. Dort, mit einem Schütteln wie ein Hund, bekleidete er sich ohne Eile, machte trabend sich zum Wagen auf. Nichts, niemand hupte, da war Pütt vor, riss sich hin und her, mal Richtung See, mal Richtung Straße, wo zwei Wagen standen. Schlenkernd hingen seine Arme an den Schultern. »Irgendwer hupt immer«, sagte Emil Daus, als er herankam, ganz durchnässt das weiße Hemd. Er strich das Haar zurück. »Das mach' ich immer, wenn die Schranke runtergeht. Macht angriffslustig, dreist und klug. Da springt viel Geld im Kasten.« –

»Können wir?« Es fragte Karl von Kurtz. Er ließ den Wagen an und die Musik, ein Heulen, Pfeifen, Wettern, rasend. Unerlässlich für die Landpartie. Dann stieg noch Pütt ein, langsam rollte, holperte der Benz über die Schiene, Schwermetall. Da es von hinten hupte, blieb er nochmal stehen, drohend sprang Pütts Tür auf, bloß einen Spalt breit; schloss sich wieder. Schleichfahrt durch Caputh am Schwielowsee, der Schalldruck stieß sich durch den Wagen. »So, wo wohnt denn Semjon jetzt?« – »Neukölln.« – »Natürlich.« Pütt erzeugte hinten ein Geräusch. Es klang wie Klage, wie Mechanik, wie ein schadhaft Räderwerk, es machte: Prrrt. Er sang die Schlagzeugpartie mit.

Emil Eduard Daus ließ keinen Zweifel aufkommen, dass er Geschäftsmann war. Solange sie stadteinwärts fuhren, hantierte er mit seinem Telefon, regierte seine Welt mit Kurzkommandos, und die Finger huschten herrisch um den Apparat. Er trug ihn in der Hosentasche bei sich, die aus genau diesem Grund – das vermutete Karl von Kurtz immerhin, und Karl von Kurtz vermutete nicht ohne Grund – so weit geschnitten war, dass dieses Machtmittel in der Hose Platz fand. Emil Eduard Daus empfing und machte Mitteilung, er prüfte, fragte etwas ab und hatte sein Interesse, fluchte viel und grinste viel – und sein Fluch war hochherzig und endgültig, fast wonnig allerdings, das Grinsen voller Niedertracht. Karl von Kurtz lag hinterm Steuer, hatte seinen linken Fuß aufs Armaturenbrett gestemmt, knapp zwischen Tür und Lenkrad, das er mit zwei Fingern hielt. Der Bauch hing straff im Gurt, und nichts in seinem Blick verriet Bewegung, innerlich. Nur der Bauch im Gurt bewegte sich. Karl von Kurtz: Das war ein Mann von Haltung, und nicht nur das, er legte Wert darauf, dass etwas angedeutet lag in seiner Haltung; dass sie nicht für sich stand, sondern noch dazu, dass solche Haltung angemessen sei – gegeben dass die Dinge lagen, wie sie lagen, Karl von Kurtz ans Meer fuhr, Schwermetall, im Wagen Freunde, die er mit sich nahm. Ein Epiker, der nicht die Braue hob, die Stirn in Falten legte, mit dem Fuß aufpochte außer im gerechten Anspruch auf die Allgemeinheit seines Handelns, die Bedeutung seiner Taten, die zum epischen Gesang sich aneinanderreihten. Allerdings, was Pütt da hinten auf der Rückbank machte, blieb im Ungewissen – mangels Überlieferung. Von außen war nichts zu erkennen, und auch Pütt, er selbst, erkannte nichts und wusste nichts, da sein Gedanke sich vor ihm verschlüsselte.

Von Zeit zu Zeit nur, wenn ein neues Stück begann, blickte Emil Eduard Daus kurz auf, sein Telefon sank in den Schoß, und für einen Moment kehrte sein Blick sich nach innen, wanderte auf Karl zur Linken, Karl von Kurz, der keinen Finger rührte, keine Miene unter diesem Blick. Und Emil Eduard Daus, mit alten Freunden unterwegs zur Hochzeit, stand ins Gesicht geschrieben etwas zwischen Müdigkeit und zähem Wesen und Erheiterung. Doch er wandte sich wieder der Arbeit zu.

Erst als das Ziel erreicht war und der Wagen, wohlverstanden, mit viel Umstand eingeparkt in einer ruhigen Straße stand, fand Karl von Kurtz es an der Zeit, zu geselligem Sprechen zurückzukehren: »Geht das jetzt immer so weiter? Soll ich nicht dein Telefon für dich verwahren? Du bekommst es wieder, wenn die Hochzeit aus ist.« – »Nein, eigentlich ist alles unterwegs und spult sich ab«, sagte Emil Eduard Daus, »hab bloß noch ein paar Zufälle geordnet.« Er grimassierte, was ihm Karl als Teufelei, Pütt als Scham auslegte: »Selber schuld.« Er trampelte voran. Karl folgte. Emil Eduard Daus ließ seinen Blick über die Häuser laufen, diese Gegend sah er selten: Schmutzig-altes West-Berlin, im blanken Frühjahrslicht noch schmutziger anzusehen als im gröbsten Dreckwetter im Winter. Pestilenz und Räude. Ohne dass der Daus je als Bewunderer von Natur- oder Kunstschönheit von sich reden gemacht hätte, bemängelte er nuschelnd, was er sah: »Wie ist die Ecke traurig, kann der Pöbel nicht Geranien züchten? Lauter Fenster und kein Blumentopf! Die haben es verdient, dass man sie kurzhält. Und da wohnt er? Ist zum Heulen!« – »Nein, wir parken hier«, berichtigte ihn Karl von Kurtz und lehnte es so ab, Stellung in der Blumenfrage zu beziehen, dabei besaß er zwei Balkone, und Tomaten, Stachelbeeren, sogar Aprikosen wuchsen dort. »Semjon wohnt am Kranoldplatz, im Hinterhaus, sehr schön.«

Emil Eduard Daus seufzte. Sie bogen um zwei Ecken, immer dem Pütt hinterdrein, der mit Eifer, nein wie von Verlangen gepackt, vorauslief, folgten kurz der Hauptstraße und hielten vor einer vergitterten Durchfahrt: Zwei Gittertore mit noch einem Türchen darin. Pütt hatte schon geläutet, und sobald es knackte in der Sprechanlage – und schon das Knacken musste man dieser Sprechanlage durchaus nicht mehr zutrauen – ließ Pütt ein Heulen hören, das wie »Semjon« klang, und rüttelte am Gitter, bis es aufsprang. Emil Eduard Daus sah noch einmal nach links und rechts, bevor er durch das Gitter trat – geläufig alles prüfend, kalt geschätzt: Links war ein Laden mit Elektrokram, vermutlich Hehler, rechts wiederum ein Laden, doch vernagelt; alles Altbau, lange vor der Zeit erbaut schon damals für die Ärmsten, niemals renoviert, ein grauer Anstrich aus den 50ern. Nun ja, da half nicht mal Sanierung, nicht in dieser Gegend, nicht mal jetzt, da ja die Innenstadt schon näher rückte, Abriss, Abriss, und die Finger weg, wenn kein Investor eben Geld zu waschen hätte. Das Gittertürchen fiel fast wieder zu, noch eben hielt er es und folgte, schlüpfte durch das Gitter. »Ach, zum Heulen«, zischte er, sprach durch die Zähne, »aber Semjon mag's ja radikal. Kranoldplatz, als ob man nicht ein schönes Loch für ihn in irgendeiner Platte hätte finden können, Lichtenberg vielleicht. Man muss halt mal den Daus bemühen.« Also murmelnd, kam er in den Innenhof.

Da sah es schlimm aus. Emil Eduard Daus erstarb das Zischen und Gemurmel. In der Mitte des kleinen Hofes nahm eine wirre Zusammenrottung von Mülltonnen allen Raum ein, um die herum sich große Ballen Unrat türmten. Alles stank erbärmlich, viele der Tonnen waren selbst längst Müll und zwei sogar halb heruntergebrannt. Auf dem Müll waren schwärzlich die Spuren des brennend heruntergetropften Plastiks zu finden. Entlang der Hausmauern ein einziges Durcheinander von Fahrrädern und Kinderwagen sämtlicher denkbaren Grade des Verfalls. Kaum blieben schmale Pfade rechts und links, den Unrat zu umrunden und die Tür des Hinterhauses zu gewinnen. Um vieles trostloser noch als dieser Anblick war der Blick am Haus hinauf. Die Fassade grindig und geschwärzt, die Fensterrahmen wie leprös verrottet. Blind starrten Fenster in blinde Fenster gegenüber. Nirgends ein Schmuck, ein Vorhang, nicht mal schmutzig, Pflanzen, nicht mal eingegangen. Umso mehr zerbrochene Scheiben. Wären nicht der Müll und der Gestank, die hier von Leben zeugten, man müsste dieses Haus seit vielen Jahren unbewohnt vermeinen. Stiefeldreck und weggeworfener Werbemüll beherrschten den Hausflur, schmutzig ausgetretene Stufen führten in die Geschosse. Ein dichter Speckglanz schmierte sich auf alle Wände, und das Geländer mochte kein Lebender anrühren, und hätte er den phobischen Schwindel. Emil Eduard Daus beschleunigte seinen Schritt und sprang die Treppen hoch. Im zweiten Stock überrundete er Pütt, der eine Pause zur Einkehr machte. Im vierten traf er Karl von Kurtz. Langsam, regelmäßig, mit schwerem Stiefeltritt walzte er die Treppe hoch. Emil Daus reihte sich hinter ihm ein. Oben angekommen, hörten sie symphonische Musik, die durch eine der Türen drang, blätternd braun gelackt. Sie wies Löcher wie von einer langen Belagerung auf. Ein Klebezettel als Namensschild musste genügen: Schlechta. Emil Eduard Daus blies empört die Backen auf:

»Extremistenscheiße.« – »Ich habe Semjon nur gesagt, es geht ans Meer«, sagte Karl von Kurtz, bevor er klingelte. Trotz seines Bauches war er in guter Verfassung und schnaufte nicht mal nach den Treppen. »Von deiner Hochzeit weiß er nichts, das kann ich dir nicht abnehmen.« Karl sprach mit väterlichem Ernst. – »Warte, ich erinnere mich noch an einen Karl von Kurtz, der solche Artigkeiten peinlich fand, dies pädagogische Geklapse«, sagte der Daus mehr wütend als verächtlich. – »Ich spiele Schicksal mit dir, Emil Eduard Daus, du meine kindische Einfalt.« Karl von Kurtz sah sich zärtlich gestimmt, seine Intrige gelang.

»Ei der Daus«, sagte Emil Eduard Daus und baute sich entschlossen vor der Tür auf. Nach und nach kroch Pütt heran. Dann tat die Tür sich auf und Emil Eduard Daus, die Hände auf dem Rücken, weil er zu heiraten beabsichtigte, schoss mit langen Schritten in die Wohnung, kam erst tief im Flur zum Stehen. Wohlgeboren wandte er sich um und sagte: »Semjon, nicht erschrecken, wusste selbst kaum, dass ich hier bin. Und es geht nicht an die Ostsee, bitte komm auf meine Hochzeit mit. Wir feiern an der Ostsee, Anna...« – »...hat mich eingeladen, wusstest du das nicht?« Semjon Schlechta eignete sich den angefangenen Satz an, nachdem eine knappe Pause Emil Eduard Daus enteignet hatte. »Was erzählt der Unglücksmensch da, Karl?« Karl von Kurtz trat ein und wahrte schweigend seine Würde. – »Wieso muss ich schweigen, und dann lädt dich Anna ein!« Keuchend unter Protest rettete Pütt sich in den Flur. »Schweigen?«, fragte Semjon. – »Hab geschwiegen wie ein Fürst«, schrie Pütt ohne Atem, »weil Karl es so wollte: Sag dem Semjon nix, den überrumpeln wir, sonst kommt er nicht.« Semjon warf die Tür zu. »Kindskopf«, sagte er zu Karl. Der dankte die Herablassung mit Zeichen tiefer Demut. Sie traten auf dem Fleck in Semjons Flur. »Behaglich«, sagte Emil Eduard Daus.

Der Hausherr: Semjon Schlechta, hochgewachsen wie auch Pütt, von Alter wie die anderen Drei, wie Karl von Kurtz von fortgeschrittenem, jedoch unkritisch zu nennenden Bauchumfang, wie Emil Eduard Daus mit Spuren von Alkoholmissbrauch im Angesicht, doch nicht schon ohne alle Modulation. Die Haare trug er länger, leicht ergraut – er nahm sich gut aus gegen Daus. Das stellte Karl von Kurtz fest, als er sie so beieinander sah. Er rieb die Hände, während Daus sie auf dem Rücken hielt, der noch immer die Diele musterte. Da stand ein großer alter abgeschabter Schrank voll alter abgeschabter Bücher, noch eine Kommode im selben Stil, dazu zwei Stühle wie zwei schlanke Throne, abgeschabt, mit durchgesessenem Korbgeflecht. Das sah gediegen aus, nach Lebensart und anererbtem, abgeschabtem Gut. Emil Eduard Daus mahlte mit den Zähnen. »Geht ins Wohnzimmer zu Pütt, ich brauche noch ein wenig«, sagte Semjon Schlechta und verschwand durch eine der drei Türen. Karl von Kurtz wies Emil Daus den Weg. Sie fanden Pütt auf einem Sofa hingestreckt, ganz der Musik gegeben.

»Nicht übel«, brummte der Daus, »...für so einen Supermarktpunk.« – »Was?« Pütt schlug die Augen auf, unterzog sich gar der Mühe, den Kopf zu wenden. – »Was was!« – »Pütt will wissen, was das ist – ein Supermarktpunk. Ich auch.« – »Ach, Männer, macht mir keine Faxen, ihr hasst die Figuren doch auch! Punks, die zu gesetzt zum Schnorren sind, zu gute Manieren haben.« – »Nein.« Der Daus mit Zeichen der Verzweiflung: »Lumpen vor dem Supermarkt! Die Teufel, die da stehen und warten, dass man ihnen ins Gesicht sieht, wie es Menschen miteinander machen. Aber Kötern sieht man auf die Rute, ob sie beißen. Streif so einem mal die Physiognomik, nur ein Blick, da schnappt die Falle zu: Er lächelt unterwürfig, und du kannst nicht anders, als den Menschen zu erkennen. Diese Jesus-Attitüde: Ich bin der Erniedrigte! Abends Whiskey, weil du Jesus nichts gegeben hast und wütend bist. So ist das!« – »So.« – »Ja, Scheiße, Glückwunsch, hab ich mich kurzrund von dir zum Affen machen lassen?«

Emil Eduard Daus schlug sich vor die Stirn, blieb aber vollendet im ironischen Geleise. »Karl von Kurtz, da stehst du voll im Saft und bist so trocken im Gemüte, dass ein Mann von Herz und Hirn nicht anders kann und dich mit dem Grindschniepel bewässert, hmm. Das ist ja auch ein Lebenszweck.« Emil Eduard Daus freute sich herzlich über die Falle, in die er Karl getappt zu sein glaubte. Aber darum ließ er seine Sache nicht unvollendet. Er war es gewohnt, die Dinge zu ihrem Ende zu führen, und insonderheit, wenn er Dinge klarzulegen hatte, ließ er sich nicht abbringen von seiner Aufgabe durch den Gesprächsverlauf, Unterbrechungen in der Gedankenfolge oder sonst: »Manche Supermärkte sind wie übersät von den Leuten, das sind schon Kirchen! Interessante Methode, das Überlegen zu sichern, es erlaubt den Menschensöhnen Ortsfestigkeit. Das ist immerhin ein Zivilisationsfortschritt, zum Preis der bösen Absicht und der Selbsterniedrigung.« Emil Eduard Daus machte eine Pause und goutierte, wie Karl von Kurtz in strammer Abwehrhaltung dastand und reglos klarstellte, dass er solcher Ansicht niemals sei. Der andere fuhr fort. »Wenn du mal wissen willst, ob das Objekt was taugt, das du für deine Kleine kaufen willst, für deine Frau, du bist doch noch mit Elsa…? Ja. Dann sieh beim nächsten Markt nach, wie viele Jesusse da sitzen und mit ihren Menschenblicken fischen.« Emil Eduard Daus stolzierte kühn im Zimmer umher, während er dergleichen Aufschlüsse gab. Er setzte nun umso mehr voraus, dass sich ihm jedermann inhaltlich anschloss, der nur sauber den Mund hielt – das war zwar keine Überzeugungs-, aber eine Durchsetzungsmethode. Den letzten Satz schleuderte er Karl von Kurtz durchaus ins Gesicht, nachdem er vor ihm zum Stehen gekommen war, die Hände auf dem

Rücken. Und Karl von Kurtz überlegte, dass das ein neuer Zug an Emil war, den er noch nicht kannte: Er hielt Reden. Und nicht nur das – er hielt Reden, die viel zu lang waren für die Situation, in der sie gehalten wurden; der Situation, wie Karl von Kurtz sie wahrnahm, und Karl von Kurtz nahm alles schwermetallisch wahr, atemlos und schwingend, und nun solche Perioden! Emil hatte sich da eine lächerliche Angewohnheit zugelegt. So dachte Karl von Kurtz.

Emil Eduard Daus musste seine Besichtigung des Raumes, die er im Zuge seiner Erläuterungen über Elend und das boshafte Imitieren eines menschlichen Angesichts fortgesetzt hatte, mit der Erkenntnis beschließen, dass die Einrichtung ausgesprochen wohnlich war, alles alt und abgeschabt wie schon im Flur, aber dennoch ansehnlich, bequem, geschmackvoll, wie man leider sagen musste. Eindrücke, denen sich nicht einmal ein Daus und Belfagor gegenüber als unempfindlich erwies. Viele Bücher. Im offenen Fenster Sonnenschein und Bäume, von einem Schulhof drangen Kinderstimmen herauf. »So kann man wohnen, was?«, kam es vom Pütt auf seinem Sofa her. Und Karl von Kurtz, Emil Eduard Daus ins Angesicht, erklärte: »Pütt kommt her, wenn er vom Pütt-Sein fertig ist. Dann liegt er da.« Und indem er beobachtete, wie dem Daus etwas Verächtliches auf den Lippen brannte, setzte er hinzu: »Wenn Pütt zu dir kommt, wenn er bei dir da in Caputh rumhängt, dann hast du es geschafft, dann bist du wer.« – »Der Pütt als Trüffelhund für den gehobenen Lebensstil? Und Karl von Kurtz als Herrchen. Karl von Kurtz macht den Gewinn?« Nachlässig ließ sich Emil Eduard Daus auf einen Stuhl fallen. Bester Laune war er, ließ daran keinen Zweifel aufkommen und zeigte sich hochangeregt von diesem Besuch bei Semjon: »Na, ich glaube nicht, dass irgendeinem Menschen außer mir es einfällt, diese Wohnung fad zu finden. Das ist Grund genug.« Semjon Schlechta, eine Tasche über der Schulter, kam herein und sagte, er sei fertig. Karl von Kurtz trat vor ans Fenster, schloss die Außen-, dann die Innenflügel in der einzig möglichen Reihenfolge. »Emil Eberhard Daus«, sagte er, »gefällt deine Wohnung nicht. Ist ihm zu fad.« – »Du lebst hier wie der weise Mann vom Berg«, fiel Emil Eduard Daus ein, die Gelegenheit kam ihm gerade recht: »Draußen Sturm und drinnen Weisheit, Heiterkeit und frommes Schwärmen. Welcher Wandersmann, der sich nicht retten wollte, wenn ihm deine Höhle eingeleuchtet wird. Gib's zu, Semjon, das ist doch abgeschmackt. Immer nur Extreme, dieser Dualismus, alles systematisch...« – »Abgeschmackt.« Semjon Schlechta musterte Emil Eduard Daus andächtig. »Du kommst nach Jahren in mein Haus, wirfst einen flotten Blick auf all mein Dasein, mag es auch erbärmlich sein, und heißt es abgeschmackt. Ist das so richtig?« Semjon ließ ein Schnauben hören, jetzt war es an ihm, diesem Besuch etwas abzugewinnen, wenn auch keinen Spaß womöglich. »Als du jung warst, stand dir ein gewisser Trotz. Geblieben ist nur Unart.« – »Komm schon, du verstehst doch, wie ich's meine! Dieses Haus hier, dann die schöne Wohnung unterm Dach... Das ist so widerlich symbolisch, allessagend. Jede Kleinigkeit hier schreit doch: Siehe, was dahinter liegt, das siehst du nicht... wie aufdringlich.« – »Du hast die Wahl getroffen, Emil, hast vor Jahren deine Wahl getroffen, triffst sie jeden Tag erneut. Nur leb' damit und finde dich darein, und klag nicht mich an, dass ich dir verborgen bin.« Semjons Stimme zitterte. Hätte er sich jetzt eine Zigarette anzünden können... Er befürchtete aber, dass ihm dabei die Hände zitterten, und er wollte seine Wut nicht einfach preisgeben, noch nicht. Pütt starrte ihn an, Wasser in den Augen. Glücklos wischte er sich im Gesicht herum. Karl breitete die Arme aus und streckte seinen Bauch ins Zimmer: »Gut, das hätten wir, ihr habt euch wieder lieb. Wir fahren!« Pütt sprang dankbar auf. Auch Emil Eduard Daus erhob sich, zuckte mit den

Achseln, er war ohne Schuld, ein freies Wort zur rechten Zeit wird wohl erträglich sein! Er warf noch einen Blick zurück ins Zimmer: Da nun saß er also, Semjon Schlechta, und verachtete die Welt. Da saß er in seiner schadhaften Vornehmheit und bewies, unmenschliche Überwindung, dem Menschen Freundschaft, der ihm Anna weggenommen hatte, Pütt, und nein, nicht weggenommen – dem sie zugefallen war; der sie aufgelesen hatte wie ein Pfand im Müll, das Semjon achtlos weggeworfen hatte... Ist doch noch was wert! Emil Eduard Daus hustete vor Verachtung. Das war nicht vorstellbar, wie diese Leidgestalten, Semjon, Pütt, da saßen und mit nassen Augen zwinkerten.

Karl von Kurtz, unerschütterlich bei der Sache, verließ die Wohnung und baute sich im Treppenhaus auf. Er überwachte, wie die anderen nach unten gingen. Dann überwachte er, wie Semjon seine Tür abschloss. Mit behaglichem Knurren nahm er zur Kenntnis, dass Semjon Schlechta – nach ordnungsgemäßem Schließen – einen vorbereiteten Zettel an der Tür befestigte, der über dreitägige Abwesenheit Auskunft gab. Für wen dieser Zettel bestimmt war, wollte Karl von Kurtz zu gegebener Zeit erfragen. Emil Eduard Daus ging voran und entzündete sich im Gehen elegant eins der in Whiskey geschwenkten Zigarillos. Seinen Gesichtsausdruck zu dieser Handlung wählte er derart, dass er gleichermaßen ohne Umstand zu ausgelassenen Redensarten übergehen konnte wie zu bitteren Wahrheiten, die vermögend wären, Augen zu öffnen. Semjon folgte, Pütt hielt sich eng an ihn und raunte in sein Ohr, wobei er mehrmals stolperte und fast zu Fall kam. Semjon flüsterte begütigend einzelne Worte und hielt Pütt, wenn es notwendig war, vom Sturz zurück.

Den Schluss bildete, stattlich und feist, Karl von Kurtz. Mit schwerem Stiefeltritt bewegte er sich treppab und schmetterte Gesang. Entstehende Gesangspausen, verursacht durch

Textunsicherheiten, überspielte er instrumental und klopfte einen prächtigen Ehering auf das Geländer. Dazu intonierte er ein Tuten, bis er wieder etwas Text wusste: »Froggy and Tody...«, sang er, »o little star of Bethlehem... silent invisible conversation... one by one...«

Unter solchen Vorbedingungen galt es, den schwarzen Benz nach der Insel Rügen in Marsch zu setzen. Karl von Kurtz wählte zunächst ruppige, schmutzige Musik. Nordwärts arbeitete sich der Wagen durch die Stadt vor, schroff und rissig lärmten Perkussionen, und klirrender Basslauf stürzte in die Brüche, die in den Stücken aufrissen. Also kamen sie in offenes Land. Aus den Wäldern, aus der Kälte ließ die Sonne Dunst aufsteigen, undurchsichtig in der Nähe, ferner wie ein Gleißen. Semjon starrte in dieses Ferne als ein böses Träumen und Entsinnen, sah ins Helle, wie sie früher – diese Vier im Wagen – unzertrennlich damals – durch die Tage zogen, weich gewindelt alle in ein Wissen, dass zu leben intensiv ist; dass zu leben heißt, Intensität zu spüren ohne Sinn und Gegenstand, zu jeder Zeit bereit, sich auszuleeren. Anfang Zwanzig – Semjon riss es in der Brust, wie er so dachte – Jungs im Vollgefühl der Unerschöpflichkeit, der eigenen Bodenlosigkeit, vier Prahler, buhlerisch um jede Sensation bemüht, die sie verschwenden könnten an den Rausch, mit ihren Sinnen da zu sein; vier Säuglinge, die blind und taub nach Brüsten greifen, glucksen, wenn es gluckst, und unvermögend, je zu unterscheiden zwischen Wonne, die mit Milch einströmt, und Milch, die in der Wonne ist, Gedankenmilch. Vier Mann, die Mähnen tragen, schwarze Hemden, keiner Anmaßung den Prüfstein setzen, vier, die sich noch unbekannt geblieben sind, sich gegenseitig kaum gewahren, niemals tiefer ein Gesicht betrachten, als die Äfferei, Bestätigung der Unmacht reicht, im Spiegel des Gesichts die eigene Unmacht suchen, irgendeinen Halt zu wissen und bestätigen zu wollen. Affen, die der härtesten Musik den Vorzug geben, Schönheit aufbewahrt im Schonungslosen, in Gewalt und Krach; vier Menschenähnliche, die stolz auf die Verachtung sind, die sie erfahren, zeugen, konsumieren, überall Verachtung, Abwehr, Milch, Gedankenmilch, voll aufgeklaubter Reden, nichts von Wort- und Sinnzusammenhang, sie drehen an der Spieluhr ihrer Sinne, 68 Töne, jetzt noch einmal 57, 125 Nadeln auf der Walze reißen stählerne Gefühle an, das ist das eigene Empfinden, alle Welt, ein Kosmos, intensiv, ja weiß man denn, wieviel das ist: 125? Wieviel macht 125? Skepsis, folgt Empfindung auf Empfindung? Auch vor zwanzig Jahren schon? Die eine jetzt und eine gleich, das macht dann zwei? Sind es nicht längst schon 10?

Kaum hatten sie die Stadt, die letzten Ausläufer der Stadt verlassen, passte Karl von Kurtz zuverlässig die musikalische Untermalung neuen Gegebenheiten an, weites waldiges Gelände, dunkel schwermetallische Symphonik, Gitarrenmelodie und Schlagwerk, treibend, unruhig, Stücke in Sonatenhauptsatzform. Auf der Rückbank neben Semjon hielt Pütt zwischen zwei Fingern wippend seine Purpfeife. Ein letzter dünner Faden Rauch stieg aus dem Aschekrumen und verbreitete Geruch von süßem Curry. Zweimal schnappte Pütt nach Luft, kein Wölkchen mehr entkam aus seinem Rumpf, dann legte er den Kopf ans Fenster und war still. Diese Szene, ihre Zartheit stimme Semjon milder, rührte ihn. Mit feiner Zeichnung legte sich die treibende Gewalt der Töne in die Sicht aufs Land, und wohlig melancholisch sah er jetzt aufs milchige Licht über den Äckern hin. Er wehrte sich nicht mehr, dass die Empfindung einer Wiederkehr nach Hause in ihm aufstand, einer Heimkehr in die Jugend, ihre anstandslose Richtigkeit, aus der ihn längst der Zweifel ausgewiesen hatte, dass das Sehen Blindheit sei und die Gewissheit Zweifel. Mit denselben Dreien, die dabei gewesen; die mit ihm gewesen, längst bevor er Anna kannte, war er jetzt vereint. Sie fuhren über Land, und er verstand die Fülle ihres Daseins, damals, das sich abgeschlossen hatte, aus dem Augenblick geronnen war zu einer Masse, einem Ganzen, funkelnd, das das Wissen um die Möglichkeit, dass jeder Augenblick ganz anders werden kann; dass er es könnte: intensiver, intensiver... – aufbewahrt wie ein vergessener Traum das Schaudern eines Jenseitsglaubens. Und bei allem In-die-Irre-Laufen, aller Anmaßung und Kurzsicht, räumte Semjon Schlechta sich jetzt ein, war es doch eine Jugend voller Wahn und Größe mitten unter um sich greifender Verächtlichkeit, und in der Lauheit, Schlauheit ringsherum, der allgemeinen Niedertracht und Schläfrigkeit und tauben Gier sie vier, die hingerissen taumeln durch ein Blutbad der Empfindung, Schlachtgetöse, Sinne ringen miteinander, würgen sich wie fremde Völker, groß an Mut und Männern, jedes Sinnending Soldat, ein Todgeweihter, wirft sich in den Sturm und prallt auf Anderes, gemetzelt, mordend, kühn und kalt und Jugend, die im Zeichen schnaubender Musik marschiert.

Bis hierher war es still im Benz gewesen, alle schweigsam, reglos aus den Fenstern sehend, und selbst Karl von Kurtz hatte es über sich vermocht, den Wagen mit einem Minimum – allerdings wohlhergeleiteter und präziser – Bewegungen aus der Stadt zu lenken. Jetzt machte sich Pütt an seinem Beutel zu schaffen, und als sei das das Signal gewesen, die Andachtsstunde zu beenden, dehnte sich auf dem Vordersitz Emil Eduard Daus, gähnte lautstark und murmelte etwas von der ewigen Wiederkehr des Gleichen. Semjon knurrte hinten. Pütt zerrte aus seinem Beutel eine feine Federwaage hervor und befestigte sie am Dachhimmel zwischen den Vordersitzen. Daran hängte er ein Stück Papier und eichte die Waage. Er nahm den Zettel wieder ab und notierte darauf in krummen Buchstaben das Wort »Kuckuck«. So hängte er den Zettel wieder an die Waage und betrachtete interessiert die Skala. Die Prozedur wiederholte sich, diesmal stand auf dem Zettel »Zum

Kuckuck!«. Triumphierend nahm er das Ergebnis zur Kenntnis und sank zurück in den Sitz. Schwer atmend, aber zufrieden erholte er sich.

Semjon bemerkte Karls Blick im Rückspiegel. Karl grinste stark, das bedeutete eine Aufforderung zu irgendetwas. Semjon überlegte, zu was er sich aufgefordert fühlte. Karl von Kurtz, dachte Semjon, brachte seine bewussten Lebensabschnitte – in den unbewussten sah die Sache anders aus, da verausgabte sich ein Gemüt in eine Fülle, die kein Dichter bannen kann – er brachte seine Tage hin unter Verwendung lediglich zweier ernstlich verschiedener Temperamente oder Zustandsformen. Ein affektiv sparsamer Mann mit rundem Bauch. Im Gesicht Karls von Kurtz war – mit wenigen Modulationen – eins dieser Temperamente zuverlässig anzutreffen. Das eine war geprägt von Ernst und Strenge, Sachlichkeit, das andere, wie jetzt, fast kindisch, schelmisch, ein verzückter Satyr voller Unmoral. In beiden diesen Formen aber, in die Karls Verhalten sich teilte, lag eine Ironie, die nicht von dieser Welt war. Das heißt, sie war nicht geistig; eine Ironie, in der das Unbelebte sich ganz materiell gebärdete, dennoch sich erhob über sich zu Selbstbelustigung und Unernst, ein unbedingtes Andererseits, das kreatürlich untief, teuflisch war. – »Nicht wahr, mein Karl«, sagte Semjon Schlechta, der sich mittlerweile zu etwas Aufforderndem aufgefordert fühlte, »du da vorne freust dich einfach, freust dich über deinen Streich, du freust dich, dass es dir gelungen ist, uns Vier im Auto wiederzuvereinigen. Du freust dich, mag der Daus auch was von Wiederkehr des Gleichen murmeln, was dergleichen Unsinn ist, mag Pütt die stummen Schreie wiegen, du hast Spaß, mein Karl von Kurtz.« – »Jau«, kam es von vorne zur Antwort, »das ist richtig.«

»Mal im Ernst, Jungs, ich weiß ja nicht, wie es euch geht«, hob Emil Eduard Daus nach allzu ungewohntem Schweigen zu einigen Meditationen an. Er strich sich das weiße Hemd glatt und spitzte die Lippen zu der verbalen Operation, die er für notwendig hielt, nachdem er so lange still die Situation hatte beobachten müssen und sich in den Besitz von mehr Einsicht gesetzt sah, als er zur inneren Sicherheit benötigte. So konnte er den Überschuss an Einsicht gern verwetten. »Jungs, im Ernst, wir wärmen hier ja alte Sachen auf. Was mich angeht, ist das ok, ich hab´s ja so gewollt und euch bestellt, ich komme klar, auch wenn ich mir die Sache nicht so drückend vorgestellt habe. Die Zeit war gut, dann kam was anderes, und wenn ich daran denke, wie es war mit euch, dann kommt mir das ganze Gedröhne und Gehämmer, der ganze Metal-Lärm vor wie das Vorspiel einer großen Heldenoper...« Hier pausierte der Daus oder Belfagor, wie er sich nannte, seit er zu heiraten entschlossen, und weidete sich an der Frechheit, die ihm da gelungen war: Heldenoper! Sehr erbaulich, wirklich. Aber da Karl von Kurtz und Pütt keinerlei Reaktion erkennen ließen, und da Semjon Schlechte schon wieder verzweifelt zornrot wurde und mit den Kiefern mahlte, fuhr er lieber fort: »Aber wie ist es bei euch? Ihr habt doch den Absprung verpasst!«

Emil Eduard Daus, der sich der Belfagor nannte, sah sich um. Um alles genau zu erkennen, löste er sogar den Gurt, erkletterte seinen Sitz und spähte über die Kopfstütze. Er sah drei Gesichter, die das Ihre auszudrücken schienen. Das war gut, man kann ja nicht erwarten, dass Gesichter alles sagen. Er setzte sich wieder, legte so sorgfältig wie möglich den Gurt an. Karl von Kurtz reichte ihm die Rechte. Emil Eduard Daus ergriff sie. Karl von Kurtz verknappte seine Rede, das Lob fürs Anschnallen überging er: »Karl von Kurtz, Lehrer, Deutsch und Politik. Auf der Rückbank Semjon Schlechta, Hausbesitzer und Gelehrter, und dann Pütt, der ist der Pütt.« – »Ach!« Emil Eduard Daus winkte ungeduldig ab. Hier wollte man ihn anführen, ihn, der zu heiraten beabsichtigte! »Das meine ich nicht«, sagte er und bewies die Dringlichkeit seines Anliegens durch Stirnrunzeln, »schön, ihr lebt jetzt auch von irgendwas, das war beinahe zu erwarten. Und das Haus gehört dir, Semjon? Interessant, du solltest dich was schämen! Nein, ich meine etwas anderes. Sieh dich an, Karl, dieses Monster-T-Shirt! Du bist Vierzig oder so! Warum nur müsst ihr euch das ganzes Leben lang in der Ecke herumdrücken, in die ihr zufällig mit Zwanzig mal uriniert habt? Sechzig Jahre Siechtum im Gestank der eigenen Pisse, einmal laufen lassen, ei, da bin ich! Und dann niemals etwas Fremdes wieder vor die Nase lassen. Einerlei Ansichten, einerlei Einstellung. Und einerlei Musik. Der Karl hört Schwermetall! Mein Gott, dazu erst diese ekelhafte Selbstgewissheit: Ich bin, der ich bin! Mit Zwanzig hast du den Messias gesehen, nämlich dich selbst. Der Rest ist Anbetung, Achselzucken und widerwärtiges Lächeln. Der ganze Kerl nichts als bequemes »Ist halt so!« Innerlich erloschen, kalt, ein Glück! Es ist zum in die Asche husten. Ja, Karl, ja, da lachst du, und genau das meinte ich, dies feiste Lachen. Bist mit dir zufrieden, was? Als junger Kerl mal wild, jetzt Lehrer, der der Jugend nachhängt und den schwarzen Benz hat, den er damals hätte haben sollen. Sonst noch was? Ich sag´ dir, Karl von Kurtz: Du bist ein Weib! Das wusste ich immer schon, weibisch. Was ich an dir sehe, ist nur weibische Behaglichkeit, diese schwere, absurde weibliche Behaglichkeit: Sie rammelt sich den Arsch ins Kissen, zieht die Decke hoch und seufzt! Und was das schier bedeutet, dieses Seufzen! Es bedeutet: Alles, was ein Mädchen fühlen kann, alles Schöne kurzerhand. Schwanz und Eiscreme, ach, ja, schön! So lachst du auch, Karl, hast den Arsch in deinen Sitz gerammt, die Wampe spannt im Monster-T-Shirt, und du lachst zufrieden, weil dir ganz egal ist, was ich sage, dich interessiert doch nur, dass ich verrückt bin! Kumpels müssen irre sein, dann ist die Welt in Ordnung, bisschen Drogen und Musik dazu, ach, schön.«

Karl von Kurtz wurde nur von seinem Gurt davon abgehalten, Emil Eduard Daus zu umarmen und zu küssen. Schon zerrte er an der Fessel, leckte sich die Lippen, rollte verliebt die Augen. »Ja, so ist es«, rief er, wiederholte, »ganz genau so ist es. Du bist gut geworden mit den Jahren, viel, viel besser.« Worte wie Trompetenstöße: »Früher warst du nur ein Faxenmacher, immer groß in Pose. Semjon, na, was hab ich dir gesagt, der schafft es noch, der Daus. Ein ganzer Schwermetallmann.« – »Wahh«, nölte Pütt, »so'n weißes Hemd anziehen ist auch 'ne Art Entwicklung.«

Semjon nickte finster. Sein Gesicht wies zahllose rote Flecken auf, er schwitzte und starrte auf den Hinterkopf von Emil Eduard Daus. Er wollte durchaus eine von Pütts leeren Bierflaschen an diesem Hinterkopf probieren und sann nur noch darauf, wie dieser Anschlag am fürchterlichsten durchzuführen wäre. Die Lust am Töten wurde abgelöst durch eine Lust am Antworten, und jetzt drängte sich der vernichtende Bescheid, den er dem Daus tun wollte, in seinem Mund zusammen. Dort überschlug sich alles, geriet durcheinander, trat sich tot, und nichts, keine Sterbenswörtchen, gelangte nach draußen. Nur die aufgeblasenen Backen zeigten, wie es stand. Wie immer hatte Emil Eduard Daus nicht völlig unrecht. Stellenweise musste man ihm zustimmen, das wurde Semjon zum Verhängnis. Eine abgewogene Antwort, wie Semjon Schlechta sie von sich allemal einfordern musste, um der Frechheit vernichtenden Bescheid zu tun, hätte diese richtigen Anteile zunächst einzugestehen, um sie in die Rechnung nehmen zu können, wenn es dann galt, den Unsinn, den Dünkel, die Anmaßung, die Ungerechtigkeit und all die Beleidigungen dagegen aufzurechnen, Vermessenheit, Hochmut und gezierte Rede nicht zu vergessen, die ganze aufgeblasene Dummheit und hoffärtige Pöbelei... Und nicht nur das kam durcheinander. Semjon liebte Karl von Kurtz und Pütt von Herzen, und diese

Liebe empfand er besonders stark, wenn die beiden sich mit der ihnen eigenen besonderen Heftigkeit weigerten, von ihren gewohnten Empfindungen zu lassen, die sie sich über so viele Jahre unlenksam, starrsinnig und störrisch zugelegt hatten. Natürlich waren sie vernagelt, obstinate Narren, Semjon liebte sie darum – nur war ja diese Liebe, unter anderem Vorzeichen, wohlunterschieden... war Ausdruck ein- und desselben Hochmuts wie die vermeintlich exzentrische, tatsächlich einfach fanatische Hybris eines Emil Eduard Daus. Dieselbe Arroganz, ob nun beim Daus, der zum Geschäfts- und Dunkelmann degeneriert war, und bei Semjon, der sich tüchtig was auf Umkehr und Entsagung, auch auf Feinheit wohl der Weltbemerkung zugutehielt und mit dem Kopf, wie Anna sagte, stets in irgendeinem Rauchfang der Gedanken steckte. Nun, am Ende entrang sich Semjon doch noch mannhafte Rede, sein Mund ging auf und zu, einem Karpfen nicht unähnlich, und heraus kam solches: »Ei, der Daus hält Wahrheit für ein Schwert, das Unwahrheit zerstückt. Nein, Emil, nein, das Schwert ist deine Wut, die unbedarfte Minderwertigkeit, damit haust du entzwei, was vor dich kömmt, sei's wahr, sei's falsch, hier hat nur einer nicht den Sprung geschafft, und das bist du, willst immer noch mit Ungezogenheit gefallen.«

Fein, dachte Semjon Schlechta und sank in seinem Sitz zusammen, ich spreche wie die alten Rittersleut. Vor seinem geistigen Auge sah er einen fetten Karpfen, der auf dem Trockenen noch einmal nach dem Nassen schnappt, den Schuppenleib nach rechts und links schlägt und am Ende handlich in der Pranke seines Mörders liegen bleibt. Wie er von Karpfen auf Ritter und wieder auf Karpfen kam, um sich seine Untüchtigkeit im Streiten nur recht anschaulich zu machen, war allererst ihm selbst ein Rätsel. Dennoch schnappte sein Mund weiter auf und zu, während er wieder verstummte, erbost mehr über sich und die Ohnmacht seiner Wut. Da saß er, war beleidigt, ballte die Fäuste und wusste nicht wie. – »Darin hat Emil aber recht«, sagte der Pütt mit umwölktem Blick, »dass die Weiber nicht vom Fleck kommen. Nur dass er darum gleich die Anna, diese Schlampe...« Ein vernichtender Blick Semjons ließ ihn verstummen. Trotzig brummte er etwas in Richtung des Fensters, um sich wenigstens das Geräusch nicht verbieten zu lassen.

Auf dem Vordersitz feixte Emil Eduard Daus: »Schlampe, Pütt, das geht nun wirklich zu weit. Man kann mir nicht nachsagen, dass ich die Dinge nicht benenne – die Dinge selbst, nicht, was dahinter liegt...« – er wandte sich bei diesen Worten nach Semjon um – »...aber hier liegst du falsch. Nur weil ihr alle auch mal durftet, früher, so ist sie jetzt doch gleichwohl nur das eine und sonst nix: Meine Zukünftige! Und die kann ja keine Schlampe sein, hab´ ich recht?« Pütt hielt vorsichtig aus den Augenwinkeln Ausschau nach Semjon. Der sprach jetzt lieber selbst aus, was aus fremdem Mund noch unerträglicher gewesen wäre: »Entweder benennt man die Dinge – und benennt also die Tatsache, dass wir alle mal durften, wie du dich ausdrückst; oder man benennt das, was dahinter liegt, das ist hier die Funktion: Zukünftige. Die übliche sophistische Schweinerei, was soll man auch erwarten von dem Daus. Auskehricht.«

Er versuchte, ohne Bitterkeit zu sprechen, und legte tapfer die Nase kraus zum Zeichen, dass er ein Ironiker sei, der sich zu tragen wisse. In so männlicher Gewissenszucht mochte ihm der Daus nun nicht nachstehen. Mit vollendetem Sarkasmus stellte er fest: »Na, wenn du selbst es sagst! Semjon, der einzige, der je der Anna würdig war! Dann stimmt es wohl. In Ordnung, ich finde mich damit ab, meine Künftige ist eine Schlampe. Ich aber bin der Belfagor, der kleine Unterteufel, der die Weiber kennenlernen soll, ob sie so übel sind, wie man in der Hölle immer sagen hört. Da kommt eine Schlampe gerade recht, um mich zu lehren, wie man in die Hölle heimkehrt mit versengtem Schwanz. Oder dachtet ihr, dass ich euch alle rächen will an Anna?«

»Der Belfagor«, sagte Karl von Kurtz. Nach wohlberechneter Pause wiederholte er: »Der Belfagor.« Er ließ ein Meckern hören.

»Der Belfagor«, sagte auch Semjon Schlechta und versuchte sich an einem Lachen, frei und offen, aber es schlug ihm tragisch und verzweifelt aus, und er dachte wieder an Karpfen und Ritter.

Pütt sagte nicht: Der Belfagor. Er wieherte einfach los.

»Ihr Schweine«, sagte Emil Eduard Daus zufrieden. »Ich offenbare euch mein Innerstes, ich lege euch zu Füßen die geheimste Angst, dass ich doch nur ein Unterteufel bin, missbraucht zu bösem Zweck, dem viel und Schlimmes mit dem Weib bevorsteht... ihr aber belustigt euch über mich. Ihr Schweine.« Er steckte sich ein Zigarillo an und sog den Rauch ein. »Ihr Schweine«, wiederholte er inständig.

Semjon verspürte in diesem Augenblick beinahe Zuneigung zu ihm. Eine gewisse Komik war ja da, die man goutieren konnte, ohne gleich vorbehaltlos sein Herz aufzutun. Er kam zu dem Entschluss, dass es für Zuneigung noch zu früh sei. Er wollte wenigstens, solange sie am Festland waren, noch finster grollen. Auf der Insel, dachte er, könne er dann mit sich reden lassen über eine Beimischung von ein wenig Zärtlichkeit in seinen Groll. Übrigens war er ja ein Mann von heiterer Gemütsart, der sich nicht so einfach in die Ecke stellen lassen sollte. Erst schmunzelte Semjon Schlechta bei solchem Erwägen, dann verfinsterte er sich erneut angesichts der Vorstellung, wie ihn der Daus oder Belfagor, der zu heiraten beschlossen, dazu zwang, seine heitere Gemütsart zu verraten und sich, uneins mit sich, in die Ecke schlechter Laune selbst zu bannen. Am Ende schmunzelte er abermals, nicht ohne Anstrengung, doch frei und offen, wie ihm schien. Er war doch ein Mann von großem Entgegenkommen!

Und solches Entgegenkommen wollte belohnt sein: Emil Eduard Daus hatte jetzt Lust, über Frauen zu sprechen. Er löste sogar seinen Gurt, um bequemer seine Gedanken austauschen zu können – insbesondere nach hinten – und lehnte sich gegen die Tür. »Ich will mit euch über Frauen sprechen«, sagte er, »das ist mein gutes Recht – in meiner vor mir liegenden und hinter mir gelegenen Funktion als Bräutigam.« Karl von Kurtz würdigte ihn eines prüfenden Blickes. Er stellte ein »gefährliches Blitzen in den Augen« fest, was Pütt nicht bestätigt finden konnte, so sehr er sich am Sitz nach vorne zog und links und rechts der Kopfstütze nach gefährlichem Augenblitzen Ausschau hielt. »Finde ich eher morastig«, konstatierte er. Emil Eduard Daus hob einen Zeigefinger, mehr in der Manier eines Taktstockes denn zur Verwarnung, und spitzte in Erwartung dessen, was er sagen wollte, die Lippen.

»Nur so nebenbei und in weiser Voraussicht«, flocht Semjon Schlechta noch ein, und die Beiläufigkeit seines Tonfalls stimmte ihn erleichtert: »Das Wort Schlampe ist jetzt oft genug gefallen. Wenn ich es noch einmal höre, außer von mir selbst im Zusammenhang mit meiner Mieterin Juliane Aschberg, steige ich an der nächsten Raststätte aus.« – »Und dann?«, wollte Pütt wissen. Er staunte, dass Semjon sich zu so gefährlichen Drohungen verstieg. Schließlich war es jederzeit möglich, dass dieses Wort fiel. Er vermied es sogar, das Wort zu denken, so sehr ängstige er sich. – »Dann kauft er Doppelkorn und steigt wieder ein.« Dessen war Karl von Kurtz sich so sicher, dass er beim Sprechen kaum die Lippen bewegte. Es sprach aus ihm: »Doppelkorn macht Semjon immer noch zuverlässig zu einem widerwärtig komischen Menschen. Da kann ein Emil Erhard Daus getrost sein und einpacken.«

Emil Eduard Daus schwenkte noch immer seinen Zeigefinger. Jetzt gab er sich seinen Einsatz, indem er ihn forsch in Richtung Karls von Kurtz vorschnellen ließ: »Ja, sehr drollig, ich erinnere mich dunkel. Aber erst müsst ihr euch belehren lassen von einem, der heiraten wird und sich mit Weibern auskennt! Um nämlich Männer zu Männern zu machen, will sagen: zu begeistern...« – Emil Eduard Daus schwang den Zeigefinger hoch in Richtung des Dachhimmels, wo immer noch Pütts Wortewaage baumelte – »...um mithin einen Daus zum Belfagor zu begeistern, eignen sich vor allem Frauen, die Sitte und Erfahrung hat zu so gewissen Puppen werden lassen, will sagen...« – »Sag es!«, rief Karl von Kurtz. – »Sag es nicht!«, schrie Pütt! – »...zu Schlampen.« – »Halt an«, rief Pütt, »halt an!« Und Karl von Kurtz informierte seine Benz-Gesellschaft, dass eine Raststätte bereits ausgeschildert gewesen sei, und dass er dort anhalten werde, wo Semjon sein Versprechen einlösen könne, sich mit Doppelkorn vollzulegen und ein komischer Mensch zu werden.

Feierlich rollte der Benz auf einem trostlos wüsten Parkplatz aus, am Steuer ein Mann von ernstem Bedünken – es handelte sich schließlich um einen Auftritt, den ersten nach Jahren. Karl von Kurtz schätzte den Auftritt auf Rasthöfen: Ganz aus der Welt, nur allgemeiner Codex, und das Publikum nach langer Fahrt herabgestimmt, wie tranquillant, sediert und schutzlos offen, dass ihm etwas offenbart sei: Anderes und Absolutes. Schwermetall. Souverän kurbelte Karl von Kurtz den Wagen mit dem Handballen in die einzige Parklücke weit und breit, die er für angemessen hielt. Der Platz war beinahe leer, ein paar Personenwagen, sehr normalverteilt, ein Reisebus, die Lasterfahrer blieben lieber nah der Tankstelle auf der anderen Seite des Rasthofes. Auf Bänken am Rand des Platzes hatte sich die Besatzung des Reisebusses zum Gabelfrühstück versammelt, ein großes Volk – lauter »Moosköpfe«, wie Pütt erschrocken bemerkte. Der Anblick alter Menschen, die sich am Rande eines leeren Parkplatzes versammelt hielten, von wo aus man allerdings Aussicht auf eine Art Naturprospekt haben mochte, irritierte ihn so sehr, dass er beim Aussteigen die Beine in etwas verhakte. Er fiel nicht, rettete sich mit Ausfallschritten, nur sein Beutel war auf den Asphalt befördert. Gleich entstand ein kleiner Schaumsee um den Beutel. Den Tränen nahe hockte er am Boden und rettete, was zu retten war. Semjon Schlechta wies darauf hin, dass Pütt in Wahrheit nicht um sein Bier weine, sondern aus Verzweiflung über die Moosköpfe. Emil Eduard Daus, die Hände in den Taschen, der Pütt betrachtete wie etwas Hässliches im Zoo, ging auf diese Entlarvung nicht ein. Er bekundete stattdessen, dass Pütt in der Not ebenso geordnet vorgehe wie Karl von Kurtz ohne Not und offenbar einem festgeschriebenen Rettungsplan nachgehe: »Frauen und Kinder zuerst, hier: Drogen und Tabak. Dann die reichen Säcke, hier: Bierflaschen. Waschlappen werden geopfert. Nebenbei, so säubert man den Genpool. Gelegenheit und Herrenmoral verschaffen der männlichen Elite den erwünschten Vorteil bei den Weibern. Die hecken sonst wahllos Ausschuss.« Karl von Kurtz fand nur anzumerken, dass früher bei solcher Gelegenheit aus sämtlichen Türen Bierflaschen gefallen wären, begleitet von Verwünschungen. »Erinnerst du dich«, fragte er Semjon, »wie uns ein amüsierter Polizist angehalten hat, damals 1992: Wissen Sie, dass Sie Bierflaschen verlieren?« – »Ja, weil du es nicht über dich gebracht hast, während der Fahrt fein aus dem Fenster zu spucken. Wir mussten anhalten, du hast in einen Papierkorb vomiert, der Daus eine Ampel bewässert, und ich war den Führerschein los. Reden wir über deine Elite, Emil Eduard Daus!« Der winkte ab: »Später, ich gehe in den Laden. Jemand muss euch Vögel doch freihalten. Was darf es sein?« Er nahm Bestellung auf – insbesondere Pütt meldete Bedarf – und machte sich auf. »Sein

Schritt federt«, sagte Karl von Kurtz, »das macht das Alter. Pfeifen im Walde.«

Unmittelbar vor dem Lokal war, um den Reisenden eine hohe Meinung über die Betreiber des Rasthofes nahezulegen, ein Kinderspielplatz angelegt worden, Sandkasten und Wippe, nagelneu, dazu eine Bank für Aufsichtsführende und drumherum ein Zaun, massiv genug, um vor Personenwagen Schutz zu bieten, deren Halter uneinsichtig wären. Karl von Kurtz klinkte das Tor auf und lud Semjon Schlechta und Pütt ein, auf der Bank zu sitzen. Pütt blinzelte verstohlen in Richtung der Moosköpfe, aus deren beobachtbarem Verhalten mit hinreichender Sicherheit zu erschließen war, dass ihnen angesichts eines so bedeutenden Naturpanoramas das Frühstück noch einmal so gut mundete. Man gestikulierte dort lebendig und zeigte sich abwechselnd die vorgefundene Aussicht und die mitgeführten Speisen.

Emil Eduard Daus kehrte zurück mit zwei lächerlich überladenen Taschen, vollgestopft mit Bier, Schnaps, Würsten und Tabak. Aber Emil Eduard Daus, der sich der Belfagor nannte, hatte keine Zeit, sich von Pütt für seine Großzügigkeit huldigen zu lassen. Er ließ ihm die Taschen in den Schoß plumpsen und fasste missbilligend die Reisegruppe ins Auge. »Ihr habt euch in einem Laufstall einfangen lassen? Warum seid ihr nicht da drüben«, fragte er durch die Zähne und wandte den Blick nicht mehr ab von der Picknick-Gesellschaft. »Das werden wir ja sehen«, murmelte er und machte sich auf in Richtung der Bänke.

Karl von Kurtz überlegte nur einen Augenblick, dann ging er ihm nach. Da er seinen Rücken gerade hielt, tanzte sein Bauch hin und her. Da seine Beine nicht lang waren, musste er sie umso schneller abwechseln. Da er ein Ungemach verhindern musste, trug er das Kinn hoch im Wind, die Lippen entschlossen aufeinandergepresst. Pütt und Semjon sahen sich an.

Pütt zuckte die Schultern. Semjon ging nach den Toiletten sehen.

Auf halbem Weg fing Emil Eduard Daus an zu brüllen: »Ihr Schweine«, rief er, »ihr widerliche Kreatur! Was fällt euch ein, schmieriger Pöbel!« Einige aus der Gruppe wandten sich bereits um: Das galt ihnen, ganz recht! Da stürmte jemand heran, offenbar ein gutaussehender junger Mann, jedoch ganz außer sich. »Ihr alten Stiefel«, schrie Emil Eduard Daus! Dieser gutaussehende junge Mann im sauberen weißen Hemd war grundlos patzig, soviel stand nun fest. Jetzt kam er ganz heran. »Was denkt ihr euch«, brauste Emil Eduard Daus. Herrisch streckte er den Zeigefinger wahllos in die Menge, mit der linken Hand fuchtelte er in Richtung des Reisebusses. »Wollen Sie wohl so gütig sein und sich sofort wieder in Ihren Bus bemühen?« Plötzlich flötete er, doch nur, um auf der Stelle wieder zu brüllen, so dass einige Damen, die schon lächeln wollten, zusammenfuhren und sich indigniert zeigten. »Auf der Stelle«, fauchte der Daus, »aber sofort! Was ist das hier für ein Schlamassel! Da hockt ihr faulen Zähne hier herum und benagt euer weiches Brot, reißt mit euren ekelerregenden billigen Stiftzähnen, die Leute wie ich euch zahlen müssen, euer Gnadenbrot in Stücke, herrlich eingespeichelt... und ihr redet noch dabei! Maul halten, was! In aller Öffentlichkeit, jawohl, ihr seid hier nicht allein, denkt einmal an, hier gibt es Menschen, und die wollen das nicht ansehen müssen!« Hier schlug sich Emil Eduard Daus, im heißen Bemühen, der Belfagor zu sein, die Faust auf den Busen. Eine Dame wollte lieber gehen, ihr Tischherr befahl ihr aber zu bleiben. Eine Mischung aus Entrüstung, Angst und Staunen machte sich breit. Inzwischen war längst auch Karl von Kurtz heran, er blieb hinter dem Daus und legte ihm die Hand auf die Schulter. Emil Eduard Daus schüttelte die Hand ab. »Ihr verschwindet jetzt sofort in euren Bus und esst da zu Ende. Ich kann nicht daran denken, wie euch der

Speichel fließt, ohne dass ich würgen muss!« Der Daus oder Belfagor würgte, dabei stützte er sich auf Karl von Kurtz. Der klopfte ihm den Rücken, entschied aber, vorläufig noch nicht einzugreifen. Erschöpft, keuchend fuhr der Daus fort und wischte sich den Mund, er klang jetzt fast versöhnlich in seinem erlittenen Elend: »Wer noch alleine gehen kann, hilft denen, die es nicht mehr können. Geht jetzt, haut ab und Schwamm drüber. Der Dreck, die Reste werden mitgenommen. Keinen Krümel will ich sehen, erst recht keinen, der schonmal gekaut ist...« Wieder musste er sich trocken erbrechen. »Und jetzt ab durch die Mitte, ihr Wanzen, ihr Käfergeschmeiß, wisst ihr eigentlich, was das für ein Ort ist? Ist das hier vielleicht ein Ort für Ungeziefer, ist das so ein Ort, ja? Ich höre!« Jetzt brach dem Daus die Stimme weg, er röhrte heiser, tief, er bellte nur noch, Schwermetall: »Hier zeigt sich die erhabene Natur, ja, so ein Ort ist das, hier zeigt sich die Natur und zeigt sich Menschen, nicht dem Ungeziefer, Läusepack, nur Menschen, die Erhabenheit empfinden, mir, nur mir und Karl von Kurtz hier, nur den Menschen! Wenn der Mensch Erhabenes empfindet und den hohen Blick, den hochgesinnten Blick ins weite Rund der Erde senkt, so dankbar der Natur verpflichtet – was, Bazillenfraß, marodes, kann er dabei gar nicht brauchen, was, ich frage: was? Er kann nicht brauchen, dass man seine Einkehr stört, er kann nicht brauchen, dass die zwei Fuß Raum, die ihm gebühren, ihm bestritten werden, dass ihr Rentnerklüngel, nichts mehr nutze, nur noch teuer, euer Gnadenbrot bespeichelt, wo das Herz ihm weit wird. Ab jetzt, ab, husch in den Bus, gebt frei den Platz, der mir gebührt, nur mir allein und den Kollegen da, ihr seht ja, wie die beiden, die da hinten, feine Menschen... wie die voller Angst mit feinem Sentiment sich da verkrochen haben, eingesperrt in einem Laufstall, ja was denkt ihr, machen die das wohl aus Freude? Nein, aus Angst vor euch und Abscheu, geht, haut ab, ich lass´ sie frei!«

Und er ging. Emil Eduard Daus hielt inne, räusperte sich und ging. Wohlverstanden: Nein, er drehte sich nicht noch einmal um, er drohte nicht einmal, den Schritt verkürzend, sich umzudrehen, nein, er ging, was galt es ihm, sich umzudrehen? Ob man ihm gehorsam war? O nein. Er ging, bloß schrie er noch zuweilen was: »Seniorenaas!« Nur Karl von Kurtz blieb stehen. Jetzt, ganz langsam, regte sich der Unmut in der Gruppe. Widerstand kam auf. Da ballten sich die Fäuste, eine wurde auf den Tisch geschlagen. Jemand schüttelte das weise Haupt. Karl von Kurtz hob nur begütigend die Hände. »So, das war schon alles, ist vorbei und nichts passiert«, sagte er knapp, »danke, bitte, vielen Dank.« Dann ging auch er, den Rücken durchgedrückt, mit raschen, kurzen Schritten. Karl von Kurtz, natürlich, behielt das Heft in der Hand.

»Wo ist Semjon«, fragte Emil Eduard Daus, indem er zum Spielplatz zurückkehrte. Er lehnte sich von außen ans Geländer. Pütt saß im Schneidersitz auf der Umrandung des Sandkastens und versuchte, ein Erdloch zu bauen, um daraus Shit zu rauchen. Er hatte in seinem Dasein schon alles geraucht, die Nord- und Ostsee, sämtliche Gewässer, Teiche um Berlin und in alle zugehörigen Uferwiesen seine Erdlöcher gegraben, durch die er den Stoff inhalierte, gereinigt und gekühlt von Mutter Erde. Aber einen Sandkasten hatte er noch nicht geraucht. Das war ihm eingefallen, als er alleine gewesen, in der Ferne den Daus schreien gehört und sich bei sich gedacht hatte: Ein solch herausragendes Schauspiel wie dieses verdiene etwas Drogenkonsum, um das bizarre Erlebnis noch tiefer und lebendiger zu gestalten. Wirklichkeit für Pütt verlangte immer, aufgewertet zu werden. Doch so sehr er sich auch mühte und sogar köstliches Bier einsetzte, um den trockenen Sand zu benetzen und für sein Vorhaben zu befestigen

– es stürzte immer wieder ein, was er mit Kühnheit formte. So hatte er beschlossen, auf einen unterirdischen Hohlraum zu verzichten und bohrte nur einen Stift in den Sand, einen schmalen Tunnel im Sinn, den er mit einem anderen Tunnel von der Gegenseite aus erreichen wollte. »Auf Klo«, sagte er. Emil Eduard Daus verfolgte Pütts Bemühungen ungünstig. Karl von Kurtz kam dazu. »Warum nimmst du nicht eine Bierflasche, schlägst ihr den Boden ab und steckst sie in den Sand«, schlug er vor. – »Dann ist es ja kein Sandloch«, erwiderte Pütt nach einigem Überlegen. Das musste Karl vom Kurtz einsehen. Er schlug sich vor die Stirn.

»Ich dachte, Semjon wollte sich mit mir über Eliten unterhalten«, sagte Emil Eduard Daus. Als Protest gegen die Behandlung, die ihm hier zuteilwurde, rüttelte er am Zaun. »Und dann rennt er auf den Topf, wenn ich mein Impulsreferat halte. Das ist kein feiner Zug von ihm... Gib mal Bier!« Pütt erhob sich umständlich – die langen Beine wollten sinnreich gehandhabt werden – und zertrat missmutig sein verunglücktes Bauwerk. Aber er tat, wie ihm geheißen. »Ich glaube nicht, dass er wirklich mit dir darüber reden wollte«, sagte er. – »Ach, wieso denn?« – Pütt sah sich vorsichtshalber um. Er raunte: »Na, das gehört doch zu dem System, an dem er arbeitet, und da spricht er nicht drüber. Man gackert nicht über ungelegte Eier, sagt er.« Pütt zog die Augenbrauen hoch, um die Wichtigkeit dieses Lehrsatzes zu bezeugen.

»System«, sagte Emil Eduard Daus, »System, verstehe.« – »Ich glaube aber«, fuhr Pütt fort, sah sich noch einmal um und war sehr eifrig, »es geht darum, dass die Elite... also wenn man dazugehören will, dann packt einen das System bei den Eiern und quetscht sie, dass es bis ins Hirn spritzt!« Pütt quetschte Luft in seiner Faust zusammen, dass es ihm aus der Nase blies. »Und dafür gibt's dann den Arsch voll Kohle!« Er war erleichtert, dass er diesen Zusammenhang so deutlich hatte darstellen können. Jetzt zog Emil Eduard Daus die Brauen hoch: »Und das ist das geheime System? Semjon Schlechtas System?«

»Das ist Pütts System«, berichtigte Karl von Kurtz. »Das ist wahrscheinlich so ähnlich, aber volkstümlicher.«

Semjon Schlechta kam herangeschlendert. »Und, wie ist die Aussicht da drüben? Schön?« – »Da ist ein See«, sagte Karl von Kurtz. »Sowas hast du schon gesehen: Stück runter, Teich, Stück rauf, Wald. Wir können fahren.«

Unter den wachsamen Blicken Karls von Kurtz wurde der Wagen wieder mit Mannschaft besetzt und der Proviant verstaut. »Zwei Stunden«, sagte er und ließ an. Mit Umstand rollte der Wagen entlang der Markierungen über weite Flächen. An der Ausfahrt ließ Karl von Kurtz den Motor heulen und die Reifen quietschen und kommandierte seinen Benz in ein gewagtes Manöver, durch welches er noch vor dem Reisebus die Autobahn erreichte und den Busfahrer zur Vollbremsung zwang. Dann nahm er seine Position ein, den linken Fuß auf das Armaturenbrett gestemmt, und drehte die Musik laut.

Der Himmel hatte sich mittlerweile etwas zugezogen, hoch lag die Wolkendecke und barg sich hinter grau durchsickerndem Licht. Das nahm Gegenwart aus der Szene, und die Fahrt wurde zuständlich, schloss sich in sich. Semjon gerannen die Wahrnehmungen, und die Gleichform seiner Sinneseindrücke vollendete sich ihm in einem Gefühl wie von nächtlichem Grübeln, das ihn bestimmte, sich gleichfalls endlich dem Bier zuzuwenden. Den Doppelkorn, den Pütt ihm aushändigte, wies er aber vorerst zurück. Zögerlich ist Trunkenheit, sich selber Maß und Weise bis zu ihrem zubestimmten Ende: Das bestimmte Semjon lieber selbst, da er ja trunken werden wollte. Bald schmerzten ihm die Augen, und er spendete sich Schatten mit der Hand. Draußen lag Landschaft und blieb sich gleich, das war ganz recht so, da er keine Zeit ausnahm, die hätte etwas wandeln sollen. Der Benz glitt vor sich hin. Karl von Kurtz war zu der älteren Vulgärmusik übergegangen, die er, als einziger, noch liebte, reine Lehre, apostolisch, ein Trommeln und Kreischen, geschminkte Männer, Posen ohnegleichen, närrisch und phantastisch, ein dem Ohr von alters her vertrauter, lieber Schmerz. Selbst Emil Eduard Daus erschien gesammelt, frei – und still. Nur Pütt blieb unruhig. Mehrmals merkte Semjon, wie ihn Pütt ins Auge fasste, prüfend, dann sich nach dem Fenster wandte und die Lippen regte zu lautlosem Selbstgespräch. Und Semjon sah ein, dass ein Mensch bei ihm saß, der bewegt war. Herrgott! Draußen noch Landschaft.

Nach herkömmlicher Betrachtung mochten sie in solcher Art viele Kilometer machen. Man durfte so freilich nicht denken, denn so zu denken hieße, als ordinäre Leidenschaften auszuschenken, was man hüten musste als ein Zittern, als prophetische Begeisterung, die stammelt: Ankunft, Ankunft – statt mit Wissenschaft und sehr exakt schon jetzt die Stunde vorher anzusagen und so den Samen des Wissens nutzlos und anstoßerregend in Sand abzuspritzen. Der Alkohol tat ein Übriges. Als Semjon für einen Augenblick aufwachte aus Grübeleien über die Zwillingsschaft von Geilheit und Begeisterung, nahm er wahr, dass Karl von Kurtz und Emil Eduard Daus dort vorne sprachen. Mit gedämpfter Stimme, ruhevoll wie Männer tauschten sie sich aus, und Semjon Schlechta schalt sich, dass er neidisch war, mit wieviel Achtung sie sich leichthin, selbstverständlich und bedeutend unterhielten. Er folgte ihren Reden und vernahm, dass Emil Eduard Daus von Karl über seinen Beruf zu hören begehrte. Doch Karl von Kurtz gab Auskunft nicht wie Emil Daus sie haben wollte seinen Fragen nach: Von Zuständen der Weddingschulen, von Sozialem und Niveau. Nur Karl sprach nicht von Zuständen, sprach nicht von Sozialem und Niveau, er sprach davon, wie er oft sich ertappte, wenn er aus der Schule wieder da sei, dass er stundenlang mit leerem Hirn an seinem Schreibtisch nur gesessen habe, einfach dagesessen ohne ein Bewusstsein, welches er sich dann erst neu erschaffen müsse aus Musik, der guten, harten, schweren, und viel Bier. Und Semjon lächelte: Ein feiner Kerl, und treu! Auch seinen Schülern treu. Nun, Emil Eduard Daus sprach stattdessen jetzt von seiner Arbeit. Laut sprach er, die Geste geläufig, wie einer, der weiß, was er sagt, und seine Rede drängte sich, nachdem sie sich schon angestaut hatte vorher. Semjon hörte wohl, verstand nicht groß, er rätselte zu viel, ob Emil ernstlich spreche, wahrhaft, ob, wie Emil wirklich sei, man hier erfahren könne, oder ob das doch gemacht sei, manipulativ, den Eindruck nur erwecken sollte eines ehrlichen und offenen Kerls, der frei von seinem Wirken sprach, von seinen Zweifeln und Verdiensten, seinem Hadern und Befriedigung im Kampf. Semjon verstand nicht: War das eben oder doppelbödig, oder gab es eine Art, der Daus zu sein, die beides unkennbar verband, die Prätention als geraden Sinn und schlichten Ernst doch als Berechnung spiegelte und brach; ob so ein Mensch in sich gebrochen, nicht kontinuierlich er sein könnte, ganz er selbst, Substanz? Der Daus, halb Kraftnatur, halb Wurstmacher.

Plötzlich schlich sich Anna ein in sein Bedenken, nein, das ging noch nicht, sie kam zu früh, fiel aus der Rolle, typisch, immer Purzelbaum und Hopplahopp, hier ist die Anna, bitte schön... Er ignorierte das, die Landschaft schlug jetzt Wellen, übrigens, es ging bereits der Küste zu. Wie schön, er liebte das! Der Wagen spurte eben durchs Gelände, und die Landschaft wiegte sacht den Blick. Sozialistisch weite Felder, Semjon warf Begriffe aus dem Fenster, Felder, die sich wie ein Tischtuch, unrein aufgeschlagen, über Hügel wölbten, in das Einerlei, wie zufällig, hier Teiche und Gehölz eingelassen, weil die Felder, unabsehbar ohne Hecken, Willkür und Begrenzung, nicht bebaut sein wollten, wie der sozialistische erhabene Verstand bald einsehen musste, als mit allem Eigentum die Hecken fielen. Schönheit, scheckig aufgeteiltes Land, mit buntem Zufall ausgemalt und eingesessen, wurde erst aus Dummheit wüste Einform, Gleichart, die betont, was unter ihr, worauf sie ruht, das Wiegen des Geländes, dann erst wieder schön, verziert durch Einsicht, die aus Dummheit rührt; und wie erschaffen, selbst sich wollend, lagen jetzt verstreut im Feld wie Lachen grüngestrüppte Sprenkel.

Semjon Schlechta schielte auf die Bühne, auf der dieses Hochzeitsstück gegeben werden sollte, die Komödie, Daus und Anna, Anna Neander. Dunkel war die Bühne noch und völlig kahl, ein karger Ort, der sich sauvornehm in sein schöngewobenes Geheimnis hüllte. Und doch standen bereits zwei Menschen auf der Bühne, ungeschminkt, in Alltagskleidern, Menschen, die erst noch Figuren werden mussten: Emil Eduard Daus, Kraftnatur und Wurstmacher, ein Prahlhans, Hanswurst, starker Hans, doch auch bedeutend. Und die Anna, Semjon Schlechtas Anna... Hier der Daus, der Bettelmensch, der ungesetzte, dem es nicht gegeben war, sich selbst zu wollen, nicht erschaffen durch ein Anderes, der Daus war unerschaffen durch ein Anderes des Anderen, war, grob gesagt, nicht ausgeboren, fehlerhafte Kreatur mit einem Abglanz anderer Art, wie ausgedacht, doch nicht zu Ende, einer, der sich selbst nicht wollen aber alles andere kann, ein Daus, Gewalt, die Felder ebnet, scheußlich und erhaben – und die Anna... sie soll da in Herz- und Nierenform Gehölze, Teiche, Grün eintupfen, wo der Daus planiert? Erhaben scheußlicher Gedanke. Anna und der Daus vereint: Schon standen sie auf leerer Bühne.

Eilig aber schob Semjon Schlechta, buckliger Kulissenmacher seiner Vorstellung, jetzt Ausstattung auf die Bühne, links ein Haus und rechts ein Haus wie in der attischen Komödie. Links der Daus, ein Haus am Schwielowsee tief in Caputh, und rechts Neukölln, das Erbe Semjons, alt, verfallen, voller Leute, die zu arm, um fehlerhafte Kreatur zu sein. Und nun die Frage: Welches Stück wird dort gegeben? Überschrift: Zwei Hausbesitzer. Ausgangspunkt: Die Dame, die ins linke Haus einzieht. Und nun? Was wird passieren?

Eine erste Möglichkeit ging so: Rechts aus dem großen, alten Haus heraus tritt Semjon Schlechta und erschrickt: Die Dame dort, die neue, kennt er. Ja, er geht hinüber, grüßt, sie lädt ihn zu sich ein. Ihr Mann, ein Emil Daus und gastlich wie ein Lude, tischt ihm Schnaps auf, prahlt und übersieht das Zwinkern nicht der beiden. Denn ihn stört das Einvernehmen nicht, es interessiert ihn: Denn bietet sich da nicht Gelegenheit, die Heimlichkeiten auszunutzen? Duldet er die Mesalliance, hat er doch einen Hausfreund seiner Frau zur Hand, der ständig in Gefahr ist und als Opfer seines Hochmuts taugt. Mit der Verachtung des Besitzenden wirft er dem armen Teufel hin, was er nicht braucht, das Herz der Anna, ihm genügt der Titel und die Macht, nach Willen zu verfügen. Nun, der Hausfreund kommt, erträgt den Hochmut und so fort, der Rest ist Handwerk, Luststück, alles spult sich ab, ab Ende ist es aus.

Vielleicht war es auch andersrum: Die Dame links schleicht sich nach rechts ins Armenhaus, steigt unters Dach und findet, was sie sucht; was sie schon vorher einmal hatte und nicht missen will: Ein Plätzchen wie erträumt, wo sie im Absoluten ruhen kann, solange bis es sie nach Einzelnem gelüstet; wo sie kurz genießt, was Hörensagen als die blaue Blume aller Weiberherzen preist, bis sie hinaus muss, um im linken Haus, wo so erfrischend irdisch Emil Daus regiert, der große Hans, erst recht als Mensch im Menschlichen die Wonne auszukosten, dass sie für das Jenseits etwas habe, was im Diesseits keiner brauchen kann. Und so weiter fort, der Rest ist Handwerk, Luststück, alles spult sich ab, am Ende ist es aus.

Während Semjon Schlechta auf dem Rücksitz derart an seinen Lustspielkulissen rückte und wenig vergnügt war über die tölpelhaften Späße, die er als Kulissenschieber halluzinierte, der nichts weiß von Stoffgesetz und Schaffensmut, ging auf dem Vordersitz Emil Eduard Daus mehr und mehr zum Monolog über. Er weidete die Winde. Sei es, dass ihm Karl von Kurtz als Gegenüber im männlichfesten Austausch über die Liegenschaften des Daseins nicht mehr das erfüllen konnte, was er sich von ihm zu versprechen berechtigt gesehen hatte; sei es, dass ein Gefühl von Schicklichkeit ihn mahnte, je länger der Austausch währte, desto mehr sein Gegenüber von der Last zu befreien, jederzeit männlich-feste Erkenntnisse über die Mannigfaltigkeit der Objekte hervorzutun, mit denen der Menschen Schicksal Handel pflegt, und selbst in Anerkennung der höheren Verantwortung, die mehrerer geistiger Erfassungskraft obliegt, den Austausch mit Behutsamkeit ins Lehrgespräch und Aufschlussgeben hin zu wenden – mehr und mehr redete er selbst und endlich nur noch er. Übrigens war Karl von Kurtz kein Mann, der Worte macht. Und sei es, dass Emil Eduard Daus dem Karl von Kurtz qua Profession ein anderes Thema nicht zutrauen mochte; sei es, dass er einen Mann von der Profession Karls von Kurtz sowohl einzig für fachlich geeignet hielt, seine Ansichten zu würdigen, wie ebenso fachlich verpflichtet, sich mit der überlegenen Erkenntnis eines Mannes auseinanderzusetzen, der nicht durch die Brille fachlicher Beschränktheit plierte, sondern von erhöhter Warte eines Lenkers großer Angelegenheiten einen anderen Überblick besaß – Emil Eduard Daus sprach in einem fort von Erziehungsdingen. Ein Karl von Kurtz war dadurch kaum pressiert, er kannte ärgere Charakterfehler als diese Marotte eines Emil Daus, Diatriben zu verfassen und sein Publikum mit populären Unterweisungen über moralische Fragen zu unterhalten. Und dass sein flüchtiges, nervöses Interesse sich ausgerechnet auf Themen warf, die sein Publikum schon durchaus besser verstand, war eine gar zu ausgewichste Schrulle, als dass sie eine Laune wie diese hätte verderben können: Karl von Kurtz, den linken Fuß auf dem Armaturenbrett, sah in der Ferne schon die Türme der alten Stadt Stralsund.

»Ich werde ja wohl«, sagte Emil Eduard Daus, »zuständig sein für alles, was die Anna noch so in die Welt setzen kann auf ihre alten Tage – ob ich nun Vater bin oder nicht. Fluch der bösen Tat – na, aber hier verkehrt er sich in einen Segen, weil ich nicht vorhabe, auch nur ein Mäuschen verrecken zu lassen, das sich in den Schutz meines Hauses begibt. Pass mal auf, was das für ein weltkluges Regiment wird!« Emil Eduard Daus rieb sich schmunzelnd das Kinn und deutete an, dass ihm wohlmeinende Späße über seine Eignung als Erzieher des Menschengeschlechts willkommen wären. Da sie ausblieben, empörte er sich, in welchem Maße die frühkindliche Förderung von jedermann vernachlässigt werde, und führte aus, dass er unter Vernachlässigung ausdrücklich auch den besonderen Ehrgeiz gewisser Eltern rechne, die ihre Kinder nach den neuesten wissenschaftlichen Erkenntnissen erzogen: »Die Schweine fördern jedes bisschen Talent, das sich etwa zu manifestieren wagt, und sei es in ihrer Einbildung, gnadenlos in Grund und Boden. Die sollten mal überlegen, die Schweine: Wenn sie selbst all diese notwendige Förderung nicht erhalten haben, müssen sie ja dumm sein. Wie sollen sie dann wissen, ob ihre hässlichen Bälger wirklich dreisprachiges Lallen ab 15 Monaten brauchen? Manchmal denke ich ernsthaft, statt so einer hässlichen Mittelschichts-Mutti wäre eine originelle Schlampe förderlicher für so ein Kind.« Semjon Schlechta auf dem Rücksitz dachte flüchtig, das sei die Art von Wahrheit, der man leidenschaftslos zustimmen kann, sich aber fragt, warum sich überhaupt jemand der Mühe unterzieht, für so etwas den Mund aufzutun. Das mochte sich auch Karl von Kurtz fragen, aber er hatte den linken Fuß auf dem Armaturenbrett, vor sich die Türme der alten Stadt Stralsund. Das war etwas anderes. Er ließ den rechten Fuß locker auf dem Gas wippen. Emil Eduard Daus tat seine wohlgegründeten Ansichten kund, er war seriös und überzeugend. Karl von Kurtz scherte links aus und gab Gas. Emil Eduard Daus verlegte sich aufs Schimpfen. Und Semjon beobachtete eine Regel, die ihn amüsierte, die ihn tröstete: Denn während Karl von Kurtz den Benz beschleunigte, hielt Emil Eduard Daus sein Schimpfen komisch, drollig, war ein Mann von klugem Witz, doch sobald nun Karl von Kurtz wieder nach rechts bog, langsamer fuhr und sich einordnete, schimpfte Emil Eduard Daus als biederer Mann, lodernd in gerechter Empörung. Emil Eduard Daus sagte: »Eigentlich müsste man seine Kinder privat unterrichten lassen, von der Krabbelgruppe bis zur Uni. Aber ich kann doch die staatlichen Bildungseinrichtungen nicht ganz dem Pöbel übergeben.« Emil Eduard Daus sagte: »Bei euch im Wedding wird ja zweisprachig unterrichtet, Schnauze und Getto-Pidgin. Wer redet von Englisch! Und Kinder machen, wenn man sie in Ruhe lässt mit grammatischen Tanztherapien, aus jedem Pidgin ganz flott ein echtes Kreol. Das nenne ich Förderung: Gib den Kleinen die Murkssprache ihrer delirierenden, kriminellen, verblödeten Erziehungsberechtigten, und sie erfinden dazu eine Grammatik und jedes Wort, das ihnen fehlt! Da können die dreisprachigen Prinzchen einpacken!« – »Scheiße«, fügte er hinzu, »in Caputh gibt es keine Ausländer, da muss ich mir Leute wie euch ins Haus holen.« – »I'm bout to break some fuckin' off«, rief Karl von Kurtz und versuchte, den Wagen im Takt zu beschleunigen und bremsen. Die Passagiere fielen in die Gurte und wurden in die Sitze geworfen, Autos hupten. Emil Eduard Daus gab seiner Diatribe einen neuen Abschnitt. Er sagte: »Was gut ist, muss Geld kosten. Sieh dich an, du Spast! Wozu brauchen Penner wie du ein gebührenfreies Studium? Halb Neukölln rennt mit irgendeinem akademischen Märchenorden über die Straße, lässt die Häuser verfallen und staubt gekränkt, mit süffisantem Lächeln seine Bücher ab.« – »Du redest wie Aprilwetter«, schnaufte Semjon auf der Rückbank, »hast du nie so eine Pubertätserfahrung mitgemacht, dass der vermeintlich hehre, nur in sich allein begründete Wert von Dingen durch die lächerlichsten Zufälle zuschanden kommt? Dass etwas, das nicht relevant ist, dir die Relevanz verhagelt von Leistung, Klasse und Vermögen – oder was dir sonst noch wichtig scheint?« – »Mancher wird halt nie erwachsen«, sagte Emil Eduard Daus. – »Wer bist du, Emil«, dachte Semjon. Aber er schwieg. Emil Eduard Daus fuhr derweil fort.

Als der schwarze Benz hoch über den Strelasund rollte, sagte Pütt: »Ey, halt den Rand und kuck!« Emil Eduard Daus sagte: »Der Pütt ist doch auch so ein Bildungskrüppel. Den hat man mit höherer Schulbildung doch kaputtgekriegt. Man hätte ihn schön auf der Klippschule fit für die Produktion machen sollen. Und jetzt kommt auch noch die gemeinsame Schule für alle. Fein.« Schmunzelnd rieb Emil Eduard Daus sich das Kinn. Jetzt kam ein Schnörkel: »Du Kommunist willst doch sicher auch das Gymnasium abschaffen«, fragte er Karl von Kurtz und zwinkerte verbindlich mit den Augen. Der brummte ein Ja. Emil Eduard Daus schüttelte den Kopf, das wollte er nicht hinnehmen: »Karl, unser Gymnasium war schon hundert Jahre alt. Anderswo sind es tausend. Und du willst Experimente machen?« Nachdem Emil Eduard Daus den Kopf geschüttelt hatte, weil er das nicht hinnehmen konnte, nicht von Karl von Kurtz, von dem er so viel hielt – das Foppen war ja nur Foppen – rieb er sich das Kinn: »Meine Kinder willst du mit deinen Getto-Dummerchen zusammenstecken? Über meine Leiche! Da walte Gott, dass mir der Schwanz nicht steht!« – »Ihr Kapitalistenwichser«, giftete Semjon Schlechta von der Rückbank, »die tausendjährige Schule wollt ihr retten, ja? Weil sie den Pöbel draußen hält, nicht wahr? Aber das tausendjährige Magisterstudium habt ihr abgeschafft. Weil da so freie Köpfe ausgebildet wurden. Ihr seid doch Pisser, ihr Kulturvernichter, ihr ungebildeten Geldwäscher, ihr Wechselfälscher, Emporkömmlinge, ihr wollt Distinktion um jeden Preis? Geht doch in eure Privatschulen, da könnt ihr euren smarten Schnullis Kopfnoten für ihr Betragen geben, und der Rest lernt in Ruhe was Vernünftiges ohne diese verzogenen Einredner, Ohrenbläser, Nachplapperer, diese klinisch dummen Hochglanz-Fressen mit den kotigen Fingernägeln, Elite-Muschiks.« Semjon gurgelte vor sich hin, war durch die Musik vorne kaum zu verstehen. »Ich habe nichts anderes von dir erwartet«, sagte Emil Eduard Daus und rieb sich amüsiert das Kinn. Er meinte das ja alles herzlich. Und er hatte soeben herausgefunden, dass es sich zu diesem Kinnreiben sehr gut machte, wenn er ein »Hmm« hören ließ. Das klang deliberativ und gewitzigt, das kündigte eine Flut von munteren Einfällen und klugen Bemerkungen an, nein, drängte sie zurück, um nicht zu überfordern und das Maß zu wahren. »Hmm«, sagte Emil Eduard Daus. Semjon wusste, dass er zu spät war; er wusste, dass er jetzt nur noch ein Eiferer war, der Tiraden hielt, nicht unähnlich dem Daus, der seine Tiraden aber bereits gehalten hatte, wohlverstanden. Dennoch sagte Semjon, murmelnd, weil er sich schon schämte, dass er sprach: »Im übrigen hat niemand Bildung nötiger im Land als die Elite. Messt sie mal an ihrem Anspruch. Aber die Oberschicht posauniert was von Kultur und produziert derweil das Fernsehgift, das noch den letzten Pöbel mehr verpöbelt, geil und gierig macht und Neid zum obersten Gebot: Denn Missgunst ist die demokratischste Moral, man muss nicht heilig werden, um Moral zu haben, nein, sie steckt in jeder bösen Laune, jeder hat ein Maulvoll Geifer, darauf lasst uns Eden bauen. Die Elite liegt dabei vorm

Fernsehapparat auf weißen Sofas, krault sich geil den Bauch, dass Pöbel so weit unten steht.« – »Habt ihr das Meer gesehen«, fragte Pütt, »wir sind auf Rügen, klar?« – »Das war kein Meer, das war ein Sund«, berichtete ihn Karl von Kurtz und lachte betont schmutzig. Mit hochgerecktem Kinn suchte er Pütt im Rückspiegel. Zum Daus sagte er: »Ich fahre jetzt so vor mich hin, und du sagst, wo es langgeht, kannst du das?« Emil Eduard Daus sagte »Hmm« und gab zu, er hoffe immerhin, dass er es könne. »Sonst sehe ich schwarz für uns«, setzte er hinzu, »wir sind hier ja im Osten. Da kann man nicht einfach an der Fischerhütte halten und fragen. Alles voll verstockter, fetter, arbeitsloser Nazi-Sozialisten hier.« – »Karl von Kurtz«, sagte Pütt, »du hast einen hässlichen Kehlkopf.« – »Du alter Schabhals«, sagte Pütt.

Karl von Kurtz kommandierte andere Musik. Zur Feier, dass sie das Festland verlassen hatten, schien ihm eine Untermalung angemessen, die ein einziger Gewaltausbruch war. Jetzt galten andere Gesetze. Semjon Schlechta überlegte kurz, war sich dann aber ganz sicher, dass es sich bei diesem Gewaltausbruch nicht um eine musikalische Interpretation der Redensarten Emil Eduard Daus' handelte, dazu empfand Karl von Kurtz zu fein. Immerhin war die Aggression in der Musik derart überwältigend, dass Semjon sich im Schutz des Lärms sehr kommod nach etwas wie Cello-Suiten sehnen konnte. Und er hoffte, dass er nun bald am Meer stehen könnte und dabei den Daus mal eine Weile nicht ertragen müsste – wenigstens nicht aus so großer Nähe. Emil Eduard Daus, niemals um einen assoziativen Fortschritt beim Denken verlegen, sprach inzwischen davon, was Armut aus den Menschen machte. Er sprach nicht einmal unverständig, auch durchaus wohlwollend und gar nicht boshaft. Emil Eduard Daus, in einem Ton, der Widerspruch nicht duldete, schalt Raserei und Unmaß der Behörden. Emil Eduard Daus verlangte von der

Politik mehr Augenmaß. Emil Eduard Daus bedauerte, was sein Beruf ihn täglich über Elend lehrte. Semjon horchte auf, und dass er aufhorchte, versetzte ihn in Unruhe. Kaum als Vernunft und Menschlichkeit sich zeigten, horchte Semjon auf! Das Herz klopfte ihm wieder, und er missbilligte, dass er sich sofort wieder der Hoffnung aufschloss, Emil Daus sei doch ein braver Kerl, das Herz am rechten Fleck, wie es hieß, wenn man ihn nur offen nähme und mit Wertschätzung beruhigte... Nein. Semjon Schlechta schalt sich einen Esel, er missbilligte, entschieden! Woher nur immer die Bereitschaft, sich doch liebend hinzuwenden, hin zu einem Emil Daus! Hundertemal abgestoßen, und sobald die Stimme der Vernunft im Irrsinn tönte, wandte er sich liebend zu dem Ungeheuer – dass es vielleicht doch kein Ungeheuer sei? Verflixte Notdurft, immer wieder diesen Kerl bewundern müssen, verzweifelte Sehnsucht, die Achtung, die Freundschaft einfach laufen lassen zu können, das war seelische Bettnässerei. Er wusste nur zu gut, dass er im Augenblick mit eingenässter Wäsche aus dem Traum erwachte, Emil Daus sei doch ein feiner Kerl, er wachte auf, war eingenässt, beschämt, und Emil raste wieder, kotzte seinen Dünkel aus, verspritzte Hochmut, stolz auf seine Ungezogenheit, und machte jedes Heiligtum verächtlich... Semjon hasste dieses Auf und Ab, er hasste diesen klar vorhersehbaren Wechsel von Vernunft und Irrsinn, hasste es, dass er nicht gleichmütig am Rande stand und zusah, sondern taumelte, als werde er am Gängelband geführt, von Achtung in den Abscheu stolpernd, auf dem Bauch durch Liebe, Freundschaft, Wut, Verachtung, Mordlust, Sympathie gezerrt. Wer mochte das ertragen – Semjon nicht. Auch jetzt, der Vortrag über Elend... klar, der war, so schön er klang, so sicher bald beendet. Dann Gelegenheit zur Aussprache, Gelegenheit für Bosheit, Invektiven, allerlei Verleumdung, Gift auf alles, was sich rührt! Nur blieb die Frage, ob das Ruhige, Menschenfreundliche noch eben, das Bedauern, Mitleid gar – ob das nur diente, um mit einigem Kontrast noch schärfer zu verlästern, was bereits bedauert war; ob das nicht diente als Rechtfertigung, vorausgeschickt, um alles das zu sagen – es zu dürfen – was gewöhnlich im Diskurs unmöglich ist, weil nichts als Bosheit, Vorurteil und ungerechte Wut; ob das nicht diente gar, den Hörer einzulullen, ihn in Sicherheit zu wiegen, dass er schutzlos ungerechte Wut für Wahrheit nehme, mutig vorgetragen; dass er eine Summe ziehe aus dem Guten, Bösen, und, da Gutes überwöge, es auch hingehen ließe, dass darunter Böses niste; blieb die Frage, ob das zu was diente überhaupt – oder gar nicht; ob da gar nichts zu was diente und der Daus nur redete, wie es ihm einfiel, mochte ihm Vernunft das eingegeben haben oder doch der Böse, dem er sich so albern anempfahl. Kokettes Schwein: Ich bin ein Teufel, ei der Daus! In jedem Fall... – Semjon Schlechta war dieser Mensch zu anstrengend. Er war ihm immer schon zu anstrengend gewesen, er war ihm immer noch zu anstrengend und musste immer zu anstrengend bleiben. Zum Glück war da noch Anna, nein, zum Glück war da Musik, ein einziger Gewaltausbruch, er stopfte Semjon Schlechtas Ohren zu, so dass sie schier von innen überliefen, und im Stillen sang ein Cello, legte seinen Klang getragen auf das Land, die Wiesen, Wälder und Gewässer, und es ging ans Meer, ans Meer, wo Anna wartete, Anna Neander...

Auch nicht sehr entspannend. Anna wieder mal.

Der schwarze Benz, Karl von Kurtz am Steuer, passierte die Stadt Bergen, querte den Jasmunder Bodden. Pütt verbot dem Daus zu baden, weil er glaubte, dass das Wasser unrein sei. »Es wäre eine Probe«, sagte Emil Eduard Daus. Weiter fuhr der Wagen über Sagard auf die Schaabe, Kiefernwald im Sand, der Boden federnd wie ein schwarzer Benz. »In Juliusruh«, erklärte Emil Eduard Daus und unterbrach sich in den Ausführungen über Elend, »wollte ja die Anna gern ihr Haus. In

Juliusruh! Das sind so Weiberphantasien...« Dann Felder, weites Land und kleine Orte, Lerchen in der Luft. Und Schwermetall. Ein Flecken namens Varnkewitz. Der Wagen hielt an einem stark verfallenen Haus, geborgen in wucherndes Grün. »Da sind wir«, sagte Karl von Kurtz, »das kann nicht wahr sein. Daus, was bist du für ein Arschloch!«

Emil Eduard Daus schimpfte aber immer noch auf den alimentenversessenen Pöbel. »Was Armut aus den Menschen macht«, sagte er, »hmm.«

II. TEMPO DI MENUETTO. SEHR MÄSSIG. JA NICHT EILEN

Denn Freund dieser Welt sein, ist Gebuhle fern von Dir –
also seufzt der Kirchenvater, seufzt zu Gott und drischt fein
los, und es darf bezweifelt werden, dass diese vier jungen Buhler Gnade gefunden hätten vor seiner Dresche, darum bloß,
dass sie nicht die Welt als Buhlschaft wollten, wenigstens nicht
drei von ihnen, denn der Vierte hatte sie seit je zur Buhlschaft
und spielte mit ihr, wie es ihm einkam. Buhler aber waren auch
die anderen Drei, die sich scheuerten an Sinnendingen, wie der
Kirchenvater ächzt, wohlverstanden aber, weil sie nicht sich
begeilen wollten an dieser Buhlschaft Welt, vielmehr sich gruseln und befremden vor ihr und abhärmen derart, dass es
ihnen durchaus die Exkremente austriebe zuletzt und sie ganz
rein würden, rein endlich, ledig nämlich der wunderlichen
Idee, dass etwas sei, ledig gar des Zweifels, dass doch vielmehr
nichts sei, und so wären wie schwankendes Rohr im Wind, das
ist umweht von der Empfindung aller Dinge, sacht von ihr bestrichen, und kein Erwarten mehr und kein Erinnern mehr von
Sinnendingen, kein Geschehen im Empfinden, kein Bedeuten,
dass wohl darum, dass sie wehten, bar und bloß bestrichen
von Empfindung, diese sich in ihrer Zeit erkenne und be-
zweifle, dass sie nicht sei – ihr anheimgegeben diese vier weniger einen, diese jungen Buhler, Gnade im Heil ihrer Gegenwart, ihrer in den Augenblick gedrängten, ins Ewige sich wei-
tenden Gegenwart suchend… – es darf bezweifelt werden, ist
also gesagt worden, dass ein Kirchenvater sähe, diese jungen
Buhler, wie sie alles abtöteten und würgten in ihrer

Empfindung, bis sie nichts mehr war als nackte Schöpfung, über die das Andere, das Absolute strich, ja sie durchdrang… – sie buhlten also um die Ewigkeit und wären soher zu verschonen oder noch viel mehr zu dreschen als der Buhler um die Welt. Es darf bezweifelt werden, dass der Kirchenvater des Weines nüchterne Trunkenheit in ihnen erkannt hätte, da sie die Schnapsflaschen hochrissen; dass er den Hass der Vollkommenheit in ihnen glühen gespürt, die mit Verachtung durch die Welt stiefelten und sich verächtlich machten. Es darf bezweifelt werden.

Da saßen sie, vier junge Buhler, in der großen, stark abgeschabten und vom guten Leben dreier Generationen Charlottenburger Intellektueller gezeichneten Beletage der Schlechtas, dieser moralisch tüchtigen, halbgebildeten Leute, wie Semjon sie nach ihrem Tod zu ehren sich angewöhnte; saßen ganz hinten in Semjons sogenanntem Arbeitszimmer, sogenannt, weil Semjon sich, kaum auf der Universität eingeschrieben, als lässig im Lernen erwies, weshalb das Zimmer von Karl von Kurtz auch als die Sackgasse bezeichnet wurde – denn es war das hinterste Zimmer im Seitenflügel der Wohnung und gab kein Entrinnen daraus; saßen dort mit Blick in den Hinterhof, wo die Restaurant-Kellner rauchten und Avocado-Kisten stapelten, sich wohl auch gelegentlich über den Lärm aus Semjons Zimmer ärgerlich zeigten, was Emil Eduard Daus ihnen mit Beschimpfungen heimzahlte, wenn er aus seinem Rausch durch das achtlose Klirren leerer Weinflaschen aufgestört wurde. Da saßen sie in Semjons Zimmer, wo Semjons neue Freunde, Karl von Kurtz, Pütt und Emil Eduard Daus, sich ganz besonders gehen ließen, da es keine elterlichen Regeln gab, Schikanen, nur ein Einsehen erwartet wurde, dass doch auch die alten Schlechtas gerne soffen und nicht Menschen dieses Schlages waren, den die jungen Buhler fliehen müssten, als welche sich also gehen ließen nach Komfort, und nicht allein hinsichtlich der Lautstärke ließen sie sich gehen, in der stilistische Feinheiten der neuesten Schwermetall-Artefakte bestaunt wurden, sondern auch hinsichtlich der Tischsitten ließen sie sich gehen beim begleitenden unerlässlichen Saufen, das die Lustigkeit erhöhte und die Munterkeit der Sinne, deren Differenz sodann erwiesen wurde im Dampf der Haschisch-Pfeife. Als deren Erzpriester hatte sich längst Pütt etabliert, und während die drei anderen auf abgeschabten Stühlen rund um ein Tischchen saßen, das einst schon zeremonieller Hauptort im Neuköllner Herrenzimmer des Großvaters mütterlicherseits, des Partikuliers Arno Selicke gewesen war, der die Likörflaschen regiert hatte; während sie auf dem fleckigen Lampenschirm der Leselampe eine fragile Kegelfigur aus Kronkorken errichteten und rund um eine gewaltige Aschenschale aus Kristall, die einmal knackig frisches, leuchtendes Obst aus sämtlichen Erdteilen hatte tragen dürfen, Aschenreste und Zigarettenstummel verteilten, die sie mangels dahingehenden Ehrgeizes nicht hinreichend zielgenau ihrer Bestimmung zugeführt hatten; während sie gelegentlich durchaus sprachen, diese drei anderen, Emil, Karl und Semjon, sogar miteinander, wie es üblich ist, aber nur Einlassungen zur Musik austauschten, die von Kundschaft zeugten, oder wunderliche Taten der Narren berichteten, mit denen sie sich umgaben, weil normale Menschen ihnen den Hass der Vollkommenheit erregten, waltete Pütt hochvergnügt seines Hochamtes, schnitt Tobak mit der Nagelschere klein, polkte Eiswürfel in die Wasserpfeife, reinigte mit einer Nähnadel die Sieblöchlein einer Purpfeife, rollte gewaltige, gleichwohl ebenmäßige Tüten oder lieblich kleine, umso heftiger ziehende Stiftchen, wie auch immer und ganz nach Gelegenheit, um jedenfalls am Ende mit priesterlichem Gleichmut das Sakrament zu feiern der allein seligmachenden Empfindung, die den Menschen in den empyreischen Himmel schießt, wo Gott selbst ihm die Sinne befächelt und Licht gießt ins Graue des Hirns. Dann vertrat sich wer den Fuß auf einer daherkollernden Bierflasche, stieß die Lampe um, so dass der Sakralbau von Kronkorken sich über Arno Selickes Herrentisch ergoss, und es wurde so gemütlich, dass ernstlich immer einer der vier Buhler erwog und zu bedenken gab, man wolle den Tag lieber an Ort und Stelle zu Ende bringen und die Sinne nicht mehr in den Fluten des Gegebenen baden auf den Straßen, in den Clubs.

Und wenn sie nicht bei Semjon saßen, im Zimmer *Die Sackgasse*, dann saßen sie bei Karl von Kurtz, der ein klammes kaltes Loch im Wedding al fresco angemalt hatte, blau und rot und gelb, möbliert mit Sachen, die er auf der Straße liegen sah, und dekoriert mit wieder anderen Sachen, die er an Fäden von der Decke baumeln ließ, Sachen, wohlverstanden, nicht namhaft zu machen und bestimmbar nicht weiter als bis zur Auslage eines Flohmarkts im Ostteil der Stadt, wo Karl von Kurtz mit noch mal wieder anderen Sachen seinen Handel trieb, kaum um des Geldes willen, mehr im Erstaunen über Sachen, die ihn wunder nahmen; Karl von Kurtz, damals noch ganz zerfallen mit sich und so gar nicht stramm ans Richtige verhandelt, ans Gemäße, ingründig zerfallen mit sich, weil er noch Erinnerung besaß, dass er ein hoffnungsvoller, schöner Mensch gewesen, schlank und schnell und unmoralisch wie ein Kätzchen, einer, der so tat, wie ihm geheißen, und das besser als die anderen, die auch geheißen, und sich ungeheißen an der Wucht aushärtete, mit der er sich an anderen stieß, und weil er doch schon längst anheimgegeben war an den Gedanken, der ihn so mit sich zerfallen machte; den Gedanken, der wie Wurmfraß in ihm umging und das Hirn zerlöcherte und überall da auftauchte, wo er seiner nicht gewahr gewesen war, um Himmels willen; den Gedanken, der ihm, Karl von Kurtz, stets dann einfiel, wenn Emil Daus schon wusste, was er tun will und nicht lassen; der ihn suchte, heimsuchte, verfolgte, immer wieder überraschte, bis er keinen Ziegelstein mehr sehen konnte, ohne zu vermuten, dass darin wohl diese Frage lauerte, sich ihm ins Hirn zu winden, sein Gedankenfleisch zu weiden; den Gedanken, der, wenn er ihn hatte, nachklang wie die Saite auf dem Kontrabass, hart angeschlagen, zitterte, vibrierte und so in Bewegung setzte alles um sie her, in Schwingen setzte, Brummen, das ist hier: sein Denken, wie ihm Karl von Kurtz anheimgegeben war, und welches also brummte, schwang und stieß, wenn er die eine Frage, den Gedanken, diesen einen, wieder mal und wieder mal zu seiner Überraschung eingefangen hatte, den Gedanken, der nicht, niemals war in Worten zu verfassen, nicht von Karl von Kurtz, nicht von den Anderen, die ja nichts wussten von Gedanken bei den Anderen, schon gar von Plagen, da sie doch zu wenig sprachen über Innendinge, lieber ins Gesicht sich sahen, der Worte unangesehen, und in Empfängnis einer Botschaft, welcher blieb ja gleich, sich gütig auf die Schulter klopften, munter, tröstend: Innendinge hat ja jeder, setz dich auf den Topf, wir warten schon; den Gedanken, der – und unerachtet er unsagbar war – in Worten festgefügt in Karl erschien und niemals anders sich verkündigte als so: Ich kann bis jetzt noch nicht begreifen, weshalb dies eigentlich geschieht! Dies war die Formel, die ihn suchte, Karl von Kurtz, anarchisch jeden Grund zerstörend, uralt, kraftvoll, leugnerisch, und wieder, wieder stand er da, getroffen, dachte: So, bis jetzt noch nicht, das ist ja allerhand! Und dachte: Eigentlich, wieso denn eigentlich? Und hängte eine alte Kamera von seiner Decke, in dem hohen, schmalen, dunklen Raum, malte eine Wand blau an und setzte sich, sah, wie die blinde Kamera da baumelte, dann kam Emil Daus, stieß sich den Kopf daran und fluchte: »Karl, owei, du Arschloch, ist mein Kopf ein Besen?« – Ich weiß bis jetzt noch nicht, weshalb dies eigentlich geschieht, dachte Karl von Kurtz, dachte den Gedanken mit aller Ausführlichkeit bis hinein ins *noch* und *eigentlich*, nichts überhasten, setzte seinen alten Plattenteller in Schwung und legte etwas Rasendes auf aus der Zeit, als er unschuldig war in Sinnendingen und männlich kühn im Geist, ein lässig asoziales Kind und glücklich, glücklich, eins und alles. Emil Daus protestierte gegen die Musik, lächerlich, vulgär, das tat den Ohren weh, aber Karl von Kurtz achtete nicht die Einrede, er streckte das Kinn hoch und war ein harter Kerl und deutete ein Schmunzeln an, das eine Frage in ihm aufwarf.

Wenn sie aber genug hatten von Karls blauem Loch; wenn sie genug hatten, ein paar Blöcke weiter, auch von dem Zimmerchen Pütts, erster Stock Hinterhaus, wo man die Zeit auf dem Fußboden hinbrachte, weil es dort nichts gab außer dem Schrank für die Musik, bloß eine Matratze mit zerwühlten Betten, aber durchaus reinlich; wenn sie genug hatten vom Sitzen in der Wohnung, ob es doch gleich bequem war, um die Eisstücke springen zu lassen im weiten Bauch der Wasserpfeifen, im Schneidersitz zwischen Tabakkrumen auf den grauen Teppichfliesen, bequem, um konzentriert den Sinnen überlassen neue Alben durchzuhören, immer gern bereit zum Urteil, alles werde immer besser und zumal die schwere, brüllende Musik, Vortrefflichkeit, wohin man sah, und hoch und höher stieg die Kunst; wenn sie genug hatten davon – und sie hatten nicht sehr schnell genug vom Sitzen, zumal man ja so seine Höhe der Kultur bewahren will gerade im Konsum, und wenn es Sommer war oder noch nicht Sommer oder richtig Sommer nimmer mehr und jedenfalls nicht Winter, der die jungen Buhler in die Clubs zu gehen zwang, dann ging es an den Plötzensee, dann ging es in die Rehberge, das war das eigene Revier von Karl von Kurtz, von Pütt, auch, ja, von Emil Daus, der etwas weiter her aus Moabit zwar stammte, aber je, da war halt kein Revier, das man so haben konnte, ein Revier mit Bäumen, Ausblick, See, wo man so ungezwungen sich bewegte. Denn jeden Löhl kannten sie da, der hinter den Bäumen saß und kiffte, jeden Trottel mit dem Bier und jeden Helden mit dem Fußball unterm Arm, ihr Dealer stand mit abgeschnittenen Hosen und mit abgeschnittener Plastikflasche dreist im See und machte allen vor, wie man ihn rauchte, und kein Busch war da, in den nicht Karl von Kurtz ein Mädchen geschubst hatte, weil er dachte, es erhöhe ihr Verlangen nach ihm. Da hatte Pütt auf einem Rasenstück gelegen, Tag für Tag mit Kopfhörern im Ohr, in denen brüllte es, in jener Zeit, als er nicht gern zur Schule ging und anfing, vormittags schon Pott zu rauchen, und da hatte Karl von Kurtz dem Emil Daus den Schneidezahn gezogen, als sie uneins waren, Kopfstoß, Blut und Spucken, und was hatten sie gelacht, erzählten die Geschichte gern am See beim Feuer: Damals anno Achtundachtzig, Karl von Kurtz zieht Emil Daus den Schneidezahn, singt Eduard, mein Eduard dazu, und Emil Daus, am Boden, sah, wie Karl von Kurtz der Atem stockte nach der Tat, erschrocken sang der, drehte sich um sich und drehte sich, und Emil Daus, die Fresse blutig, lachte sich halbtot und schwor sich, wenn schon böse, dann mit Mumm. Fünfmal schon wenigstens hatte Semjon sich die Geschichte anhören müssen, er kannte die Varianten, das galt mehr für ihn, als wäre er damals dabeigewesen schon, er kannte ja die Freunde viel intimer so als einfach immer schon. In Varianten auch kannte Semjon die Geschichte, wie Pütt geflohen war vor ortsbekannten Leuten, die er seine Freunde nannte, hatte Karl von Kurtz getroffen, wie der oft mal einfach anzutreffen war bestimmten Ortes hier, der war gleich mitgeflohen, weil mit diesen Leuten keines Spaßens war, und beide waren flüchtend durch die Rehberge geirrt, wie vor den Kopf geschlagen ohne Kenntnis, wo sie liefen, bis sie hinter einem Busch in einen Hinterhalt gerieten, wo sie aber nur symbolisch ausgeraubt und durchgeprügelt wurden, dass sie wüssten, wer im Leben vorne ist und wer ganz hintenan –

und dennoch: Karl von Kurtz blieb immer Herr hier, wenn er auch mal fliehen musste, stramm vor Angst, denn hier, nur hier war er zu Hause, kannte er sich aus, war immer da gewesen, kannte die Gefahr und kannte alles sonst, hier ließ er ab von sich, nur hier allein, und war hier nicht versucht, niemals, sich selbst wohl zu erbauen, wie man, deuchte ihn, verlangte überall, dass er sich, Karl von Kurtz, als Karl von Kurtz erbaue, so und so, dass Karl vom Kurtz, zu dem er sich erbaut, als Mann sich schüfe der- und dergestalt, obwohl er wusste, dass er nichts erbauen konnte als Ruinen, wenn er sich erbauen wollte als ein Karl von Kurtz, der der- und dergestalt beschaffen wäre... hier im Freien ließ er ab davon, nur hier, sonst fühlte er sich zu gedrängt und baute zögernd, zagend an der Ich-Ruine wie geheißen.

Und hier draußen auch, nur hier, da hatte Frieda Daus, die große Schwester, das Vertrauen brechen können und Geschichten zu erzählen, denn wo anders wäre solches vorstellbar, Geschichten von dem kleinen Emil, wie sie nicht mal Karl von Kurtz erwartet hatte, der doch Emil kannte, seit er zehn war; hatte das Vertrauen gebrochen ihres Bruders, der dabei saß und gute Miene machte zum Spiel seiner Schwester, die ihm seine Hoheit nahm über das, was war; die Schwester, die bewundert wurde von den Freunden, ob sie gleich nicht schön war eigentlich, aber etwas Radikales um sich hatte, das wie Liebreiz in den Augenwinkeln wohnte, Frieda Daus, die Staunen eingab, wie sie da im knappen Hemd den Kinderwagen vor sich herschob und ihr Söhnchen wie auf Fingerzeig regierte, dass es niemals unzufrieden je gesehen worden, geschweige denn vor Zeugen seine Mutter außer sich gebracht hätte, die mit schwellenden Brüsten und listigem Gesicht sich dahersetzte, als ihr Bruder da so saß mit seinen Freunden, angefeuert zwar, doch stört das eine Frieda Daus? O nein, sie setzte sich, sie kramte gar zwei Fläschchen Sekt aus ihrem Netz am Kinderwagen, schlug die Beine unter und versicherte, es geschehe rein zum Zweck der Produktion von Milch, so der Wille der Natur aus ihr erzeuge, um so quellender, wenn sie ein Gläschen trinke. Pütt aber ließ ein Seufzen hören, indem er solches vernahm und anderes ersah, er seufzte ahnungsvoll, weil ihm wohl einkam, dass es mit dieser Produktion doch so seine Bewandtnis haben müsse, denn Pütt, wenn ihm der Himmel der Erkenntnis heiter war, sah viel Bewandtnis himmelhoch und zog, dass ihm die Ahnung davon rein erhalten bleibe, rasch die Wolkendecke um sich zu. Und Frieda Daus war ins Plaudern gekommen darüber, sie fand die Jungs so nett und artig vollgelegt, so schraubte sie ihr zweites Fläschchen auf und plauderte und achtete, mit wem sich Emil jetzt umgab: Da war der Karl von Kurtz, den kannte sie, der war sehr ulkig, immer schon, und wurde immer ulkiger, nunmehr mit Bauch und strammgezogener Redensart, und Pütt, je nun, und der, wie hieß der noch, der Neue, Semjon? Der war interessant, so freundlich still, und was er sagte, hatte Leidenschaft, wenn auch noch etwas zäh vor Schüchternheit, wenn da mal eine Frau ein wenig Mühe investierte… – dachte Frieda Daus und war sich sicher, dass der Semjon unberührt hier vor ihr saß, vielleicht, dass ein paar Nutten… na, der große Kerl, das konnte einer werden, dem auch Emil nicht das Wasser reichen konnte, aber, wohlverstanden so, obwohl sie eine hohe Meinung von dem Bruder hatte, meistens jedenfalls, wenn er nicht eben allzu große Reden führte, so wie jetzt, da er den Mann, der ihr das erste Kind gezeugt, verleumdete, bloß weil der, Simon Catenhusen, jetzt in China lebte, was kein Beinbruch war, da er ja Geld bezahlte. Emil aber, jugendlich gekränkt, weil er den Kerl erst liebgewonnen hatte, dann verachten müssen, lästerte so sehr und blähte sich so auf dabei, wohl um den Unterschied zu weisen zwischen Mensch und Tier, dass Frieda Mitleid mit ihm litt und sich erinnerte, wie Emil einst, ein kleiner Steppke, morgens vor der Schule immer weinen musste, weil die Angst so groß war; wenn er aber ging, die Tränen trocken, schritt er aus wie Rübezahl so siegreich, schwang sein Beutelchen wie einen Reitersäbel, pfiff ein Lied und war der Daus – und ihr guter Vater oben schüttelte den Kopf im Fenster, ging zum Küchentisch und sagte: »Armes Kerlchen, pfeift im dunklen Walde.« Da es so gemütlich war, erzählte sie es in die Runde, nein, erzählte es, und das war mehr noch Treubruch als der Treubruch überhaupt, dem Semjon, weil der klug und aufmerksam war und auch noch ach so unberührt, dass sie nicht schweigen konnte, Frieda Daus, und Emil schwesterlich, weil sie nun doch verlegen war, das Knie betatschte. Und Emil Daus machte gute Miene, nahm mühelos den Ball auf, den sie spielte, und übertraf sie, wie er sich noch mehr als sie belustigte über den kleinen Emil Daus, den Steppke, der sich so zusammenreißen konnte und mit Frechheit siegte, wenn er nur den Zaubertrank der Tränen erst genossen hatte, also belustigte Emil Daus sich über sich und rühmte sich nicht wenig, und doch verzieh er nicht, dass Semjon das erfahren hatte, ausgerechnet Semjon, ausgerechnet das, verzieh es Semjon nicht, was konnte Frieda denn dafür, die war halt Frau, doch hatte Semjon sie mit diesem Blick erweichen müssen, diesem Blick, der sagte: Komm nur her, ich bin verständig, tief und rein?

Also trieben sich und tollten die jungen Sünder durch die Rehberge und fragten sich nicht lang, wer das sei über ihrer Seele Scheitel, wie das ein Kirchenvater tut, denn was sie vernahmen von dort war nichts als ein Schnaufen, und das Schnaufen bezogen sie, na, drei von ihnen bezogen es auf die wunderliche Laune, dass die Leute alle, außer ihnen selbst, sich wie die Narren respektabel machten, Ziele hatten, sausten und sich Ansichten verschafften, über ihrer Seele Scheitel aber schnaufte es, und Emil Daus – so einfach ist es mit der

Philosophie, der Rest bleibt Ahnen – verkündete bald ahnungsvoll, nicht weil er einen Eimer Schnaps getrunken hatte,
sondern weil er vielleicht doch wie inspiriert war von dem
Schnaufen, wenn auch über seiner Seele Scheitel eher ein Getön vernehmlich war von Instrumenten aus gewirktem Blech,
verkündete, er wisse jetzt Bescheid, ein jeder stecke seine Kopf
rektal dem Nächsten rein, das müsse man sich halt verbitten.
Und als der Daus so erstmals sein Programm verkündete, war
es an Pütt, dass über seiner Seele Scheitel sich so etwas wie Bewandtnis braute, so sehr und rein Bewandtnis, dass es fast die
Ausführung erübrigte, was es damit gleich noch auf sich habe,
aber dennoch sagte er: »Glaubst du, dass es dich auch in der
Zukunft geben muss? Dann hängst du doch schon drin, rektal!« Und als sich Emil Daus bei diesem Urwort doch mal lieber
nach dem Pütt umwandte, um zu sehen, wer da über seiner
Seele Scheitel in die Orgel griff, zog der schon wieder an der
Tüte und trat ein in seine Nacht des Schweigens, denn die
Worte töteten, und Geist war es, der Pütt lebendig leben ließ,
er riss die Augen auf vor seligem Verstand, ein kleiner Junge,
strahlend klug, im leeren Glanz der Augen Übersinnliches be-
spiegelnd, da sie nahhin auf Verwandtes blickten, auf den See,
die Freunde, alle dicht und stramm, mit kleinen Augen, voll
Gelächter – Pütt – das war der Augenblick der Wahrheit für
sein ganzes Dasein – Pütt verstand: Wenn ewig Leben wäre
wie ein Augenblick des Schauens…

Da lagen die jungen Buhler im Park, dieser Erkenntnisan-
stalt, lagen auf der Wiese, und die erscheinenden Dinge waren
ihnen ein Anblick der nichtoffenkundigen Dinge, aber nicht
nur drei von ihnen hatten da Erkenntnis für ihr Leben; nicht
nur Karl von Kurtz erlernte hier in Furcht vor dem Gedanken,
dass Geschehen unbegreiflich sei, nicht das Nicht-Geschehen,
sich nicht selbst zu bauen zu dem Karl von Kurtz, zu der Ruine, die er baute, wenn er flüchtig durch die Straßen irrte; und

nicht Pütt allein erstarb hier wortlos seiner Einsicht, Ewigkeit sei wie ein Blick, ein Schauen über seiner Seele Scheitel; und nicht Emil Daus allein erkannte mit der vollen Schärfe seiner Distinktion, um sich der allgemeinen Narrheit als ein Anderes schön fremd zu halten, müsse man nur hindern, dass – ein Einfall wie ein Säbelhieb – ihm jemand seinen Kopf rektal einschöbe, wozu denn nichts weiter zugehörte als ein bisschen Irrationalismus in den Fragen der Moral; nein, nicht nur die Drei, auch Semjon kam da zu Gedanken.

Nichts noch von System, versteht sich, von einem System war dieser Buhler weit entfernt, noch nicht einmal die Notwendigkeit eines Systems sah er ein, und kein Gedanke war da namhaft zu machen, der lautete wie »Ein System will ich mir machen« oder »Systeme braucht der Mensch, fürwahr«. Nein, ganz im Gegenteil, kaum rankte es um ihn, wie er da lag, im Park, in den seine Freunde ihn führten, weil sie da hineingehörten, auf dem Rücken, schon eher lag er da und ließ vom Augenschein sich wiegen. Doch es wuchs was, rankte sich wie Efeu, das bei fernerer Betrachtung, etwa von der Seele Scheitel aus gesehen, sich wie einig und durchwirkt ausnehmen mochte, wie es dichter, tiefer, breiter um ihn wurde, um ihn her, und war er auch im Lernen lässig, trieb er doch genauso lässig etwas aus sich vor, das leider, näherhin betrachtet, reichlich ähnlich war, ein ungestaltes Einerlei, recht flaumig, doch mit Sägezähnchen, Liebe innen und Verachtung außen, und was er aus dem Ranken einzeln immer vornahm, das war allemal für sich beachtlich, aber in der Menge seinesgleichen doch gestaltlos. Wenn Semjon also sich dies Ranken um ihn zu Bewusstsein brachte, fiel ihm ein, es werde ja auch wohl so Ranken noch erlaubt sein, dem erst keinerlei Besonderheit verordnet war; das keinerlei sich höher ordnender Bezweckung untertan, vielmehr dem Zufall einer Einzelheit verpflichtet war, – und in liebeskrankem Trotz übersah er die Gleichform, sah, wie sie zufällig die Unform heraushob, und überaus verächtlich sah er hin auf alles, was nicht stur für sich und aus sich selbst zu etwas Anderem ranken sollte, nicht mal ranken wollte, sondern sich aus Prunksucht in nur solcher Einzelheit gefiel, die der Gliederbau der Systematik spendete, in ihr Gefüge eingeschraubt, so dass, wenn alles fertig ist, das Höhere das Niedere umschmeichelt: Einzig bist du, weil es passt. Also befingerte Semjon, der junge Buhler, liebend hier ein Blättchen, flaumig, doch mit Sägezähnen, dort ein anderes, und fand sie einzig, während er mit Eifersucht, doch lässig dem Gedanken seine Stirn bot, dass sie doch am selben Stengel hingen und auch sonst nicht so besonders waren. Ein erster Verdacht wurde ihm erregt, freilich, als Emil Daus, ohne dass er seine Absichten je zu erkennen gegeben hätte zuvor, von einem Tag auf den anderen sein achtlos bewohntes Zimmer im Studentenwohnheim aufgab und Charlottenburg den Rücken kehrte, um woanders zu wohnen. Emil Daus wohnte woanders, Karl von Kurtz und Pütt aber ließen sich davon nicht irre werden, kein Woanders brachte sie aus Wedding raus und fort von Plötzensee und Rehbergpark, doch Semjon war es, der Daus habe ihn gestellt, wie er unzüchtig seinen Samen in eine Efeumatte tropfen lasse! Denn Emil Daus, der Semjon – da war er sich sicher – nur in seinen Kreisen duldete und nicht mit Herzlichkeit ihn an sich zog; Emil Daus, der immer so nervös sich unter ihnen hielt, und wenn es ihn nicht hielt, auf einen Streifzug ging, auf Pirsch, man wusste nicht wohin; der war nicht nur im Großen ohne Ruhe, wie er es im Kleinen immer war, wenn er auf Pirsch ging – das war Semjon auch so ziemlich klar; der änderte nicht nur den Wohnsitz, wie er sich von ihnen fortbegab, um irgendein Gelände zu durchstreifen; der war nicht nervös allein, nur ohne Frieden, rastlos, dort, wo Semjon eben lernte, sich im Augenschein zu wiegen und ihm alles neu und voller Aufbruch war, im Liegen, Hören, Rauchen sich das

Irrgegaukel aus den Sinnen brennend; der war nicht allein gereizt vom vielen Sitzen und Erharren; der war nicht ertaubt vom Brausen der Musik, von ihrer Wut, und brauchte bloß ein wenig Stille und Motion. Der hatte mehr im Sinn, das wusste Semjon. Emil ließ nicht nur das Eine hinter sich und fing was Neues an, nein, Emil Daus ging über, von dem Alten zu dem Neuen, ging gezielt und systematisch über so, dass Gegenwart des Früheren und Gegenwart des Gegenwärtigen sich ihm zu einer Formel bänden, die die Gegenwart des Künftigen beschwor, nicht einfach so zwar, sondern so, wie Emil Daus sie haben wollte, weil er sie so haben wollte. Emil Daus verzog nach Mitte! In den Osten. Und er nahm dort keine Wohnung, er besetzte gleich ein Haus! Nun, bitte, tut das jemand, der sich in der Wahrheit wiegt? Das tut nur, wer die Winde weidet. Tut das jemand, der sich selbst, den Augenblick, befächelt spüren will von dem Unendlichen; der sich, Einzelding, ersterben sehen will im Ewiggleichen? Nein, der tut so nicht.

Nun, Emil Daus – er besetzte eigentlich kein Haus, auch wenn er das so sagte, um der Kürze halber; um nicht ungewürzt zu sprechen auch, mit dem wohlbekannten Zittern um den Mund, verächtlich, Hochmut, der sich hochmütig belächelt, aber durchaus: Nein, der Daus besetzte wohl kein Haus, auch nicht mit anderen, die ihm verbündet Schwerter aus der Scheide rissen und gerechtsam eine Burg erstritten, nein und nochmals nein, er zog nur ein, das Haus war vorher schon besetzt, doch was für ein Getön bei solchem Schritt: Nun saßen sie nicht mehr bei Pütt, bei Karl von Kurtz vor blauen Wänden, nicht in Semjons Arbeitszimmer, wo er lässig war, nun lud der Daus zu sich, und wenn er dort ein Zimmer hatte, achtlos in Besitz genommen, saßen sie doch in der Küche, Pütt vergnügt, beschäftigt mit den üblichen Gewerken, die an diesem jeder Wirklichkeit entfernten Ort der öffentlichen Taten gleich nochmal so weihevoll zu konsumieren waren und ihm viel Applaus einbrachten; Karl von Kurtz befremdet, uneins und zerfallen mit dem Ort, weil er so schlampig seiner Welt nur angepappt war; Semjon staunend, unwohl, hingerissen, weil es hier – weil alles hier so kraftvoll wie im Mythos war, die Männer siegreich, in den Taschen eine Schuldverschreibung auf Unsterblichkeit und auf der Zunge Reden über Kampf und Kapital; die Frauen leuchtend unberührbar, dem Begehren unerreichbar, weil von anderer Moral, weil Wächterinnen über Sitten, die kein Sterblicher bekundet. Emil aber, Emil Daus, bewegte sich da zwischen ihnen dreist mit Selbstverständlichkeit, und wusste doch niemand, woher er kam und wann er solche Menschen sich gewonnen hatte, und sie erkannten ihn je mehr als einen unter ihnen an, je mehr er seinen Fürwitz spielen ließ, verächtlich, herrisch sich bewegte unter ihnen, nicht wie Semjon oder Karl von Kurtz bemüht, rasch auszuweichen, Worte murmelnd, die zum Wenigsten nicht gleich bewiesen, dass sie nicht von solcher Heldenart geschaffen waren, noch erkennen ließen, dass sie solcher Art – und wenn es auch Passierscheine durchs Fegefeuer gölte – durchaus nicht und niemals sein wollten; überhaupt nur Unmut schürten; nicht so jener Emil Daus, der gleichwie eine dritte Sprache sprach in dieser Küche, nicht Jargon der Hausbesetzer, der polit- und subkulturgeladen war, nicht mehr Schwermetall, wie man im Wedding plauderte, er lehnte an der Spüle, und gehässig grinsend sprudelte er Hohn auf Hausbesetzung und Allmende, Subkultur und Frauenemanzipation.

Sowas, wohlverstanden, redete der Daus ja immer schon, nur war ihm das bisher als sein Theater durchgegangen, irgendeine Rolle sucht sich jeder, aber hier bei diesen Leuten war nicht klar, ob es Theater war, ob es nicht gleichwahr böser Ernst war, der so spräche, und indem so böser Ernst einem sogenannten Totalphänomen gelten musste, gerufen mit dem Misch- und Sammelwort »das Leben«, konnte ein dergleichen

Ernst nur albern sein und seinen Träger lächerlich erscheinen lassen, wenn er nicht, selbst lächerlich, noch daran hielte und sich glatt verdächtig machte, eines Bösen sehr verdächtig, unter jungen Buhlern immerhin, für die der Ernst ein Ungeheuer, Ungemäßes ist, zumal so willkürlich – gewählter Ernst. Nur Pütt – wenn er in Stimmung war – vergalt es Emil Daus mit einem Johlen, während Karl von Kurtz schon nach Gefallen ulkige Grimassen schnitt. Und Semjon fragte sich, stoisch analytisch in diesem Treibsand von Lebenshaltungen, die keinen Ausweg boten, ob das nun reinen Herzens fein gespottet war und treffend – oder ätzend und somit schon ganz verdorben. Aber Emils neue Wohngenossen, die ihr Anderssein als Andere nicht still für sich versuchten, abgeschirmt durch stampfende Musik, so dass nach außen hin sich nackter Anstoß rege, der die radikale Eigentlichkeit tarnte, sondern mit Indianerheulen in die Öffentlichkeit stießen, um sie zu bezwingen mit der Andersart, mit Anarchie und Schminke, nahmen Emil anders wahr, ganz offensichtlich, sonst war ja nicht zu erklären, weshalb sie ihm Beifall zollten in Worten und Gesten, da doch in seinen Reden ihre Lebensform so radikal bestritten wurde, dass ein eifernder Reaktionär wohl nur gelächelt hätte, selig wie ein Kind. Man hielt es wohl im Gegenteil für Mummenschanz, der Reaktion entlarven sollte, damit war es Kunst und forderte Erfolg, weil es die Kunst nicht ohne Beifall geben konnte, und Emil Daus empfing die Ovation mit Lauerblicken, ließ die Spüle stehen und begab sich mit dem Rücken an die Wand, was Pütt vermochte, von der Arbeit aufzusehen, seine Faust zu schütteln und zu schreien: »Achtung, hinter dir, rektal!« Und auch Pütt erzielte Erfolge; verglichen mit der Nachhaltigkeit, mit der ein Emil Daus hier zu beeindrucken wusste, nur Achtungserfolge – doch mancher Beifall war bemerklich, Semjon aber saß auf wackeligen Stuhl und suchte die Feindseligkeit herunterzuwürgen, die ihm das Gelächter über Pütt erregte. Also saß er da und kaute still auf einem Essay wider diesen Menschenschlag, dessen Herzensbildung, wie er meinte, sich erschöpfte in einem Selbstdesign von aufgeblasener lügenhafter Andersart und nicht mehr fähig war, den Unterschied zu machen zwischen einem eingegebenen Narren und dem Hanswurst ihrer Einfalt. Um sich Verachtung zuzuziehen, trank er stark und tüchtig. Emil Daus aber stimmte sogleich die nächste Tirade an: Wenn er Herr im Haus wäre, so oder anders ließ er sich hören, würde er das Räumen nicht der Polizei überlassen, persönlich würde er einen nach dem anderen in den nächsten Bauwagen schleifen.

Draußen auf dem Flur, vor dem Abort, traf Semjon Karl von Kurtz, mit dem ihm immerhin Verständigung gelang. Es reichten wenig Worte: »Wohngemeinschaft«, sagte Karl von Kurtz und zog sein Kinn schon stramm. – »Da frisst man auf, was da ist und was nicht da ist«, erwiderte Semjon und tat dem Finsteren über seiner Seele Scheitel kein Licht an. Karl von Kurtz rief »Ha!« Das hieß ein Lachen und war Auszeichnung für Geistestaten. Aber Geistestaten sind nicht halb und schon zu viel getan, zum wenigsten für Karl von Kurtz, weshalb es seines Amtes war, die Konsequenz zu ziehen: Karl von Kurtz kam nicht mehr her. Er kam nicht mehr. Und fragte Emil Daus ihn nach dem Grund – er tat das nur einmal – so sagte Karl von Kurtz: »Da wird nicht richtig Bier getrunken!«

Allerdings war es mittlerweile auch den jungen Buhlern aus Wedding nicht verborgen geblieben, dass, wer auf sich hielt und Traute hatte, sommers nicht im Wedding trank, im Rehbergpark nun gar, sondern in den Osten ging. Nachdem gelegentlich ein Vorstoß hoch nach Pankow den Augenblick, in den sie sich versammelten, nicht überreich mit Sinnendingen sättigte, und da Buhler nicht verstockt zu sein pflegen, wo es um die Sensation geht, behielten sie die Richtung einfach bei, die Emil Daus schon angegeben hatte, und es mehrten sich die

Ausflüge zum Wasserturm. Da stand dann auf der Straße jener schwarze Golf mit knietief Müll und Flaschen um die Sitze, welcher Karl von Kurtz gehörte und der Schwermetallgolf hieß, als lange nicht von einem Benz die Rede sein konnte, beide Türen offen, dass es an Musik nicht mangelte, heiser übersteuerte Beschallung aus zwei Lautsprechern, die für Sonntagspredigten, nicht für nachindustriellen Lärm geschaffen waren, und Pütt erledigte seine Arbeiten auf dem Wagendach, derweil der Eigner, Karl von Kurtz, sich vornehm abseits hielt, auf einem Mäuerchen das Sosein, wie es sosein sollte, prüfte, tief versunken in ein Nicht-Gespräch mit Semjon, der sich wohl darauf verstand, wortkarg gutzuheißen, was da gutzuheißen war, und hochbeglückt, wenn erst ein Fremder sich auf seine Motorhaube setzte, weil ihm vielleicht war, da wäre gut ein Bier zu trinken. Wohlverstanden, diese Gegend war berühmt, die Zeit war hochberühmt, doch nicht für dieses Schauspiel, nicht für diese Art Musik, die wohl vor vielen Jahren mal dem Weddingjungen für das Jagen, Brausen, für die Inszenierung einstehen musste, welche ihm die ungeschützte Wahrnehmung im Sturm einblies; nicht berühmt für einen schwarzen Golf mit knietief Müll und Flaschen, nicht für Schwermetall und Priester, die das Nichtsein eines Augenblicks in ihren Sinnen meditierten; hochberühmt vielmehr für etwas, das vergessen war, und so zu recht berühmt, weil so Vergessenes sich rein zum Nichtsein zugeschlossen hat. Das passte auch dem Daus nicht schlecht in sein System, er kam vorbei und brachte Mitbewohner mit, er schleppte die Bekannten an, die er sich so gewann, und zeigte ihnen seine Freunde, stand mit breiten Beinen auf dem Platz, sah hin auf alles, Menschentrauben um die Kneipen, Grüppchen mehr am Rand und hoch im Grünen, mittendrin mit offenen Türen, eine teerverdreckte Wasserpfeife auf dem Dach, den Schwermetallgolf, nicht zu überhören, Stampfen und Geschrei in seinen Türen, Karl von Kurtz im Fahrersitz, der rasend spulte und Kassetten tauschte, Semjon auf der Motorhaube in Betrachtungen versunken oder einfach breit; er wies auf alles, Emil Daus, und sagte: »Hat sich was mit Anarchie und Literatenviertel, hier zieht Wedding-Sitte ein!« Begütigend klopfte er seiner Wegbegleiterin den Rücken, lächelte ihr lauter niederträchtig zu und zerrte sie mit rüber, um sie herzuweisen. »Das ist Anna«, waren seine Worte, »zugezogen, lernt was an der Uni, glaubt, dass Szene-kieze spannend sind und lässt hier ihre unbegabten Dichter-freunde in den Kneipen von dem feingefühlten Schrott vorle-sen, den sie sich rektal abzapfen. Anna, das sind Wedding-kumpels. Hören Schwermetall und nehmen Drogen. Hab sie hergebracht, um euern Scheißkiez laut zu machen.« Anna Neumann aber, die erst viel später Anna Neander genannt wurde, knickste, winkte und sagte mit wohltönender Stimme: »Hallo, Weddingkumpels.« – »Der da nicht«, berichtigte Emil Daus und wies auf Semjon auf der Motorhaube, »der wohnt bei den Eltern, Riesenwohnung in Charlottenburg, ganz nette Leute, sehr versoffen und gebildet.« – »Ich bin Anna«, sagte Anna. – »Ja«, erwiderte ihr Semjon, nein, fast stöhnte er, so überrumpelt war er, schamwirr, »ja«. Er rang sich noch ein Lä-cheln ab, das alles Mögliche behaupten musste. »Ja.« Dann wusste er nicht weiter – ob er sich nicht etwa wieder auf die Motorhaube legen sollte... oder besser nicht? Zur Vorsicht, wirklich nur zur Vorsicht dachte er: Du Tussi! Und das half.

Vielleicht half auch, dass Anna öfter mitkam, immer in Be-gleitung Emils, und vielleicht half auch, dass sie Talent mit-brachte, mit den schweren Jungs vom Wedding mitzutun. Sie fügte sich glatt ein, und einzig dieses wurde durch sie schwie-riger vielleicht, sich zu versenken nämlich, wie sie nun so da-saß und bloß immer munter war, mit kurzem dunklen Haar, gekleidet in sehr viele Hemdchen oder Leibchen, weit ge-schnitten, alle übereinander, manche sehr tief ausgeschnitten,

manche nicht so sehr tief ausgeschnitten. Ja, in einem Leder-
beutel, der allgemein als schick bewundert wurde, weil er genau vier halbe Liter fasste, zufällig genau die Menge, die auch
Anna fasste, bis sie Lust bekam, in ein Lokal zu gehen,
schleppte sie sogar ihr eigenes Bier an, Zeichen männlich au-
tonomer Geisteshaltung. So fügte sie sich ein und tat, mit einem Wort und wohlverstanden, mit, ließ auch keinen Joint an
sich vorüberziehen, nickte sogar artig oder schüttelte den Kopf
im Takt, wenn Karl von Kurtz es einfiel, ganz besonders
schlimme Töne ganz besonders laut zu hören. Schon wollte
ihm sich Misstrauen erregen, doch stellte sich heraus: Sie war
dergleichen schon gewohnt von ihrer Freundin, Elsa Laska,
die Unmögliche genannt, weil sie aus einem Wedding ir-
gendwo am Nibelungenrhein her war. Sie wurde denn den
Buhlern nicht mehr vorenthalten, Elsa Laska war von der Partie. Und Karl von Kurtz begann, den Fuß aufs Armaturenbrett
zu stemmen.

Nur wurde nicht recht klar, ob Anna denn mit Emil Daus
liiert war oder nicht, es sah rein gar nicht danach aus und
wurde keine Zärtlichkeit getauscht, die Temperamente waren
grundverschieden, doch es gab da eine Art Vertrautheit, eine
Innigkeit, die sich in Kampf und Ringen aufwies, nicht im Ko-
sen oder Necken. Emil hielt sie sich gleich wie ein transpor-
tables Ziel für seine Bosheit, Anna aber lachte nicht, sie hielt
nur herzlich giftig gegen, derart, dass das schon als eine Art
von Liebe denkbar war. Man hörte ja von vielen Arten. Zumindest Semjon blieb in dieser Frage unbestimmt und stellte sich
auf Aufschluss ein, der allem Denkbaren zuwiderlief. Sie
schien ihm übrigens nicht interessant, und in Erregung wurde
er nur weiter von den anderen Frauen versetzt, solchen, die
Emil Daus in seiner Wohngemeinschaft erntete und vor dem
Wasserturm feilbot; solchen, die aus Andersart zu Andersart
sich neigten und den Männern, die zum Endzweck ihres Endes

in die Welt gesetzt sich sahen, unverstanden bleiben mussten gleich in Taten oder Sitten. Diese Frauen studierte Semjon herzlich angegriffen aus der Abwehr stummen Trinkens, kraftlos zwischen Abscheu und Begehren, und befragte Karl von Kurtz und sogar Emil Daus zu ihnen, schüchtern zwar, auf Flucht bedacht; doch Anna – je, er lernte gar, in ganzen Sätzen sich mit ihr zu Dingen auszutauschen, die sein lässiges Interesse fanden, trank mit ihr und zählte kaum die Hemdchen, die sie trug, ein ohnedies vergebliches Bemühen, maß auch nicht mit Blicken, wie tief ausgeschnitten eines war, das andere nicht, oder nur ganz selten mal. Nun, einmal, im Sommer noch, doch neigte er sich stark, und Karl von Kurtz verhakte sich in sehr geradgehaltene Bewegungen, dieweil Elsa Laska ganz unmöglich krege wurde; einmal, ungewöhnlich, kam sie ganz allein, kam Anna ohne Emil Daus, nur mit der kregen Elsa Laska, und Emil Daus stieß später erst dazu, sprach sehr geheimnisvoll und sieghaft von Geschäften, schien beinahe zugänglich – nur sein Geheimnis schütze er – war aufgeräumt und nicht sehr patzig. Anna nahm er für ein Viertelstündchen auf die Seite, wo sie Vieles sprachen und am Ende Anna Emil Daus umarmte und ihn küsste, kurz und fest. Dann ließ sie ihn und trank noch Bier. Viel später, Semjon war da recht betrunken, sagte Emil dann zu ihm, recht beiläufig, es hörte auch gerade niemand: »Weißt du, was die Anna eben sagte? Semjon will ich auch mal küssen.«

Semjons Antwort war nur Wie und Was, sehr ungeordnet, seine Augen schmerzten ihn, doch lachte ihm das Herz, er dachte etwas wie: Ich bin lebendig, sonst ist alles tot; vielleicht auch: Sonst sind alle tot, besonders Emil Daus, der Teufel, aller Ehren wert, Verehrung und auch Liebe, so ein Arschloch – bis es Emil Daus zu viel zu werden schien, einem Semjon Schlechta zuzusehen, wie er irr und wirr war, und er sagte leise, ruhig und sicher war sein Blick: »Na los, geh hin und nimm sie dir, nimm sie mir weg, die Schlampe, die ist überreif, sei böse, trau dich was.« Und Semjon, rot vor Wut, ging los, er stürmte vor und nahm sie sich – die Anna Neumann, die noch lange nicht Neander hieß, weil ja der Anlass fehlte, sie zu nennen nach Gedichten oder sonst. So ging das los.

III. COMODO. SCHERZANDO. OHNE HAST

Die beste Zeit war das, und doch nur Dauer. Ohne viel zu reden, waren sie sich darin einig, Karl von Kurtz und Semjon Schlechta, wohl auch Pütt, wenn man in dieser Sache seinen Rat erfordert hätte: Eine gute Zeit, die beste wohl, und doch nur Dauer, wie ein Mittag, wie ein Sommermittag, wenn die Luft im Sonnenschein flirrt, wie ein Wintermittag, wenn sie über der Heizung am Fenster flirrt. Ein Zwischenstadium, eines führt zum anderen, und niemand merkt etwas, obwohl doch jeder ruhig betrachtet, denn man weiß ja nicht, wohin das führt, so lässt sich auch ein Zweck nicht geben, was warum dahinführt, sei es auch als Krücke, die man später fortwirft, wenn man ohne jeden Zweck den Sinn versteht und frei beweglich ist. Dauer woraufhin? Das Dasein führt so vor sich her, und dennoch: Gute Zeit, die beste, das stand nicht in Rede, Karl und Semjon waren einig, ohne eigens Worte zu bemühen, ihnen war schon klar, wie gut die Zeit gewesen würde sein, einstmals im Rückblick, damals aber führte sie so vor sich hin, führte vor sich her, sie dauerte und wusste sich rein keinen Zweck dazu. Man sah, wie Pütt, von Geistern angerufen, links und rechts umfuhr, die Augen beide weit, und an den Schultern baumelten die Arme. Karl von Kurtz sah Elsa Laska an und konnte nicht begreifen, was geschah; bis jetzt noch nicht und eigentlich, zerfiel mit sich so gründlich, dass er beinah glücklich war dabei. Einstweilen wurde sein Betragen strammer, wurden seine Gesten gerader, während seine Innerei mit sich verschlungen lag. Und Semjon, allerhand, er hatte eine

Sonderrolle! Diese Rolle sah nur vor, dass sich an seiner Seite Anna Neumann hielt. An seiner Seite fand man sie, sehr zuverlässig. Und Semjon fragte sich nicht mal, warum dies eigentlich der Fall war, standhaft gab er sich damit zufrieden, dass in solchem Fall nur Glaube übrigblieb. Sie waren sich noch anfangs aus dem Weg gegangen, nach jenem großen Abend, der sein Ende in Semjons Sackgasse genommen hatte, und hatten sich gedrückt erst vor der Konsequenz, nicht irgendetwas Laues miteinander anzufangen, sondern – wenn schon und nach solchem Auftakt: Alles und für immer. Aber nachdem die Angelegenheit durch Nichtbeachtung reif geworden war und eines Abends aufgegangen, war mit einem Mal die letzte Scheu verflogen, unverschämte Sprache wechselte von Mund zu Ohr und unerhörte Schwüre, Angesicht zu Angesicht, und es fielen Worte, die nur selten in Gebrauch sind, Anspruch auf das Absolute machen, das im Volksmund Paradies heißt oder sonst. Da fiel es Semjon, diesem Buhler, gar nicht leicht, die Haltung zu bewahren oder, wohlverstanden, erstmal eine anzunehmen, denn eigentlich – das Wort gebraucht im nämlichen Sinn, wie Karl von Kurtz es dachte – eigentlich trug er sich nun Tag und Nacht mit nur einem, aber heißempfundenen Verlangen, nämlich liebestoll zu sein, herumzutollen mit dem Mädchen, seinem, Anna, sich mit und in und an ihr zu versuchen, getragen nur von Lust und dieser Sucht, ihr ins Gesicht zu sehen – Anna; eigentlich! Wenn nicht ein anderes herzugetreten wäre, ein Motiv vielleicht, nein ein Gesicht mehr, ein Gesicht von sich, wie er nun sein sollte, jetzt, da Anna Neumann bei ihm war, und dies Gesicht verbarg den unverschämten Anspruch, ohne ihn zu leugnen: Heiter ernst und männlich, frei, und nichts von Tollen, sich Versuchen an und in und mit. Und dies Gesicht von sich, das ihn vom Tollen abhielt und ihm eingab, dass er nicht nur ständig Annas Leibchen zählen könne; dies Gesicht ereilte ihn am Frühstückstisch, wo, damals munter und lebendig, Semjons Vater mit dem Kaffeetässchen vor dem morgendlichen Zeitungsstapel saß, würdig verkatert und unerschütterlich freundlich, ein großer Mann, von dem sich etwas abzuschauen nicht bedeutete, sich etwas zu vergeben. In geschweifter Klammer dachte Semjon, später, als der Mann schon hin war, seine Mutter ebenso, mit viel Erleichterung daran, wie er dankbar seinem Vater abgeschaut hatte, wie man unerschütterlich freundlich, würdig verkatert vor einem Stapel Zeitungen sitzen konnte, statt schon wieder Leibchen zu zählen, dann nämlich, wenn er sich zum Vorwurf machte, seine beiden Eltern seien eben nicht an jener neunmalklugen Ausschweifung gestorben, die das würdelose Siechtum auf das Ende abschnitt, in das sich alle Kreatur sonst flüchtete, bis verblödet alle auferstanden; nicht also daran, vielmehr von dem bösen Wunsch verhext, der wie ein Trotz in Semjon schlummerte, bewusstlos, aber mächtig: Dass sie ihn gefälligst bald in Ruhe ließen und den Weg freimachten, dass er ganz allein und ohne Schuldverschreibung an die Eltern sich ans Leben machen könne. Dieses Gesicht bewies ihm, oder war ein Hinweis, dass es anders sich verhalte – und noch mehr und außerhalb geschweifter Klammern bedeutete es einfach, dass es Emil Daus nicht oder kaum geschuldet war, wenn er sich hier und da das Tollen untersagte und nicht immer nur die Leibchen zählte, die sie, Anna, auf der warmen Haut trug, sondern sich daran versuchte, männlich ruhig und frei zu scheinen, weil ihm Emil Daus, ganz unumschweift, verächtlich angeraten hatte: »Semjon, glaub mir, stell dich dumm an, hörst du? Denn sobald du richtig vögeln lernst, du Aas, ist alles aus, der Job erledigt.« So und ähnlich hatte Emil Daus gesprochen, gleich nachdem die Verbindung Semjon Schlechtas zu Anna Neumann nicht nur ausgerufen worden war, auch in demselben Akt sogleich verklärt und überhöht, weshalb es gut war auszuschließen, dass Semjon Schlechtas Einsicht,

Leibchenzählen ganz allein sei dennoch nicht die Haltung, die er an sich sehen wolle, aus solchem Ratschlag – und sei es auf Umwegen, besser Abwegen – herzuleiten sei; solchem Ratschlag, den Emil Daus durchaus nicht aus Kränkung und zurückgewiesen ihm erteilte, sondern männlich ruhig und frei, nur eben auch gehässig, nebenbei. Und Emil Daus, das wies sich nun, am Anfang dieser Zeit der Dauer, steckte voller guten Ratschlags, überreich an Weisheit, einer, der die Dinge ordnete nach ihrer Art. Es reichte, wenn Semjon nur die Stirn in Falten legte oder seufzte, gar nicht tief und tragisch und verweisend: »Na willkommen in der problematisierten Welt«, rief Emil Daus, klopfte Semjon den Rücken durch, »jetzt bist du der Tölpel, streifst mit allem, was zu tust und sagst, bei ihr so irgendeinen Grundsatz, wirfst ihn ihr vom Nachttisch.« – »Du dachtest wohl«, sagte Emil Daus, »wenn man schon mal auf der Welt ist, kann man auch ein bisschen dasein, einfach so im Dasein hängen?« Und Semjon wollte lässig etwas von Versatzstücken sagen, von Redensarten, Kitsch und Originalität – es wurde ihm zum Vortrag, hastig und erzürnt und wenig pointiert. Zu Semjons Überraschung erwiesen sich die Ratschläge Emils als sehr hartnäckig seinem Denken verhaftet, während seine Einlassungen früher nur durch ihn hingestrichen waren, Ärger und Bewunderung erregend, die im Augenblick erloschen waren. Mit tiefem Unbehagen stellte er das fest, als ihm gelegentlich auffiel, wie er Anna beim Biertrinken beobachtete, insgeheim mitzählte und inständig über ihre Tüchtigkeit im Trinken grübelte – nachdem Emil Daus eingefallen war, Annas Tüchtigkeit prognostisch auszuwerten. Da hatten sie gelegentlich auf jenem Mäuerchen am Wasserturm gesessen, beschallt vom Schwermetallgolf, und als Anna sich das nächste Bier geschnappt hatte – mit einem leisen Seufzen wohl, dessen Bedeutung Semjon seither keine Ruhe ließ – hatte Emil Daus ihm einen Rippenstoß versetzt und auf das Bier in Annas Hand als einen Gegenstand hingewiesen, der über das schlichte, sich selbst bedeutende Biertrinken himmelweit hinauswies: »Du glaubst natürlich auch, dass Anna in alle Ewigkeit so einträchtig mit dir saufen wird? Das ist der Köder. Schluck ihn schon, schau sie dir an, wie es ihr schmeckt, und schluck den Köder…« Es hatte Semjon nicht unwillkommen sein können, dass Anna Emil Daus die Antwort selbst gab: »Mein Gott, Emilchen, du bist ja wirklich blöde! Ich trinke nur aus Einsamkeit und nur, wenn Semjon seinen Kopf mal wieder in den Rauchfang der Gedanken steckt. Dann bin ich abgemeldet und trinke, um mich nicht so sehr zu mopsen.« Solche Antworten, wie sie Anna immer wusste – anders als Semjon, der eher zum Vortrag ausglitt, hastig und erzürnt – konnten ihm nicht unwillkommen sein, wie gesagt worden ist, nicht nur, weil ihnen Wertschätzung zu entnehmen war; auch und zugleich, weil sie Emil Daus Gelegenheit boten, im souveränen Umgang mit weiblicher Zurechtsetzung sich wieder dem sympathetischen Fühlfaden erreichbarer zu machen, den Semjon so gerne aus sich abschoss; doch dessen unbeschadet, wie ebenso hinzugefügt werden muss, konnten dergleichen Bemerkungen Annas Semjon auch nicht rein willkommen sein, wohlunterschieden nämlich nach Aspekten, und insofern er Wertschätzung für sich in Annas Worten fand, fand er gleich auch die Notwendigkeit, sich zu gestehen, dass es umständlicherweise ein Zuviel an Wertschätzung geben könnte, das in solchen Worten sich verbarg und ihm unverblümt als Orden an die Brust montiert wurde. Aber da er sich in die Überlegung vertiefte, wieviel Wertschätzung ihm billigerweise zustehe, erschrak er plötzlich, sobald ihm der, zwar zarte, Vorwurf zu Bewusstsein kam, den Annas Worte auch bedeuteten, der Vorwurf der Liebesvergessenheit – was nach sich zog, dass Emil über diesen Vorwurf gelacht hätte, nicht über den gerechten Tadel, den Anna ihm ausgesprochen hätte. So verstrickte er sich schuld-

haft immer wieder und konnte Anna keine Bierdose mehr auf-
reißen sehen, ohne der Unschuld dieser Handlung eine Deu-
tungsschuld gleich aufzubürden, und… – übrigens: Wie sollte
er den Kopf denn nicht im Rauchfang der Gedanken stecken
haben unter solchen Umständen, dass plötzlich nichts mehr
bloß sich selbst bedeutete! Und Semjon dachte grimmig: Übrigens! Und haderte, was man ihm alles zumute. Dass Liebe
leicht und schön sei, fiel ihm später wieder ein.

Aber die Gelegenheit zu neuem Hader kam bestimmt. So
hatte Semjon jetzt recht oft Gelegenheit zu bedauern, dass er
immer so lässig im Lernen gewesen war – nun, je, in den letzten Jahren immerhin. Auch hier mochte der väterliche Zeitungsstapel das seine getan haben, wie er argwöhnte – nämlich
dem Söhnchen, diesem Buhler, das Gefühl vermittelt haben,
mühelos ein kenntnisreicher Mensch zu sein, natürlich aner-
erbte Bildung ohne Maß zu einzig der Verfügung sein zu nennen, dass er sie verschwende im Casino der Unterhaltungen,
der lustig unbedeutend wechselnden Rede. Da Semjon nämlich – als Mann an der Seite Anna Neumanns – zu repräsenta-
tiven Aufgaben verpflichtet war, verkehrte er neuerdings gelegentlich mit ihren literarischen Freunden und sah es als seine
eigentliche Pflicht an, Anna nicht durch seine eingeborene Lächerlichkeit der Lächerlichkeit preiszugeben – keine Kleinigkeit für ihn, der sich aus Verachtung verächtlich zu machen
gewohnt war, umso mehr, als diese literarischen Zirkel in
höchstem Grade seine Verachtung fanden. Emil Daus, der sich
auch gelegentlich dort sehen ließ – während Karl von Kurtz
sich solche Vorstellungen mit einem vernichtenden »Nein«
vom Leibe zu halten wusste und Pütt den Kopf so sehr schüttelte, dass seine Arme schlenkerten – Emil Daus wurde von
Semjon geradezu und ohne Hintergedanken um seine Freiheit
beneidet, alle diese Leute auszulachen und gründlich und mitleidlos zu beleidigen. »Ihr Schweine«, sagte Emil Daus nur,

wenn er mehr als einen Literaten vor sich hatte, nur dies, aber verlässlich jedesmal, wenn jemand wagte, über ein Buch oder eine Lesung zu sprechen: »Ihr Schweine«. Das war schön. Aber Semjon stand es nicht frei, sich Emil Daus anzuschließen, er hatte eine Repräsentationsfunktion. Im Grunde genommen war schon das allein lächerlich genug, um sich unsterblich zu betrinken und die Kommunikation auf ein monoton wiederholtes, aber tief empfundenes »Ihr Schweine« zu reduzieren. Die eigentliche Herausforderung aber lag darin, aufgrund der erwiesenen Lückenhaftigkeit seiner Bildung sich einzugestehen, dass er nicht der kenntnisreichste Mensch nicht einmal in seiner engeren Umgebung war, und dennoch von der Geringschätzung für Annas Literatenfreunde nicht einen Fingerbreit abzuweichen; innerlich fest zu bleiben, wo er äußerlich Konzessionen machte. Und diese Konzessionen waren eben nicht allein gesellschaftlicher Natur. Es widerfuhr Semjon wiederholt, dass er sich von seiner ingründigen Abneigung gegen diese für ihn geistlosen, humorlosen, einfallslosen Menschen verleiten ließ, zuwenigst eine die gesellschaftliche Höflichkeit nicht verletzende Konfrontation zu suchen, in deren Verlauf dann aber sein Hochmut ihn auf Themen loszugehen gebot, zu denen er gar keine Kenntnisse besaß – was rasch und demütigend entlarvt wurde. Sonderbarerweise führten diese Blamagen dazu, dass er Annas Literaten nur noch tiefer verachtete und seine Entlarvung als infame und ungerechtfertigte Bloßstellung ansah, aber nicht recht einsah, wem er die Schuldzuweisung aushändigen könne. Immerhin dachte er, als er so über der Frage brütete, worin nun sein Verdienst bestehe, der ihn, wohlverstanden, glücklich über all diese gebildeten, hochstehenden und gleichwohl nichtswürdigen Leute setzte; dachte hierbei also zum allerersten Mal mit günstigem Gefühl das Wort System, auch wenn er noch kaum daran dachte, eins zu schaffen, geschweige denn ahnte, dass ein System der

Verachtung und Liebe nötig sein könnte, um menschliches Verdienst sicher bestimmen zu können. Eigentlich dachte er nur: Um diese Scharten auszuwetzen, die er sich zugezogen hatte, sei nichts weiter notwendig, als bloß systematisch alles zu lesen, was von Bedeutung war. Und sobald dies erst geschehen wäre – er hielt das nicht für übermenschlich – erhielte die erlittene Blamage eine gehörige Zweckbestimmung: Nicht zu Höherem geführt, aber im Vorgriff auf dies Höhere die frühere Blamage erträglich gemacht zu haben. Eine Blamage – ein Sinnending – das seinen Sinn in sich selbst fand? Ein sensationeller Gedankenzirkel, und Semjon beschloss, künftig jeden zu verachten, der sich vor zirkulärem Denken fürchtete oder in Leugnung dieser Furcht auch nur dagegen verwahrte. Dennoch: Wenn Emil Daus Semjons Blamage kommentierte mit einem lakonischen »Ihr Schweine«, dann... ja dann... Man musste halt den Kopf im Rauchfang haben. Anna konnte ihren ja gerne mit hineinstecken, wenn sie sich mopste. Und genau das tat Anna Neumann, die damals noch nicht Anna Neander genannt werden konnte, weil sie nur den einen dieser jungen Pastoren unter sich hatte und die übrigen zwei oder drei noch warteten, und sie tat es so anmutig, wie sie im Übrigen auch Bier trank, und wenn Semjon ihr ins rußgeschwärzte Gesicht sah, erkannte er, dass Liebe leicht und schön sei, zählte Annas Leibchen und gab sich mit ihr, an ihr, in ihr ab. Wenn er dann müde war vom Tollen mit ihr, legte er sich auf den Schwermetallgolf und seufzte, in wie arge Grübeleien sich so ein junger Pastor schanzen konnte. Verkrallt in Anna Neander, Anna verkrallt in Semjon Schlechta, im Ruhen auf der Motorhaube löste sich das, den scheppernden Bass im Steiß, da war die Liebe höherher und ingründig abstrakt, strich leicht so überhin, herrlich sinnlich handlungsfern, nur mit dem einen Makel anbehaftet: Dass es so keinen Grund gab, ihn zu lieben, Semjon, keinen Grund, dass Anna nicht doch lieber Emil haben wollte, keinen Grund, der war erst dann gegeben, wenn sie sich ineinander, Semjon, Anna, fest verkrallten.

Die beste Zeit war das, die beste, doch weil sie nur von Dauer war und zu nichts führte außer wieder einer anderen Zeit, und noch weil – nicht zu vergessen – zwei, nun, vielleicht gar drei Frauen von der Partie waren – das hing davon ab, wie man rechnete – entstand unter diesen jungen Pastoren ein gewisser Anreiz, die Zeit mit etwas zu vertun. Darum war diese Zeit nicht weniger von Dauer, darum war ein junger Pastor nicht weniger wie schwankendes Rohr im Wind, und es strich so über ihn hin, aber auch neben ihm strich es hin über noch so ein Rohr, nein, das war kein Rohr, ein Hälmchen, und von köstlicher Andersartigkeit war dieses Hälmchen, und wie es über dieses Hälmchen strich, wie es gebogen wurde, dieses Hälmchen, und wie es sich entgegenbog allem, was darüber hinstrich – wie interessant und köstlich war das! Nein, nun, es war nicht ganz die reine Lehre, wie die jungen Buhler sie bekannt hatten, was nun die Pastoren predigten, aber schließlich mussten sie sich einmal entscheiden, musste wählen, ob sie sich asketisch ihrer Buhlschaft weihen wollten, nicht der Welt, dem Sinnlichen in feinster Abstraktion, oder sich mit mehr Bescheidenheit bloß ihrem Dienst verschreiben wollten; Selbstwahl: Ob sie – zugegeben – auf dem breiten Pfad die Vielen heranführen wollten, näher heran an ihr Bekenntnis, wenn schon nicht ganz zu ihm hinauf, und ein Blick über diese Vielen, wie sie sich hochherzig und glaubenswillig um sie versammelten, machte die Entscheidung umso leichter, je größer das Opfer war, das sie erbrachten; diese Vielen, als da waren: Anna Neander, die noch nicht Anna Neander geheißen werden konnte; Elsa Laska, die Unmögliche, und Lissi, die sich gerne auszog. Wie gesagt worden ist, war nicht ganz klar, ob auch Lissi zu den Vielen zu zählen war. Man sah sie eher selten, Pütt schleppte sie manchmal an, Pütt schleppte sie auch wieder weg, verwundert ging er vor ihr her, die Ellenbogen ganz leicht angewinkelt, weil er sich vornüberbeugte, um sich mehr von unten her, wenn er sich umsah, zu verwundern, dass sie bei ihm war, hinter ihm im Schlepp, und wenn er sie wegschleppte, schleppte er sie in seine Wohnung, wie vermutet werden konnte, wo sich in Ermangelung von Möbeln zumindest der Phantasie grauenerregende Möglichkeiten ergaben, was dort weiter mit ihnen geschähe im weiten unmöblierten Raum. So viel war sicher, dass Pütts Arme an den Schultern schlenkern müssten wie ausgehakt, doch wie sich dieser Anblick fortsetzen mochte, war ein Gedanke, vor dessen Fortschreibung sich gnädig die Augen schlossen, und unbehelligt von den Vorstellungen Dritter, von den Halluzinationen der Anderen mochten Pütt und Lissi sich verkrallen ineinander. Sicher war auch, dass Pütt bestritt, Lissi sei mehr als eine Bekanntschaft. Vielleicht fand er sie nicht gesellschaftsfähig, weil sie sich gerne auszog, und brachte sie nur aus Not immer mal im Schlepp mit an und wieder weg. Weiter war nur zu vernehmen, dass Lissi sich nicht nur gern auszog, sondern auch gut anfasste, und dieses, wohlverstanden, Gerücht bestätigte immerhin der Augenschein, da Lissi sich gern auszog. Ihre gelegentlichen Besuche brachten ihre den Ehrennamen die Gelegentliche ein, und trotz der Seltenheit ihrer angeschleppten Anwesenheit verdiente Lissi einen Ehrennamen ganz und gar, denn nicht nur versetzte sie mehrere Pastoren, namentlich Pütt, in langwährende Denknöte und Begriffskrisen, weil sie sich nicht ausdenken mochten, was eine Immobilienwirtin sei – außer einem Grund, sich auszuziehen – und inspirierte Emil Daus, seine alte Buhlschaft Welt doch endlich mal mit Händen anzufassen, ob das gut sei – und es war gut; vielmehr sorgte sie bei allen Beteiligten, den jungen Pastoren nicht weniger als ihren Vielen, für Szenen, die – obschon auch für sie gültig blieb, dass sie letztlich bloß gedauert hatten, bis etwas anderes geschehen war – sich doch in die Erinnerungen eines jeden so grell und lüstig einzudrängen vermögend waren und hervorgehoben zu werden als historisch bei jeder passenden oder nicht passenden Gelegenheit, die sich dem inneren Feuilleton als Stoff für Kunststücke anbot, dass sie bald als Legenden überliefert wurden und einem jeden, der dabeigewesen, den mythischen Sinn umschmeichelten, wenn auch dem oder jenem mit einer Beimischung von Scham und Schande und was dergleichen Kleinigkeiten mehr sind. Als legendär in dieser Weise galt, in weitgeschweiften Klammern später reinszeniert von nicht mehr gar so jungen Pastoren, jener Abend, an einem, wohlunterschieden, einsamen Strand im Norden Rügens, als Lissi, die Gelegentliche, sich ins Wasser warf und, wie sie sich so warf, unbedingt glaubhaft machte, was man über sie sagen hörte, dass sie nämlich gut anzufassen sei. Das Wasser jedenfalls, in das sie sich warf, machte, da sie sich schon einmal ausgezogen hatte, gern Gebrauch von der Gelegenheit und fasste sie auch an und konnte schon gar nicht mehr von ihr lassen, mal schlürfend, mal tosend sie zu betasten, da ereilte auch Anna und Elsa Laska der Wunsch, dass sie sich gern ausziehen wollten und, gerüchteweise, wohlunterschieden, also erscheinen, dass sie sich gut anfassen ließen. Also lagen bald, rittlings aufgestützt, die Ellenbogen scheuerten im Sand, in den Sinnen Sinnendinge, vier Pastoren am Strand, unter ihnen drei, die es ertrugen – noch eben – dass sie hier lagen und zum Meer sahen und nicht zum Meer sahen; die es ertrugen, dass sie hier lagen, nicht dort dabei waren, wo das Meer sich mit bloßen jungen Leibern vergnügte, über ihnen zusammenschlug und um sie leckte; dass sie nicht dabei waren, obwohl doch ein schneidiger Pastor sich allerdings gern ausgezogen hätte und seine eigene Blöße dazugesellt dem Meer zur Lüstigkeit, wenn er nur eben nicht furchtsam wäre oder genugsam entschlossen; die es ertrugen, auf drei Frauen zu starren in Gemeinschaft ihrer Blöße, preisgegeben der Gemeinschaft der Pastoren im Sand, indem jeder von ihnen (den dreien nämlich) je eine der Bloßen mit einer Art von Anspruch anstarrte, wenn auch in verschiedener Weise je, denn Semjon sah auf Anna mit dem absoluten Anspruch, Karl von Kurtz auf Elsa Laska – und er wusste nicht, warum ein Anspruch da bestand – und Pütt auf Lissi, die sich gerne auszog und gut anfasste, und auch auf die je anderen beiden Bloßen sahen diese drei Pastoren und sahen nicht hin, hinter ihnen aber im Sand lag Karls alter Dudelkasten, der riss und schepperte und motzte, dass sie ihre Pein ertragen konnten, vor ihnen spielte die See mit den jungen Bloßen und amüsierte sie herrlich, dem Vernehmen ihres Rufens nach, sie aber, die Pastoren (drei von ihnen), ertrugen das Rufen und blieben – herrlich musste das sein, angefasst von der See und dem Wind und den Blicken... ertrugen es. Dann aber erhob sich herablassend Emil Daus und stieß als Buhler zu den Dreien im Wasser, die Drei am Strand aber schwiegen, und nur Karl von Kurtz wagte eine Bewegung, mochte sie ihn auch verraten: Er drehte die Musik lauter, so dass sie mehr ertragen könnten, als sie schon ertrugen. Den anderen beiden aber erschien das sachlich richtig, dass er so mit knapper Geste lauter stellte. Beinahe hatte es den Anschein, wie sie so zum Meer hinsahen und nicht hinsahen, als wäre Emil Daus recht ausgelassen, wenn so etwas möglich war. Wie selbstvergessen tollte er herum, den Bloßen zum Gefallen, die ihn sehr willkommen hießen und sich nicht groß störten, dass mit schamlos aufgestellter Männlichkeit der Buhler um sie war, das kümmerte sie nicht, wie es auch ihn nicht kümmerte, so warf er sich ins Wasser, raufte sich mit der und jener, unbekümmert wie ein Faun, und so musste man folgegerecht als unbekümmert, wohlverstanden, auch annehmen, was, als Emil Lissi niederrang, von Pütt ihr zugerufen wurde: »Lissi, greif dir seinen Schwanz!« Er schüttelte die Fäuste und fiel hintenüber.

Nicht so allerdings ertrugen es die drei Pastoren, die am Ort verbliebenen, als, immer noch mit ragend aufgestelltem Scheit, der Buhler wiederkehrte und sich, nachdem er erst eine Kuhle in den Sand gescharrt hatte, bäuchlings darüber fallen ließ. »Wegsehen, ihr Schweine«, herrschte Emil Daus sie an. »Ich muss mich mal an dem Loch da abarbeiten«, sagte Emil Daus. Da erhoben sich die Drei, denn sie ertrugen es nicht mehr, marschierten unsicher den Abhang hoch, wo oben der Schwermetallgolf wartete, und tranken da nun Bier. »Was wollt ihr schließlich«, rief Emil Daus ihnen nach, »ich bin Moralist, soll ich mich an euren Weibern sättigen?« Als die Drei zurückkehrten an den Strand, waren alle dort bekleidet (auch Lissi). Sie waren ausgelassen und spotteten. »Was habt ihr denn gemacht? Habt ihr aufs weite Meer geschaut?« – »Hat euch die goldene Schwermut angefasst?«

Und solches reihte sich an solches. Und nicht nur darum reihte sich solches an solches, weil, wie gesagt worden ist, die Selbstwahl der Buhler als Pastoren sie den Vielen gegenüber verpflichtet hielt, ihnen Abschweifung zu bieten, Ausschweifung eigentlich, aus der Dauer nämlich derart, dass solches sich an solches reihte und nicht nur, dem Gesetz der Zeit gemäß, dieses Gespenstes, ausgedachten Grusels, aus dem Dies ein anderes geworden wäre, doch auf einen Schlag, so dass mit heiligem Erschrecken nichts vom Werden darin blieb, nur Plötzlichkeit und Willkür: Jenes jetzt, und eben doch noch so, wie solches? Nicht nur darum war Geschehen nötig, war Belustigung in weitgeschweiften Klammern sachlich richtig, und Karl von Kurtz war es, der noch den weiteren Grund lieferte; der ein Motiv noch obendrein besaß – ach, nein, Motiv… in dem es arbeitete; in dem sich weiter etwas auswirkte! Denn Karl von Kurtz stand immerfort vor Elsa Laska, der Unmöglichen, die fast so viele Streiche wusste wie der Daus; stand vor ihr, streckte hoch das Kinn, durchrichtete das Kreuz und wurde langsam strammer, seine Handlungsweise nahm Gesetz an, zeigte die Notwendigkeit im Tun und Lassen auf, wo von Motiven keine Rede sein konnte, weil Karl von Kurtz nicht klar darüber werden konnte, weshalb dies eigentlich geschah; er stand vor Elsa Laska, wusste wohl, dass sie ihm anbestimmt war, zugedacht und vorgewiesen, wusste aber nicht, weshalb das eigentlich geschah. Und sein Tun und Lassen nahm Formen an, die klar bewiesen, anderes Tun und Lassen wäre nicht möglich gewesen, auf keine Weise, in keiner Form, und jede Geste, jede Tat war nichts bei Karl von Kurtz als nur ein reines, hartes So! Denn anders wäre ja das So nicht mehr notwendig. Nur vor Elsa Laska fror ihm die Notwendigkeit im Leib, war jedes So so erstursächlich fortbestimmt, dass er erstarrte, Elsa Laska aber, die Unmögliche, getragen von der Außerweltlichkeit ihrer Bestimmung, ließ sich da nicht bange werden, turnte vor ihm rum und rundete ihre Lippen schmatzend um die Bierflasche, bis sie sie schmatzend runden sollte auf den herben, geraden Lippen Karls von Kurtz, die dann, Gesetzen folgend, rund und wider schmatzend werden mussten. Einstweilen aber nichts von Schmatzen. Da Karl von Kurtz an ihr nicht handeln konnte, weil die Sache einem Zwang gehorchte, der nicht wirklich sein konnte, aber sollte, und darum auch nicht nötig war – für Karl von Kurtz – an Elsa Laska irgendetwas zu handeln, wurde Karl von Kurtz der Spaß- und Reisemarschall der Pastoren. In geschweiften Klammern, unerbittlich, schuf er ein Geschehen, eines nach dem anderen, alles legendär, historisch, aus der Dauer ausgeschweift, denn wenn schon Elsa Laska ihm geschah – er sah nicht ein warum – dann musste wenigstens die Überlieferung davon genau bestimmt sein; musste die Legendenbildung einer Regel folgen, und die Regel, wie sie Karl von Kurtz verstand, besagte: Wo der Erinnerung um jedes einzelne Geschehen nur einmal geschweifte Klammern vorgegeben sind, weil doch egal was, alles, gleichgültig im Einzelnen, nur immer dahin führt, wo Elsa Laska mit geschürzten Lippen wartet, wird, wenn auch nicht gleich der Weg zu Elsa Laska durch sein Tun und Lassen, so doch der Weg zu ihr durch die Erinnerung bestimmt ganz einfach dadurch, dass geschweifte Klammern rein aus diesem Grund, einmal in künftiger Erinnerung durch sie bestimmt zu sein, in freier Willkür eingerichtet wurden. Wo aber waren geschweifte Klammern im Leben billiger zu haben, als wenn man eine Reise unternahm? Oder einen Ausflug? Oder auch dem Rumlümmeln im Rehbergpark bloß eine Decke unterlegte, einen Grill zu Seite stellte, das Ereignis durch ein bisschen Aufwand außenrum verzierte? Zeremonien für die Außenseite, und innen die beseelende Anschauung einer neugeschaffenen Notwendigkeit! Karl von Kurtz, der Freudenmarschall! Hart und unerbittlich im Befehl: Dahin! Dorthin! So und so! Er kommandierte, hielt sich gerade. Schwermetall. Und Elsa Laska ließ das gern geschehen, fügte sich den Klammern und betrank sich, weil sie gar so nett umworben wurde. Wenn dermaleinst der Tag gekommen wäre, dachte sie bei sich, mehr in Zeichen als in Worten, dass Karl von Kurtz ihr schöngeschürzt die Lippen entgegenwölben musste gemäß einem ehrwürdig dunklen Gesetz, mochte er dabei auch strammstehen und barsch die Lippenrundung nach ganz anderem Gesetz bemessen, dann – und je länger es noch dauern sollte, je mehr – war Karl von Kurtz ein Mann, geformt und ausgehärtet im fürchterlichen Widerstreit inneren und äußeren Gesetzes, und nicht so eine Ruine, selbstgemachtes Männlein, verpfuscht mit eigener Hände Anstrengung, so dass sie, Elsa, im heillosen Bestreben, irgendetwas zu retten an dem Männleinbau, der Karlruine, selbst noch Hand anlegen müsste und die letzten Mauern schliffe. Denn Elsa Laska, anders als die Freundin, Anna Neumann, kam vom Land, da war man sesshaft und hielt viel auf starkes Mauerwerk. Drinnen war man umso freier, konnte die Musik lautstellen, Schwermetall, schön alt, und draußen dem Beruf nachgehen. Den brauchte Karl von Kurtz natürlich auch noch, bei aller Härte sonst.

So schweiften Klammern durch die beste Zeit, die Zeit der Vielen, und reihten Ausschweifung an Ausschweifung, kommandiert von Karl von Kurtz, kommentiert von Emil Daus. Zwei Wagen brausten über Land, der Schwermetallgolf, knietief Müll, beladen mit Pastoren, hinterdrein das Schüsselchen von Elsa Laska, das die Vielen barg. Das hatte seinen Grund darin, dass diese Vielen Elsas Kennzeichen so hübsch befanden, eine krude unaussprechliche Kombination, die Zweifel weckte an der Absprachefähigkeit der Menschen, wenn es um seine Zeichen ging, Buchstaben hier, die unmöglich ihre Bedeutung aufgrund einer Verabredung tragen konnten, sondern sie entnehmen mussten einer geheimnisvollen Fernwirkung des Bezeichneten auf sein Zeichen, und das Bezeichnete war jener Ort, dem Elsa Laska, die Unmögliche, entstammte, ein ganz unmöglicher Ort, versteht sich, aber der Zauber seiner Autozeichen war zu stark, als dass die Vielen hätten widerstehen können. Wie der Farbe Rosa lieferten sie sich diesen drei Buchstaben aus, und wenn das weibisch war, so bitte schön! Schließlich war es ihre Aufgabe zu wissen, worin sie sich gefielen, in Rosa oder einem Auto mit sonderbarem Kennzeichen, und der Pastoren Aufgabe, sich die Augen auszugucken. Sie stiegen in den Wagen mit den Zeichen, Anna, Elsa Laska und noch eine, die Geertje hieß, süß und hart wie Kandiszucker, und die Buhler, hochverblüfft, verkrochen sich in ihrem Schwermetallgolf mit dem B und drehten die Musik nochmal so laut. Im Übrigen bewährte sich die Trennung auf der Reise, mochten die im Golf vulgär sein im Betragen, sich besaufen, sich ertauben, selbstbestimmte Kerle sein, die Rastplätze erobern und der Frau zu Füßen legen – in Elsas Schüsselchen ging's duftig zu, fürs Derbe blieb ja Zeit genug.

Tage, von denen geschrieben steht: Sie blühen einmal und nicht wieder. Karl von Kurtz – Schöpfer der geschweiften Klammern: Er befahl Konzerte, Festivals, Sommerreisen ans Meer. Er setzte Abfahrt und Rückkunft fest, besorgte bunte Zelte oder anderweitige Unterkunft. Er legte fest, wieviel Bier und Wurst mitzuführen waren und von welchen Sorten. Er fühlte sich zuständig, einen Vorrat Toilettenpapier bereitzuhalten und nach Bedarf zuzuteilen. Aber für alles, was in die geschweiften Klammern fiel, wusste er sich unzuständig. Kämpfen mussten die Mannschaftsgrade. Karl von Kurtz befahl die Klammern der Legende, aber inhaltlich zeichnete nicht er verantwortlich. Fürs, wohlverstanden, eigentlich Legendäre mussten sich schon andere in die Schanzen werfen und irgendein tollhäusiges Geschehen anstoßen, dessen Bericht dann durch die Zeiten sich tragen konnte, von Sprecher zu Sprecher eilend, und sich zum kugelrunden harten Mythenkern der Überlieferungen aushärtete und abschliff, der ohne alle Klammern für sich selbst stand und alles Folgegerechte, alles Vorher, Nachher rundweg abstritt mit einem nonchalanten ›Es begab sich…‹

Fürs inhaltlich Legendäre aber machte sich mehr und mehr Elsa Laska zuständig. Von Pütt war da nicht viel zu erwarten, abgesehen von Zufällen höchstens, derart dass es seine Eingebungen schafften, sich zu kommunizieren, bevor sie verrauchten, und so ein Schlaglicht darauf warfen, wie es war, Pütt zu sein; was es hieß, ein Ingenium zu haben. Und Semjon und Anna lieferten der Gesellschaft eher Betrachtsames zu, waren also wichtig für die Überlieferung, deren Form und Inhalt sie prägten, sonst aber eher unauffällig. So bildeten Karl von Kurtz und Elsa Laska, wenn sie auch kein Paar waren im üblichen Verständnis buhlerischen Umgangs eines Pastors mit seinem Weibe, doch darin ein Paar – und eines, das aufeinander abgestimmt mit klarer Zuständigkeit eher nebeneinanderher als gemeinsam agierte, darin mehr wie Herbergseltern anzusehen – dass sie die Legendenbildung einleiteten (der eine) und mit Leben füllten (die andere). Denn auch Emil Daus, der bisher sehr zuverlässig Stoff geliefert hatte, ließ zunehmend eine gewisse notwendige Beständigkeit vermissen, wurde unzuverlässig und erledigte den ihm zugewiesenen Part routiniert, beinahe gelangweilt – und dies, soweit zu erkennen war, seit er zum Partikulier aufgestiegen war, wie er selbst sagte in Erinnerung an Semjons Großvater Arno Selicke, den Partikulier in Neukölln. Seit Emil Daus derart seinen Stern aufsteigen sah, wurde er nachlässig im Herstellen von Legendenstoffen – wenigstens dem Verständnis und Bedürfnis Karls von Kurtz folgend – und je mehr Elsa Laska an seine Stelle trat, zog er sich auf eine Art Supervision zurück, ließ Elsa Laska, die Unmögliche, mal machen, und griff erst ein, wenn es galt, Begonnenes elegant zu vollenden, durch eine gewisse Exaltation zu krönen, zu der ihm Elsa Laska wohl zu bäurisch vorkam, oder einfach nur ins Krasse zu verzerren.

Und es begab sich, dass am Ostseestrand sich ein Häuflein Glatzköpfe und Schläger um die Pfeiler einer Seebrücke zum Trinken versammelt hatten – oder zu was sich Glatzköpfe versammeln – jedenfalls tranken sie. Karl von Kurtz aber hatte auf dieser Seebrücke ein abendliches Biertrinken mit Sonnenuntergang und hysterischer Gitarre vom Band angeordnet. Das erregte Anstoß unter den Urlaubern, welche auf dieser Seebrücke ungestört über die schaukelnde See promenieren wollten in Entsprechung des Bildes, welches von Seebrücken kommun ist, weshalb man ein Recht darauf hat. Und dass ihr Hiersein Anstoß erregte, erregte Semjon und Anna, die also wetteiferten um Deutungen des Bildes, das sich ihnen bot: Die Glatzköpfe im Untergrund, oben promenierende Urlauber, die Anstoß nehmen, aber an diesem, nicht jenem, und sie gefielen sich darin, die Zeichen zu deuten, die Zeichen der Zeichen zu deuten, alles völlig auszudeuten, die Situation, das Bild, sie fielen einander ins Wort, gaben sich Stichworte – kurz, ein sehr verliebtes Feuilleton. Emil Daus grinste verächtlich und trank. Karl von Kurtz trank, ließ die Beine baumeln und genoss die Klammern, die er geschaffen hatte. Elsa Laska aber, die Unmögliche, tat, was niemand für möglich gehalten hätte, sie trabte ein Stück die Brücke entlang, und dort, wo die Glatzköpfe sein mussten – vielleicht hörte sie sie sprechen unter dem Steg, oder wie Glatzköpfe sich verständigen – beugte sich Elsa Laska über das Geländer und rief nach unten, ob da jemand sei und sich verstecke. Und als jemand hervorkam und erklärte, dass allerdings jemand da sei, bot Elsa Laska an, wer auch immer sich da verstecke, solle doch vielleicht einmal nach oben kommen, dort hielten sich einige Leute aus der Stadt Berlin auf, Linke, die Anstoß bei den Urlaubern erregt hätten und jetzt Lust bekämen, die ansässige Jugend zu verprügeln. Von unten hieß es, man möge nur herunterkommen, dann werde schon alles Gewünschte passieren. Elsa Laska aber beharrte: »Nein, hier oben, wo das Volk promeniert. Oder hat euch der Kurdirektor verboten, auf die Brücke zu gehen? Seid ihr zu hässlich, ihr Wichser?« Und Elsa Laska lachte. Elsa Laska, die Unmögliche, lachte wiehernd und doch wie ein Mädchen, das seine Eltern gefoppt und hinter ihrem Rücken ein schlimmes Wort gesagt hat, und urgemütlich kehrte sie zurück zu den anderen, wo sie, nun, auf ernste Gesichter traf. Möglich, dass Karl von Kurtz sogar ein bisschen weißlich um die Nase war. Nur Pütt schien etwas anderes als die anderen zu erleben und schüttelte begeistert die Fäuste.

Wie gesagt werden muss, wäre die Angelegenheit böse ausgegangen, mit einiger Wahrscheinlichkeit wenigstens, wenn nicht Emil Daus sein strategisches Genie hätte spielen lassen. Er benutzte die Gelegenheit – da standen sich die feindlichen Heere schon auf der Brücke gegenüber – um endlich einmal seine wahre Gesinnung zu offenbaren, vor seinen Freunden, versteht sich, und sich von seinen Freunden zu distanzieren, mit denen zusammen er nicht gerne als Linker verschrien sein wollte. Also trat er zwischen die Heere, den Rücken vertrauensvoll den Glatzköpfen zugewandt, und begann eine uferlose Suade, eine Abrechnung mit dem »linken Gesinnungskot«, in dem man ihn herumstoße, seit er auf der Welt sei. Er sei aber ein aufrechter Konservativer, er achte Herkommen und Sitte, vor allem aber den Besitz, der ihn von den linken Hungerleidern denn auch mittlerweile unterscheide. Und so weiter, es wurde gewohnt schrill, und Semjon bemerkte, obwohl ihm vor Angst ganz gewaltsam zumute war und er loszudreschen nicht erwarten konnte, mit Hochachtung, dass es Emil Daus bei seinem Gezeter wider die Linken strikt vermied, sich den hinter ihm grinsend abwartenden Rechten in irgendeiner Form angenehm zu machen, und sei es, dass er bloß das Wort national verwendet hätte – nein, nicht Emil Daus, der sich hier ganz als knochenharter Besitzrechter präsentierte, als Immobilienjunker, und dies so überzeugend, dass Anna Neander (die noch immer nicht…) von einer Ahnung beschlichen wurde, diese Tirade sei so völlig spontan nicht, sondern womöglich länger vorbereitet und einer passenden Gelegenheit aufbehalten worden. Jedenfalls: Semjon und Anna hatten viel Stoff, über Zeichen und Zeichen von Zeichen verliebt zu beraten, nachdem Emil Daus die Konfrontation in eine Konfrontation der Konfrontation aufgelöst hatte. Nachdem er gar, eine Tat von funkelnder Brillanz, sich plötzlich mit den Worten »Ihr Schweine« den Glatzköpfen zugewandt hatte, um sie als Kronzeugen seines sittlich-besitzenden Konservatismus anzusprechen, löste sich die Anordnung der Heere langsam in unschlüssiges Herumstehen auf, aus dem bald die ersten abwanderten. Emil Daus aber, sobald er den zahlenmäßigen Vorteil auf Seiten der Berliner Linken sah, stürzte sich auf einen der verbliebenen Rechten und schlug ihm das Gesicht schön blutig. Und während die Glatzköpfe, die Verbliebenen der Verbliebenen, den havarierten Kameraden bargen und aus dem Schutz ihrer Sanitätsämter heraus Drohungen schleuderten, die von Elsa Laska wiederum mit furchtbarem, ja eigentlich unmöglichem Fauchen beantwortet wurden – sie tat sogar so, als wolle sie sich mit spitzen Krallen auf sie stürzen, lachte dann aber verächtlich wie ein starker Bauernlümmel – schlenderte Emil Daus zurück zu den anderen, rieb sich die Faust und dementierte umgehend, dass diese Angriffshandlung etwa als Versuch verstanden werden könne, sich als Linker zu rehabilitieren. Er habe gesagt, was er gesagt habe, dann habe er einen Nazipisser blutig geschlagen. »Punkt, ihr Schweine.« Karl von Kurtz aber setzte für den nächsten Tag die vorzeitige Abreise fest.

Und es begab sich, dass die Pastoren ihre Vielen zu einem Musikfestival in eine fremde Stadt geführt hatten, Schwermetall. Am Vorabend kamen auf einem Parkplatz vor dem Gelände viele, sehr viele Pastoren aus allen Gegenden zusammen, auch einige Viele waren darunter, und all die Schwermetallwagen bildeten Wagenburgen, Musik schepperte überall her aus klapprigen Türen und ein Nebel von Marihuanadämpfen lagerte sich über den Platz. Aber diese Menschen konnten sich nicht um Feuer scharen, denn sie hatten kein Zeug zu brennen. Wie Schuppen fiel es aber Elsa Laska von den Augen, da Pütt nachlässig über die Schulter wies und die geflügelten Worte sprach: »Wir können ja das da abfackeln.« Da sah sie also hinter einem Zaun, hoch wie ein Lastwagen, auf dem Gelände einer Spedition, und zwar unmittelbar hinter diesem Zaun einen Stapel Holzpaletten, hoch wie ein Lastwagen, und schon klomm Elsa Laska, von ungläubigen Blicken begleitet, den Zaun empor, jetzt stand sie bereits auf dem Palettenstapel und fehlte es nur noch, dass sie, ohne zu stürzen, die oberste

Palette sich selbst unter den Füßen wegzöge und hinunterwürfe neben den Zaun, ohne sich selbst hinunterzuwerfen neben den Zaun… Krachend fiel die Palette, Elsa Laska aber stand triumphierend auf dem Stapel. Es fiel die zweite und fiel die dritte Palette, die Pastoren schleiften sie zu den Wagen, machten Feuer, ein großes Feuer, bald aber kamen Pastoren von überallher zum Zaun und kletterten in großen Trauben den Zaun hinauf, wie Weinlaub rankten sie empor, das schwer ist von Früchten, und die ganze Nacht hindurch brannten zahllose Feuer auf dem Platz. Elsa Laska aber sah hin über den Platz und die Feuer und sagte: »Ich habe dies gemacht.« Und Karl von Kurtz sah hin auf Elsa Laska und sagte: »Ich sehe noch nicht ein, warum dies eigentlich geschieht.«

Aber nicht nur die großen Taten Elsa Laskas wollten berichtet werden, wohlunterschieden, auch die kleinen, die nicht weniger in die geschweiften Klammern Karls von Kurtz sich schmiegten, und auch von ihnen soll geredet werden, nicht nur von großen Taten soll gesprochen werden. Und es begab sich, dass Karl von Kurtz seine Scharen auf einer kleinen Insel im Winter versammelte. Sie wollten dort das langersehnte neue Album einiger von ihnen sehr angesehener Musiker hören. In winterharter, karger Weite sollten sie sich müdelaufen am Meer, so hatte Karl von Kurtz es festgesetzt, dann sollte die kleine Hütte, die sie bewohnten, fern von den Häusern anderer Menschen in einem Dünental, erzittern von Musik, wie sie kein menschliches Ohr noch gehört hatte. Das von Karl von Kurtz derart und wie nie bis ins feinste Geschehen vorherbestimmte und vorhergesehene Ereignis verlief, wie es sollte, nur das ersehnte Offenbarungserlebnis stellte sich nicht ein, und so sehr sie sich besannen, Unerhörtes zu empfinden, mit einer Intensität zu hören, die sie platzen ließe wie süßgeschwollene Frucht, berstend vor Verlangen, das köstliche Fleisch in einen großen Durst zu verströmen, sie saßen einfach da in der Hütte, hörten die Musik, tranken, es war die beste Zeit, und doch war auch diese Zeit nicht anders als bloß von Dauer, und nachher kam was anderes. Beinahe aber wäre sogar das ganz Andere, das absolut Andere auch gekommen, denn sie hatten die Rauchklappe nicht aufgemacht im Kamin, und bald lagen alle schläfrig in den Polstern, dämmerten noch so dahin, bekannten jede Religion im Herzen, unbeschreiblich glücklich – da riss es plötzlich Pütt mit der Wut der letzten Dinge aus seinem Sitz, Eingebung aus tiefster Mitternacht, und er warf sich ans Fenster und riss es auf und schrie: »Ja, wollt ihr uns denn killen?« Eiskalt und belebend drang die Luft ins Haus, die Dämmer lösten sich, die Lungen satter, und wie beschämt und fröstelnd saßen sie und fragten sich, was das wohl heiße; wer da angesprochen worden, und wer aus Pütt gesprochen, als er rief: »Ja, wollt ihr uns denn killen?« Dann verließen sie das Haus, es war ihnen nicht länger geheuer.

Da sie fast die einzigen Besucher auf der Insel waren, hatten auch zwei Kneipen nur geöffnet. Sie lagen einander gegenüber an einem windigen Platz und lockten sich gegenseitig die wenigen Trinker weg mit ihrem einladend nächtlichen Gefunzel. Aus Vorsicht wählte Karl von Kurtz – er sah sich in der Pflicht und handelte trotz größter Erkenntnisqualen – die größere. Dort kam es über Elsa Laska, die Unmögliche, dass sie sich selbst entführen wollte, oder dass sie sich selbst ausführen wollte, bloß um fort und anderswo zu sein, wo andere Leute waren, wie die beste Zeit, weil sie auch von nichts als Dauer war, gleich eine andere Zeit im Verfolg hatte, auch nicht von Übel. Also standen am Tresen Karl von Kurtz und Emil Daus, Semjon Schlechta, Pütt und ihre Vielen, Anna Neumann und – sonst niemand, denn Elsa Laska war verschwunden. Listenreich hatte sie sich verdrückt. Elsa Laska war wie vom Erdboden verschollen, nämlich vom Tresen, an dem gezecht wurde. Sie zechten weiter, dann hörten sie auf zu zechen, weil Elsa

Laska – das war ja unmöglich – immer noch fort war, und sie gingen und fanden sie gegenüber in der anderen Kneipe, wo Elsa Laska bei allerbester Laune einem grämlichen Wirt das neue Album vorspielte und erläuterte, zu dessen Empfindung und Lobpreis sie angereist waren, und das sie, statt sie im Empfindung zu wiegen, ums Haar in die andere Welt geschaukelt hatte. Dieser grämliche Wirt aber machte sich unlustig lustig über solche Art Musik und zwinkerte skeptisch mit den Augen, darin fast charmant. Nachdem sie nun dort eine Weile am Tresen gezecht hatten und dem Wirt noch ganz andere Gelegenheit zu Gram und Zwinkern gegeben hatten – besonders Karl von Kurtz in seiner Not tat sich hervor – war Elsa Laska abermals verschwunden. Sie fanden sie binnen kurzem gegenüber in der ersten Kneipe, wo sie sich wiederum ganz köstlich amüsierte mit den einzigen Gästen sonst, an deren Tisch sie kurzerhand getreten war. Sie sprach von ihrem künftigen Beruf, sprach feurig und beredt, und niemand hätte sagen können, ob das Feuer der Berufung aus ihr sprach, oder ob sie bloß betrunken war. Pütt immerhin zeigte sich über die Maßen verwundert, er wusste nicht, was es für eine Bewandtnis hatte mit diesen Berufen, von denen jedermann sprach, und nun auch Elsa Laska. Er machte Karl von Kurtz auf das Phänomen aufmerksam, und der nickte finster und atmete tief und trank noch Bier. Als Elsa Laska zum dritten Mal verschwunden war und alle sich aufmachten nach gegenüber, weil sie nun glaubten, verstanden zu haben, wie dieses Spiel gespielt wurden, und sich ergötzten an diesem Spiel, fanden sie, dass mitten auf dem Platz zwischen den Kneipen, eisig umweht vom Wintersturm, ein Fahrradständer stand, der vorher nicht dort gestanden hatte. Genauer: Karl von Kurtz fand, dass er dort stand, denn er schlug lang darüber hin, und er fand, dass er vorher nicht dort gestanden hatte, denn vorher war er nicht lang darüber hingeschlagen. Und Semjon Schlechta fand auch, dass er dort stand, denn er fiel hin über Karl von Kurtz, der lang über dem Fahrradständer lag, und auch Semjon fand, dass vorher der Fahrradständer nicht dagestanden hatte, denn vorher hatte auch Karl von Kurtz nicht dagelegen, lang über einen Fahrradständer hingeschlagen mitten auf dem Platz. Sonst war nichts auf dem Platz weit und breit. Das Gesetz der Wahrscheinlichkeit hätte sie an diesem Fahrradständer vorbeigeführt, daher wussten sie nicht, wieso das eigentlich geschehen war. Sie rafften sich auf, sie sahen, wie Anna Neumann und Pütt sich vor Lachen in den Armen lagen, sahen, wie Emil Daus sich mit einem gehässigen Meckern von diesen fort dem Fahrradständer zukehrte, sonst sahen sie nichts. In der Kneipe gegenüber sahen sie auch nichts, zumindest nicht Elsa Laska. Also gingen sie, nachdem sie noch ein paarmal um den Fahrradständer herum zwischen den Kneipen hin und her gependelt waren, heim in ihre Hütte. Dort fanden sie Elsa Laska, sie lag schnarchend in der Küche vor dem geöffneten Kühlschrank, auf der Suche nach einem Bier dort übermannt vom Schlaf und hingeschlagen auf den Fußboden, und gab sich Träumen ihrer Streiche hin, denn sie lächelte im Schlaf. Als sie erfuhr, dass Karl von Kurtz und Semjon Schlechta über den Fahrradständer gefallen waren, den sie mit klammen Fingern auf den Platz gezerrt hatte als gut sichtbare, umso heimtückischer verborgene Stolperfalle für Pastoren, war sie stolz und sagte, dass sie nun vollendet sei. Karl von Kurtz sah auf die Uhr. Als Elsa Laska erfuhr, dass der Fahrradständer verbogen und verdorben war unter dem doppelten Andrang der stolpernden Betrunkenen, schämte sie sich ihres Streiches. Karl von Kurtz brummte: »So, es ist Zeit. Beinahe! Beinahe ist es Zeit.«

Tage, die nicht wiederkehrten. Ein Lächeln schlich sich ein in Semjons Tage, und es war ein Lächeln von einiger Wucht und Implikation. Denn dieses Lächeln galt einem Wissen, das sich in Semjon hervorgetan hatte, aber in diesem Wissen war nichts Gewusstes, das sich sagen ließe. Es war nur eine luftige Hülle um den Kern eines Zwecks, den solches Wissen haben musste. Hätte also Semjon ausbuchstabieren wollen, was da zu wissen wäre um die Bestimmung des Wissens herum, und was in Worten zu Wissendes beschlossen lag in diesem Kern – es wäre wohl etwas höchst Närrisches und Gespreiztes aufgeklungen wie: Es soll mit mir noch anderswo hinaus, noch anderswo enden als bloß in Erfüllung der Liebe; erhabene Verzweiflung ist mir bestimmt, aus der wieder ganz etwas anderes heraufgeführt wird, nicht auszudenken, was; und gar: Ich bin erlesen, dass man mich opfert. Derlei. Da lag es nahe, solches Wissen nicht großartig zu explizieren und sich durch preziöse Gesichte der Lächerlichkeit preiszugeben – zumal vor sich selbst – und gar dem erwarteten Verhängnis nicht vorauseilen zu wollen, indem er vielleicht durch allzu großartig wiedererzählte Prophetie von Verhängnis und künftigen Zwecken, die aber längst noch in den Ursachen schlummerten, Anna erst von sich scheuchte. Nein, er lächelte bloß, oder – nein, vielmehr nicht er war es, der lächelte, Semjon, nicht er war es, der lächelnd aussagte: Ich lächle. Semjon war nur der, der dieses Lächeln trug; in dessen Tage es sich schlich, dies Lächeln, das ein mögliches Wissen anlächelte, unausgefolgt in seiner Bestimmung getragen. Wer aber dieses Lächeln lächelte, da es nicht Semjon war, das war ja nicht anzugeben, weil niemand das Lächeln besagte, solange es zugekehrt war nur einem unausgefolgtem Bestimmten. Kurz, dies Lächeln ließ ihm, Semjon Schlechta, derart blödsinnig, stand ihm so albern zu Gesicht, lieh ihm eine so penetrante Leichtigkeit – das Gesicht wie durchsichtig vor lauter namenlosen Transzendenzen, die sein Träger erschaute – dass es schon manchem schwer zu ertragen wurde, wie Semjon da lichtvoll einherschwebte, allen voran Emil Daus, aber auch Karl von Kurtz, dem aber aus anderen Gründen, denn Karl von Kurtz war sich sicher, dass ein solches Lächeln, wenn er es sich in seinem eigenen Gesicht dachte, etwas völlig anderes bedeutete, als dass bloß etwas Anderes kommt, das bisher nicht war, nämlich Qualen und Zweck… dies nicht, sondern Abgrund und Wahnsinn. Also lächelte er nicht so, und wenn er Semjon lächeln sah, rümpfte Karl von Kurtz verdrossen die Nase und verkürzte seinen Blick auf die eigene Nasenspitze. Und dies war ein Gesichtsausdruck von unvergleichlicher Härte. Das stellte er zufrieden beim Blick in den Spiegel fest. Karl von Kurtz überprüfte sich jetzt häufiger im Spiegel, seit er wieder Seminare besuchte, und forschte in seinen Zügen, ob er noch von Härte etwas erkennen könne, von Unerbittlichkeit und Gründen, stämmig wie ein Götterbild. Schwermetall.

Auch Emil Daus sah Semjon lächeln, wie gesagt worden ist, aber anders als Karl von Kurtz sah Emil Daus nicht nur Semjon lächeln, er sah auch Anna lächeln, und die lächelte konkreter, nicht so wolkig, und Semjons wolkiges Lächeln machte ihn rasend. Es machte ihn rasend, weil es für Semjon entwürdigend war, wolkig zu lächeln über irgendeinen namenlosen Zusammenhang irgendeines namenlosen Verhängnisses mit irgendeinem namenlosen Größeren, das darauf folgen sollte, während Anna konkret lächelte und er, Semjon, durchaus konkret hätte erkennen können, was um ihn im Schwange war – und das hätte sein Lächeln, ob nun schmerzlich oder verächtlich stattdessen, wenigstens doch weniger wolkig geraten lassen; und noch machte Semjons wolkiges Lächeln ihn rasend, Emil Daus, weil es für alle anderen, allen voran für ihn selbst, entwürdigend war zu sehen, wie ein immerhin geistig ernstzunehmender Mensch sich aus dem Bereich des Menschlichen, der der Bereich des Vergleichbaren, des Mit- und Nachfühlbaren war, am eigenen Schopf herauszog und wolkig lächelnd höher stieg als das, worüber er lächelte – die, über die er lächelte auch – worum immer es sich handeln mochte, Verhängnis oder sonst was Großes, das danach folgt; etwas jedenfalls, das vor Semjon durch Wolken zu schützen war, durch die er hinabsah, der Adler. Und ob man es erstrebenswert fand, durch Wolken zu sehen; ob es auch möglich war, sich selbst am Schopf aufzuheben; ob es am Ende ein natürliches Vermögen war, das Semjon so hob, und nicht Überhebung – es blieb doch für jeden herabsetzend, demütigend, vernichtend, nicht einmal eine Handhabe zu besitzen zu entscheiden, ob da also jemand, mit einem Wort, irrsinnig war – oder bewunderungswürdig; ein lächerlicher Mensch oder ein Mann, der Achtung verdiente. Und weil ein Emil Daus nicht glauben wollte, dass sich dieses Problem nicht doch empirisch lösen ließe, knöpfte er sich Semjon Schlechta einfach mal vor. Als er infolge eines alltäglichen Zufalls sich allein mit ihm und Anna im Zimmer *Die Sackgasse* befand, nahm er sich Semjon zur Brust – nein, Emil Daus explodierte, weil er es nicht mehr ansehen konnte, wie diese beiden lächelten, Anna konkret, Semjon wolkig, und wie ein Kirchenvater fiel er über seine Schafe her, wetterte heftig, zog über sie her wie ein väterliches Unwetter, seine Blitze trafen aber nur Semjon, mochte Anna sich auch winden und die Blitze auf ihr eigenes Haupt sehnen… Emil Daus hatte hier eine Männersache abzumachen. »Das ist eine so armselige, elendige Scheiße«, begann er saftig und erklärte unverzüglich, rhetorisch ambitioniert, wohlverstanden, das Erstaunen seiner Hörer nicht bloß abwartend, indem er es vielmehr voraussetzte: »Gerade die allerbesten Freuden sind die allergrößte Scheiße, weil sie jeden in die Scheiße reiten: Frauen haben, Vögeln, Schnäbeln, diese Scheiße. Das macht den allerlustigsten Buhler zum allerelendigsten Märtyrer. Sieh dich mal an, wie du dich plagst Tag und Nacht mit deinem wolkigen Lächeln! Scheiße, sonderlich wenn dich die Dirne am Gängelband führt, du lächelst wolkig! Du bist ein

Ochse! Wenn du wenigstens demütig grinsen würdest, verlegen, ergeben, niedrig, das wäre noch zu ertragen, da könnte man sich ja abwenden und sagen: Scheiß Tropf, das kann ein Kerl mal besser. Aber nein, du Seelchen lächelst wolkig, und das heißt nicht: Merkt mal auf und wartet zu und sonderlich seht her, wer wen am Gängelband rumführt – du lächelst wolkig, weil du blind bist auf so eine krumme und verquere Art. Du Arschloch legst jetzt mal das Lächeln ab und lässt uns sehen, was du bist, ein Ochse oder eine Kreatur mit Eiern!«

Um seiner nach solchem Anwurf nun doch geforderten Erwiderung mehr Gewicht zu verleihen, auch um sich, derart aus den Wolken seines Lächelns aufgestört, in eine Stimmung zu versetzen, die angemessen war, um etwas dramatisch einzuleiten und anzukündigen, was womöglich immer schon oder doch länger schon hatte gesagt werden wollen, machte Semjon eine gedankenschwere Pause wie ein langer, vielgewundener Prachtsatz. Dabei war es ihm insbesondere ein Anliegen, nicht zu lächeln, nicht wolkig, nicht sonst wie. Er vermied auch jeden Blick auf Anna, um nicht herausgebracht zu werden. Ein neugieriges, vielleicht ganz wenig unsicheres Lächeln hätte er bei ihr sehen können – lieber nicht. Dann sagte er mit aller Herablassung, deren er fähig war – einer Herablassung, die es Emil Daus zu entscheiden überließ, ob sie gütig oder giftig sei: »Emil, du bist ein pubertierender Reaktionär. Nein, vielmehr bist du ein weltanschaulich Pubertierender, der sich für einen Reaktionär hält, weil er Bartstoppeln zwischen den Pickeln hat.« Semjon biss sich auf die Lippen, unsicher, ob er den zweiten Satz zwecks höherer Wirkung des ersten bei gleichzeitiger, wohl in Kauf zu nehmender minderer Präzision des verwendeten Bildes nicht hätte weglassen sollen. Es kostete ihn nicht wenig Kraft, sich nicht also nach zwei Sätzen in rhetorischer Kritik zu verfangen, aber er fuhr fort, kaum dass er diesmal eine weniger gedankenschwere als schockschwere Pause gemacht hatte: »Seit du dein besetztes Haus gekauft hast, ist jedes Wort von dir darauf gemünzt, dass wir dich gefälligst als gefährlichen Großkotz anerkennen, als finsteren Reaktionär, als wütend amoralisches Arschloch, das ebenso rücksichtslos handelt, wie es Klartext redet. Oder eben gerade als patriarchalen Bocksfuß, dem die Weiber kuschen. Das ist bizarr. Was für ein Arschloch-Kitsch! Alles an dir ringt um Anerkennung der Bartstoppeln, aber was man sieht, sind Pickel. Reaktionärer Ausschlag. Das gibt sich, aber die Narben bleiben immer.«

Wäre Karl von Kurtz bei dieser Unterredung zugegen gewesen, er hätte den Schlagabtausch würdig mit Musik unterlegt. Schwermetall. Emil Daus fiel zu dieser Erwiderung auf seinen Eröffnungsschlag nichts Gescheiteres ein, als Semjon mit einem boshaften Seitenblick auf Anna zu umarmen. »Du hast mich nicht verstanden«, sagte er und klopfte ihm begütigend den Rücken, »ich habe eigentlich nicht über dich gesprochen, sondern über etwas anderes. Aber du bist taub, da hilft es nicht, solche oder solche Worte zu wählen. Ich bin nicht die Trompete der Auferstehung.« Emil Daus lachte, dachte nach, lachte wieder: »Im Übrigen hast du natürlich recht«, sagte er und nickte anerkennend, »aber was soll ich machen, durch solche Metamorphosen muss man halt durch. Bald bin ich ein erwachsenes, schönes Exemplar vom Arschloch, wirst sehen. Dann trinken wir, lassen Weiber kuschen und versichern uns unserer Achtung. Gibt es einen besseren Anlass für Männer zu trinken, als wenn sie sich eben, mit der ganzen Wucht und Geladenheit des Wortes, ihrer Achtung versichert haben? Aber reiß dir erst das Gängelband ab.«

In Annas Gesicht malte sich Zweifel. Sie überwand ihn, indem sie sich einen Fummel über die Hemdchen warf, Semjon einen schmatzenden Kuss gab, sich zum Gehen und, halb in der Tür, noch einmal an den Daus wandte: »Also morgen Entsetzungsparty bei dir? Fein.«

Emil Daus nämlich, wie gesagt werden muss, hatte andere Sorgen als den süßen Liebestod eines Seelchens von Pastor wie Semjon Schlechta, der sich vor lauter Liebe seiner Opferung entgegenhärmte. Emil Daus hatte ein Haus gekauft, ein großes Haus voller Hausbesetzer; ein Haus noch, das bald zusammenfiel zu Staub, wenn es nicht eilig wiederhergestellt würde. Er hatte Schulden gemacht, riskantes Geld aufgenommen, Drahtzieher-, Mittels- und Hintermann-Geschäft, nahe am gewöhnlichsten Betrug, eingefädelt zusammen mit Lissi, die sich gerne auszog und auch gut anfasste, wie er inzwischen bestätigen konnte. Er beließ es aber bei den Gerüchten. Es war gängiger Brauch, ein schönes, kaputtes Haus wie das Seine erst kaltschnäuzig zu entmieten, dann luxuriös wiederaufzubauen und bald in Geld zu baden, das in die Altbaubezirke Ostberlins floss wie die Wasser der Sündflut. Da gab es Methoden, Winkelzüge, ein übliches Vorgehen, nachzulesen im Brevier für Börsenlümmel. Best practice. Hier lag die Sache anders, da brauchte es Weltbemerkung, und allein darum war er überhaupt bei dem Haus zum Zuge gekommen, weil der Vorbesitzer entnervt den Kampf mit den Besetzern aufgesteckt hatte. Emil Eduard Daus aber – er legte jetzt Wert auf den zweiten Vornamen, ermahnte auch seine Freunde, er heiße nicht Emil sondern Daus oder eben Emil Eduard Daus, und betonte weltläufig ironisch seine Eitelkeit und Schwäche, die ihn anhielten, auch namentlich eine Erscheinung zu sein, nicht bloß Pastor – Emil Eduard Daus aber dachte bei sich kurzerhand: Wenn von einer Entmietung mangels Mieter nicht die Rede sein konnte und es sich vielmehr um Besetzer handelte, die man von außen nicht so leicht herausbekam, da Polizei und Politik sich zierten – je nun, so musste man diese Besatzung halt entsetzen! Wie aber entsetzte man eine Besatzung? Von innen her natürlich.

Es kommt eine neue Besatzung, die alte zieht ab. So einfach und geradeweg musste man denken, dachte Emil Eduard Daus knurrend und hielt sich nicht wenig auf seinen Einfall zugute, zumal er so herrlich zu Wortspielen Anlass gab. Er selbst hauste inzwischen in einer Dachstube, weniger als Feldherrenhügel verstanden denn als Bastion und Rückzugsort, denn seine Hausbesetzerfreunde hatten erstaunlich rasch verstanden, dass er das Haus nicht in der Absicht erworben hatte, eine Kommune oder sonst zu begründen, wie er ja auch nie ein Hehl aus seiner Abscheu gegen solche Lebensformen gemacht hatte. Dass sie seine Einlassungen in dieser Richtung aber stets als Satire missverstanden hatten, kehrten sie nun gegen ihn und warfen ihm Täuschung vor, und wenn sie auch nicht handgreiflich wurden, so zeigten sie sich doch auf eine so unangenehme Art verstockt, dass Emil Eduard Daus es vorzog, für sich zu sein. Das war nun gerade der falsche Weg, einen wie ihn zu bekämpfen, auf den sie sich da verlegt hatten: Den Beleidiger moralisch mürbe zu machen als Beleidigte, die ihren nichtsnutzigen, kotigen Gossenaffekt als sittliche Enttäuschung maskierten! Emil Eduard Daus, in seiner Dachstube, dachte »Schlachtvieh« und spuckte aus. Er dachte »Hausbesetzer, stolz und kühn?« und spuckte aus. Schafe, diese Streiter wider das Kapital, man musste nur einmal richtig unfair werden, und sie fingen an zu blöken und auf das Keulen zu warten. Raus mussten sie aber dennoch immerhin, die da verstockt unter ihm im Haus saßen und ihr Schicksal erwarteten mit vergifteten Gemütern, daher: Entsetzung der Besatzung. Das war schließlich höchst einfach, immerhin riss sich jeder Löhl und Senkel darum, in die sagenhaften Bezirke Ostberlins zu kommen, wo nichts weniger als der Puls der Zeit vermutet wurde. Subkultur, auweia! Es war also nichts weiter zu tun, so hatte es Emil Eduard Daus seine professionelle Tücke eingegeben, als die jungen Gralssucher alle und aus aller Welt heranzulocken und sie in sein Haus zu stopfen, bis es überquoll und, was drinnen war, nach draußen sich ergoss. Entsetzung der Besatzung.

Ohne sein Haus mit den Weihen einer Institution zu bekleiden, lud er mittels simpler Aushänge an verrufenen Orten wie Bahnhöfen, Kneipen, Universitäten jedermann ein, sozusagen privat bei ihm zu wohnen. Er nannte es ein Projekt. Kommen und gehen durfte jeder, wie und wann er wollte, jeder, der Lust hatte, kurzfristig und, allerhand, spontan und unverbindlich an einer Hausbesetzung teilzunehmen, einer fast echten Hausbesetzung, wohlunterschieden. Emil Eduard Daus sprach in diesem Zusammenhang von einer Besetzungs-Performance. Wer an dergleichen Performanzen teilzunehmen Drang und Berufung in sich wusste, den Komfort der Jugendherbergen, Hostels und sonst entbehren mochte und nicht mehr als eine Ecke zum Schlafen benötigte, war aufgerufen, den Lockruf Emil Eduard Daus' zu hören. Dafür war, unter Freunden, nicht mehr zu entrichten, als gerade erübrigt werden konnte, und zwar, wie in Projekten ähnlicher Machart durchaus üblich, in Form von Naturalgaben. Was man brachte, war ganz gleich: Ein Glas Joghurt aus dem Bioladen, ein Sixpack Bier, auch Klopapier und Haschisch waren immer knapp. Da die Sache informell und ohne viel Eröffnung und Deklaration ablief, und da Emil Eduard Daus seine Pläne ausnahmsweise einmal nicht verächtlich publik gemacht hatte, wurden seine Hausbesetzer durchaus im Schlaf überrascht, nämlich von den ersten Gästen. Immer wieder und immer zahlreicher fanden sich Leute im Haus an, die keinem der eingesessenen Besatzer zuzuordnen waren, und als die Angelegenheit schließlich penetrant zu werden begann und der Hausbesitzer im Treppenhaus abgepasst und zur Rede gestellt wurde, äußerte der sich bloß herablassend darüber, wie man nur so viel Organisation zustandegebracht habe, ihm im

Treppenhaus aufzulauern, und erklärte schließlich lapidar, er habe ein Hotel eröffnet. Bis wiederum ruchbar wurde, dass es sich hier wiederum durchaus nicht um Satire handelte, war es zu spät. Versuche zur Gegenwehr beschränkten sich darauf, die Türen zu verrammeln, was sehr leicht zu handhaben war, indem Pütt eingestellt wurde zu dem Zweck, den Rezeptionisten zu geben, der freilich nichts weiter tun sollte, als ständig überall Türen aufsperren, Schlösser entfernen und derlei. Dass Pütts Energie für dieses Amt sich als völlig hinreichend erwies, bestätigte für Emil Eduard Daus lediglich, dass seine Feinde noch mehr Verachtung verdienten, als er ihnen ohnehin schon erübrigt hatte. Schließlich, um die Sache zu beschleunigen, wurden jene Entsetzungspartys anberaumt, genauso benannt, zu denen schlicht und einfach ein Mob von Feierwütigen zusammengekehrt wurde. Und diese Feiern waren ein ganz überwältigender Erfolg. Betrachtete man sie mit einem Vor- und Nachlauf von ein paar Tagen, konnte man durch jeden einzelnen dieser Anlässe einen erheblichen Austausch bei den Hausbesetzern beziffern. Die wenigen unter den Neubesetzern, die Anstalten machten zu bleiben oder gar sich mit dem Geschäft und der Daseinsart des Hausbesetzers zu identifizieren, erwiesen sich als leichte Beute. Man musste ihnen nur mit herben Worten das Bündel vor die Haustür räumen. Der Schrecken raubte ihnen jegliche Anschauung zu der Sache. Dieses Amt übernahm Emil Eduard Daus selbst, ohne Pütt zu bemühen, der ohnehin nicht die notwendige Herbheit besaß – umso mehr Süße, die Neuen darin einzulullen, wenn sie sich schüchtern ungläubig vor dem Haus herumdrückten.

Jene bestimmte Party aber, unter Hinweis auf welche Anna Neumann sich aus der weltanschaulichen Auseinandersetzung zwischen Emil und Semjon zurückzog, zeitigte neben dem üblich Erfolg im Entsetzen der Besatzer noch zwei weitere Erfolge: Zum einen kam Karl von Kurtz jetzt doch wieder gerne in dies Haus, denn hier wurde jetzt sehr konzentriert getrunken, und Karl von Kurtz war ein Mann, der eine einmal gefundene Einschätzung eines Sachverhalts im Lichte neuer Erkenntnisse durchaus zu revidieren bereit war. Und obwohl er den Zusammenhang zwischen allgemeinem Alkoholkonsum und privater Freude – nämlich seiner – klar und deutlich durchschaute, musste er sich sagen: Ich weiß durchaus nicht, weshalb dies eigentlich geschieht! Zum anderen kam Anna Neander jetzt endlich zu ihrem Namen, denn sie wechselte vom einen Pastor zum anderen. Genauer: Nachdem der erste Pastor, Semjon Schlechta, nach kurzem Siechtum und heftigem Verfall – immer, wohlunterschieden, in Begriffen von Liebesangelegenheiten gedacht – das Zeitliche gesegnet hatte, saß Anna Neander auf dem verwitweten Pfarrsitz ihres Herzens und stand vor der Wahl, sich ganz von dieser Heimstatt trennen zu müssen und anderswohin zu begeben, wo es anders wäre, oder – und dieser Lösung gab sie den Vorzug mit klugem Bedenken – sich einen neuen Pastor auf ihren Pfarrsitz zu rufen. Dieser neue Pastor aber war Pütt, und in sein Amt wurde er eingeführt an dem bezeichneten Tag. Nämlich am Morgen nach dieser, wie gesagt worden ist, abermals überaus erfolgreichen Party – das ganze Haus voller selig träumender Jung-Besetzer, Ritter wie Knappen – saß ausgehfertig mit sieben Leibchen übereinander, überschlagsweise, Anna Neander vor einem Topf Kaffee, wie sie ihn mochte (mit Mandelsplittern auf dem Milchschaum) und befand sich in Gedanken bereits bei einem Lese-Frühstück, das sie für einen ihr hoffnungsvoll erscheinenden Dichter in einem Café veranstaltete, als Pütt zur Tür herein schwankte und sich vertrauensvoll auf einen Stuhl neben ihr fallen ließ. Er hatte eine lange Nachtschicht in seinem Amt in den Knochen, aber teils, weil er sehr betrunken war, wohlverstanden: sehr, sehr betrunken; teils, weil sein Amt ein so schönes Amt war, das Anlass gab zu so viel tätiger

Menschenliebe, war er allerbester Stimmung und in unüblicher Weise zum Sprechen aufgelegt, auch wenn es ihm schwerfiel, die Worte zu Lauten zu formen – und seinem Gegenüber, Anna Neander, noch ungleich schwerer, in den Lauten Worte auszumachen. Was sie aber an diesem Morgen von Pütt vernahm – teils auch zu vernehmen glaubte – entzückte sie mehr als alles, was sie von ihrer Dichterlesung erwarten durfte – zumal sie dort in vernehmlichen Worten so lange nach einem unkenntlichen Sinn suchen musste, bis sie sich ärgerte und an den Sinn einfach glaubte. Pütts trunkenes Stammeln aber offenbarte ihr einen Pastor von so redlicher Herzenseinfalt und zugleich von so bescheidentlich verborgenem Einfall und Weltwitz, dass sie schier ihre Pfarre auftat und den neuen Pastor einlud hineinzutreten in ihre Witwenheiterkeit. Denn Pütt wusste zu berichten, wie er einem somit ehemaligen Besatzer, dem sich mehrere Jung-Besetzer ins Bett gelegt hatten, das Geleit vor die Tür gegeben habe. Dort vor der Tür aber habe die schöne Morgensonne ihn vermocht, sich zu verweilen. So sei er vor der Tür auf und ab geschwankt, indem er den inneren wie äußeren Menschen in der Sonne gewärmt habe. Unseligerweise habe seine, halten zu Gnaden, starke Bezechung aber vorbeieilenden Passanten Anlass gegeben, Anstoß an ihm zu nehmen, sehr zu seinem Leidwesen, denn – so seine Worte: »Ich meine das nicht so. Ich mag die gerne!« Und auf diese vielsagenden Worte ließ er ein Lachen folgen, das so rein aus seinem Herzen aufstieg, dass Anna die Tränen kamen. Beinahe. Pütt aber, innerlich bewegt, fuhr fort und teilte nun, die Zunge so schwer, die Gedanken so licht, Betrachtungen mehr allgemeiner Art vor, das Trinken betreffend. Der Alkohol, fand er, habe so ein Potential! Nein, das Potential habe der Zecher, der sich den Alkohol einschütte, ohne jedes Mal das Gläschen zu wiegen… Jedenfalls, so ein Potential! Er verschaffe dem Trinker so schöne Gedanken! So schön! Lächelnd, beseelt wiederholte er diese Worte, bis er sie einmal fehlerlos und ohne Aufstoßen ausgesagt hatte: »So schöne Gedanken.« Dann glitt er für einen Moment ab in eine Meditation, während der er auf seinem Stuhl mal nach links, mal nach rechts sackte, sich aber immer wieder fing, und immer wieder – nach dem Schrecken – den seligen, verklärten Ausdruck wiedergewann – bis ein neuerlicher, nun wieder das Allgemeine ins Besondere ausführender Gedanke ihn zur Mitteilung drängte: Im Fernsehen habe er einen Maler gesehen, sagte er und sagte auch einen Namen und sagte, dass es sich um einen Malerfürsten handle, den Anna doch kennen müsse, aber Anna verstand den Namen nicht oder kannte eben diesen Malerfürsten nicht, und um ein Haar hätte sich die Konversation darin festgefahren, dass Pütt darauf bestand, Anna müsse diesen Maler kennen… aber als Pütt wiederum beinahe vom Stuhl fiel, vergaß er diese Voraussetzung und redete weiter und berichtete, was dieser Maler geäußert hatte: Statt nämlich immer wieder neues Zeug zu malen, hätte er (der Maler) viel lieber sein ganzes Leben lang dasselbe immer wieder neu gemalt; genauer: er hätte, der Maler (in der Rückschau), gerne sein ganzes Leben lang immer wieder dieselbe Flasche gemalt. Pütt wiederholte diese Idee eines Malers, der im Fernsehen über seine Ideen gesprochen hatte, dreimal, damit auch Anna sie in ihrer Tiefe voll erfassen könne: »Sein Leben lang! Immer dieselbe Flasche.« – »Das hat mich so bewegt«, schloss er, und es braucht kaum ausgesagt zu werden, wie sehr dieser Satz Anna Neander bewegte, gesprochen von Pütt, der beseligt auf seinem Stuhl wackelte und immerzu nach links oder rechts herunterzufallen drohte. »Da hat einer, so ein Kleiner, eine Feder an die Wand gemalt«, berichtete Pütt nun weiter und begleitete seine Rede mit Fingerzeigen, die so etwas wie eine Feder anzeigen sollten, nicht einfach, so eine Feder ist kein Fisch und keine Frau, »so eine Feder halt, ganz einfach und sehr schön. Da ist mir dieser Maler eingefallen und ich habe gedacht: Der sollte doch sein Leben lang nur immer diese Feder malen. Immer dieselbe neu. Das wäre ja verrückt, aber das wäre es nämlich. Das hat mich bewegt.« Und dass es Pütt bewegte, bewegte Anna Neander, und der Pastor Semjon Schlechta verstarb in seiner Pfarre, ihrem Herzen, und Einzug hielt ein neuer Pastor, Pütt, denn also war es Brauchtum und hieß Konservierung der Witwe bei der Pfarre. Semjon aber dachte: »Konservierung? Wie denn, was denn, was ist das für ein Weidicht!?« Und diese bezeichneten Worte richtete Semjon Schlechta an Emil Eduard Daus: »Wie denn, was denn, was ist das für ein Weidicht!?« Er richtete sie an Emil Eduard Daus, nachdem Anna Neander ihren neuen Stand alsbald angezeigt hatte, sobald sie nämlich mit Pütt hinreichende Übereinkunft erzielt hatte in Betreff der Pfarre, eine Übereinkunft, die so deutlich war, wie man mit Pütt eben Deutlichkeit verabreden konnte, undeutlich also in Vergleichung mit der vorherigen Übereinkunft mit Semjon Schlechta – aber genau darum ging es Anna ja, ganz genau darum – und nachdem also Semjon Schlechta sich somit entsetzt wusste aus der Liebesstellung, die er innegehabt hatte – ach wie gedankenlos zuletzt und fahrlässig, ein Objekt seiner spekulativen Systematik! – und ein großes Entsetzen ihn packte darüber, welches er, wohlgemerkt, nicht Karl von Kurtz zuerst zutrug, wie er selbst es erst gedacht hatte, sondern Emil Eduard Daus, zu dem er hinlief und sagte, frei heraus ihm ins Gesicht: »Ich bin verzweifelt, wohlverstanden, dass es ein Entsetzen ist!«

Emil Eduard Daus aber, der Daus, rieb sich die Stirn, da er von solchen unerwarteten Vorgängen wiederhörte – er hatte Karl von Kurtz in Annas Armen erwartet, aber Anna und Pütt, unerhört! – und sprach die geflügelten Worte nach seinem Bedünken: »Sieh mal an, immerhin. Die Anna ist eine Neander. Das zählt.« Und da Semjon nicht verstand, ließ er sich herab und erinnerte ihn an das Ännchen von Tharau aus dem Lied, die habe Anna Neander geheißen. Und Emil Eduard Daus dozierte nicht ungebildet, aber doch irgendwie unzusammenhängend – nämlich für Semjon, dem es blies im Hirn – über Pfarrwitwenversorgung und schloss seinen Vortrag also ab: »So ist das, wenn die Liebe hin ist, du Seelchen, die Weiber werden konserviert bei ihrer Pfarre, das ist bei ihrem Kümmerherzen. Du aber bist tot, Herr Pastor.« – »Wie denn, was denn, was ist das für ein Weidicht!?«, versetzte ihm Semjon die Belehrung, wie schon gesagt worden ist, denn er war wütend, und es scherte ihn einen Deibel, ob er tot sei. Ein Orkan von Gedanken tobte über seiner Seele Scheitel, nur in der Mitte war Ruhe, und in der Mitte war das Wort, das Emil Eduard Daus ihn, zugegeben: etwas unvermittelt gelehrt hatte: Konservierung. »Anna konserviert sich für mich«, dachte Semjon, ohne ein Wort zu denken (aus Vorsicht), »ich aber schaffe ein System. Dann bin ich würdig.«

Dieses dachte Semjon Schlechta, und er dachte es in der allergrößten Heimlichkeit. Dann hörten sie Musik und tranken. Wie auch sonst hätten sie tun sollen, hoch und runter alles bereden? Eitel leeres Geschwätz, wo wäre da wohl etwas zu deuten gewesen? Also tranken die Pastoren. Freilich, das Trinken war auch in der Ordnung, nur das Musikhören fiel so merkwürdig quer aus – nicht einmal, weil Verzweiflung über Anna Semjon schüttelte und nun Musik ein Ihres tat, nein; weil Karl von Kurtz nur nicht zugegen war, um das Kommando über die Musik an sich zu ziehen. So behielt – ungewöhnlich, aber erhellend – Emil Eduard Daus das Kommando, und es zeigte sich – Semjon zeigte sich dies – dass der Daus schon stark abgeirrt war von den übrigen Pastoren, stärker als es seine Reden und sein Handeln hatte ahnen lassen, deren Radikalität ja mittelbar nur war, wohingegen mit welcher Musik sich Emil Eduard Daus seine Sinne bestreifte, ganz unmittelbar Aufschluss erlaubte. Was er Semjon nämlich zu hören vorsetzte, war wohl ausgewählt einzig unter dem Aspekt des Ausgewählten, lauter so spezielles, arges Zeug, kaum Schwermetall, ja kaum Musik, so unverdaulich, dass tatsächlich nicht Genuss der Schönheit mehr der Zweck sein konnte, dies zu hören, nur der Drang, den absolut verschiedenen Geschmack unter Beweis zu stellen. So dachte Semjon, sah in Daus′ Gesicht und schätze ihn kalt ab. Dann dachte er, es sei wohl vielmehr Unvermögen; er sei unvermögend, diese herrliche Musik zu hören, und er schämte sich. Und endlich sagte er: »Man kann doch nur Bestimmtes lieben, dieses ganze Zufallszeug ist doch zu arg, das ist verächtlich.« Darüber stritten sie.

Die beste Zeit: Vorbei, vergangen, ohne Wiederkehr – und doch nur Dauer, eines führt zum anderen, und niemand merkt etwas, weil man nicht weiß, wohin das führt… Im Zimmer *Die Sackgasse* wurde viel studiert jetzt, denn wer ein System haben will von Liebe und Verachtung, sollte erst einmal alles gelesen haben, was in Betrachtung kommt. »Um für die drei oder vier Gedanken«, dachte Semjon Schlechta, so weit war er schon, »um für die zwei oder drei wirklich wichtigen Gedanken, die ich habe, einstehen zu können, muss ich alles andere radikal zur Disposition stellen.« Er dachte: »Um meine tiefste Empfindung glaubhaft als gerechtfertigt rechtfertigen zu können, muss ich alles Periphere in Zweifel ziehen, mich selbst angreifbar machen insofern, als ich meine Ernsthaftigkeit im Besonderen durch Unernsthaftigkeit im Allgemeinen beweise.« Und er schraubte sich in die luftarme Höhe des Gedankens und japste mit letzter Kraft: »Ich betone, für was ich einstehen will, indem ich verleumde, wofür ich einstehen müsste!« Karl von Kurtz glich jede Stunde, die er im Seminar absaß, durch zwei Stunden auf Konzerten aus. Er fuhrwerkte mit hochgestrecktem Kinn und durchgerichtetem Kreuz vor den Bühnen umher, vergoss Ströme von Schweiß und magerte ab. Dann saß er wieder im Seminar, zitternd vor Furcht, dass alles dies geschah. Emil Eduard Daus ließ sein erstes Haus sanieren, verkaufte es stückweise an Menschen, die es für Satire und sehr pfiffig hielten, dass er sie einfältig, verkitscht und neureich nannte, und ließ seine sich mehrende Wut vorzüglich an Pütt aus: »Du weibentflammter Befruchter«, nannte er ihn, wenn Anna Neander Pütt vor seinen Freunden mit den Gesten weiblichen Begehrens auszeichnete, und machte sich sehr verächtlich. Semjon Schlechta missbilligte diesen Tonfall, obgleich es ihm wohltat, solches zu hören. Er machte sich Vorwürfe, dass er Pütt also nur aus einem Zufall heraus seiner Verachtung preisgeben wollte, und behandelte ihn mit besonderer Liebenswürdigkeit. Nun wuchs aber seine Verzweiflung ins Erhabene. Er dachte: »Wenn ich die Behauptung... – sagen wir: Ich liebe sie – in Zweifel ziehe, heißt das nicht, dass ich sie unwahr nenne. Zweifel ist ja nur methodisch zu dem Zweck, den Ernst meiner Behauptung dadurch zu erweisen, dass ich ihre Wahrheit selbst riskiere – um sie durch meine Haltung zu bestätigen! Die Wahrheit von ›Ich liebe sie‹ – zum Beispiel, oder sonst einer Behauptung – ist davon zu keiner Zeit beschadet. Holla!«

Nicht die allerbeste Zeit, und doch nur Dauer? Nein, es kann der Tag, an dem Emil Eduard Daus sich erhob und ging. Emil Eduard Daus erhob sich – da hatte Anna eben ihre Hand auf Pütts magere Schenkel gelegt, Semjon aber hatte seinen Blick auf ein Buch fallen lassen, während Karl von Kurtz schwitzte, weil ihn Elsa Laska über sein Seminar befragte – erhob sich und erklärte, er werde sich neuen Umgang suchen, der alte gefalle ihm nun nicht mehr. »Was ich hier sehe, widert mich an«, sagte er. »Freunde«, sagte er, »Freunde halten einen nur auf, ihr seid so bekifft, dass ihr dieselben Weiber vögelt; ihr seid so schlapp, dass ihr euch nicht mal gegenseitig verachten könnt. Am Ende muss ich euch alle an Anna rächen!« Es muss nicht eigens erwähnt werden, dass er seine Worte mit großer Ruhe und herablassender Freundlichkeit aussprach. »Ich hau ab, mache Geld und fertig«, schloss er und wandte sich zum Gehen. – »Du willst nicht mehr kiffen?« fragte Pütt erschrocken. – »Nein.«

Nicht einmal lange Zeit darauf, kaum ein paar Monate später, verstarb Anna Neander in ihrem Herzen abermals der Pastor, und sie musste sich einen neuen in die Pfarre laden. Das war Karl von Kurtz. »Ich weiß noch nicht, weshalb dies eigentlich geschieht«, sagte Semjon Schlechta zu Karl von Kurtz, der aber winkte ab und stöhnte wie einer, dem man Salz in die Wunde massiert. Karl von Kurtz war jetzt sehr schlank, hielt sich aufrecht, referierte viel in Seminaren, schwitzte und zitterte viel daheim, mehr Dinge denn je baumelten von der Decke seiner Weddinghöhle, und sein Blick wurde unstet. Wenn Pütt ihn zu Gesicht bekam, rief er aus: »Der Engel Gottes wird dich zerspalten!« Und Pütt schüttelte grimmig seine Fäuste und schrie: »Schon hat er von Gott den Befehl dazu erhalten!« Damit riss er sich herum, so dass die Arme an seinen Schultern pendelten, und verbarg sich hinter Semjon. Dort ballte er abermals die Fäuste und rief in letzter Anstrengung: »Der Engel Gottes wartet schon mit dem Schwert in der Hand, um dich mitten entzweizuhauen!« Dann tranken sie und hörten Musik. Abermals nicht lange Zeit darauf, wiederum nur ein paar Monate später, verließ Karl von Kurtz Anna Neumann, genannt Anna Neander, und übergab sich Elsa Laska. Semjon wollte nicht ganz ausgeschlossen wissen, dass dieser Entschluss, wohlunterschieden; dass diese Handlung im eigentlichsten Sinne; dass diese Wahl Karls von Kurtz in irgendeiner Weise beeinflusst war durch die wütende Verkündigung Pütts, der Engel Gottes werde Karl von Kurtz mitten entzweihauen mit jenem bestimmten Schwert, das Pütt in seiner nervigen Faust bereits zu schwingen schien. Er befragte Elsa Laska zu dem

Punkt, und sie antwortete: »Ich hab die Hälfte, die ich wollte. Die wird jetzt aufgepäppelt.«

Und Anna Neander, nun, sie verschwand damit aus diesem Kreis und wurde nicht mehr gesehen – bis zur Beerdigung von Semjons Mutter, die verspielt-melancholisch an ihrer Zufriedenheit gestorben war. An ihrem Grab drückte Anna Neander Semjon Schlechta ihr Mitleid aus und umarmte ihn. Als kurz darauf auch Semjons Vater starb, anders als vor ihm sein Frau an Unzufriedenheit, heiter griesgrämig zuletzt und ein wenig wunderlich, gab Anna Semjon einen Kuss. Und nachdem Semjon Schlechta sich mit seinen Geschwistern über das Erbe verständigt und die große Charlottenburger Wohnung nebst anderem gegen das Neuköllner Mietshaus seines Großvaters Arno Selicke getauscht hatte, machte Anna ihm dort einen Antrittsbesuch.

Sie kam dann öfter. Schöne Stunden verbrachten sie dort in Semjons Wohnung, Zeit, wie aus der Welt geräumt, durchs offene Fenster mit der Sonne drangen Kinderstimmen in den Raum, und Semjon fragte nicht, wann sie wohl wiederkäme. Einmal sagte sie: »Ich komme jetzt nicht mehr.« Sie kam nicht mehr, und Semjon blieb. Dann kam sie, blieb drei Tage wie berauscht und sagte: »Komm zu meiner Hochzeit, Semjon, bitte.« Sie sagte: »Es wird kein Pastor kommen, keine Angst, bleibt alles humanistisch. Bitte, komm, ich bitte dich!«

IV. SEHR LANGSAM. MISTERIOSO. DURCHAUS PPP

Rätselhaft ist die Vergangenheit, die Zeitform absoluter Gleichzeitigkeit, und rätselhaft ist das Vergangene, denn es atmet Ineinander, Drüberhin, Zugleich. Und doch ist alles Einzelne, Vergangene so ichgebläht, verschiedenfacht sich voneinander, jede Episode ein gesangerfüllter Traum, jedes Datum ein Subjekt, nur wehe, wenn in dieser Vielheit eins aufs andere verweist, wenn innere Zeichen sich als Dieserhalb und Wennnicht denotieren, wehe, es verwiese das Vergangene auf älteres Vergangenes, das jüngeres Vergangenes erheische, wehe, oh das macht sich voneinander abwendig, bedünkt sich selbstergrünt und macht sich gründlich unsympathisch. Bloß erst damit legt sich alles übereinander und ist nichts mehr einzeln aufzugreifen, da es nicht zusammenhängen will, so schiebt sich's ineinander, drängt sich aus der Ebene der Zeit, zerklüftet zu Gebirgen, ballt sich, bröckelt, explodiert, Tektonik des Vergangenen, schon lässt sich nichts mehr überschauen, nicht zusammendenken, nichts Vergangenes, die Einzelheit alles Geschehens klumpt sie zusammen, doch wo es streng betrachtet und hervorgehoben wird, versprengt sich alles unabsehbar in die Fläche… »Streue einmal deine Groschendose über den harten Estrich«, dachte Anna Neander, »und suche nach der elegantesten Methode, die Groschen wieder ins Gefäß zu schaufeln – es gibt ja keine. Stück für Stück will aufgelesen sein, und ist erst wieder alles in der Dose, panzert sich's mit Ineinander, funkelt um die Wette.« – »Scheiße«, dachte Anna Neander, als sie aus dem Auto stieg und vor dem verfallenen Ferienheim stand, das Emil Eduard Daus als Ort ihrer Vermählung bestimmt hatte, »sechsunddreißig Jahre, und alles so zusammenhangslos wie ein Wimpernschlag« – da fiel ihr Blick auf den schweren Benz, der ihre Pastoren hergebracht hatte. Der Wagen wirkte unbeschädigt, was ihr den, freilich unzulässigen, Trost eingab, dass sich die Vier auf der Herfahrt zumindest nicht zerfleischt hatten. Ganz so glücklich war ihre eigene Anreise nicht verlaufen. Elsa Laska und Geertje – Jahre hatten sie sich nicht gesehen – hatten Aufschluss über diese Zwischenzeit verlangt, hatten Anna ausgefragt, ausgequetscht, keine Schonung. Zwischenzeit! So ein Wort – geordnete Vergangenheit, schön auf das Ziel der morgigen Hochzeit hin angeordnet… Und Lissi, die feind dieser Hochzeit war und Anna zankend abgeraten hatte, war mit den beiden in Streit geraten: Es sei eine Schnapsidee, sich umringt von Ehemaligen zu vermählen. Je, natürlich war das eine Schnapsidee, aber nicht Annas! Elsa und Geertje aber hatten sich ereifert, wie Lissi sich ereifert hatte, Lissi, gegen die sich gut ereifern ließ: Das sei doch wunderbar in der Ordnung, wenn alle diese Ehemaligen eben einmal alte Freunde untereinander wären. Und zumal Geertje, süß und alt wie Kandiszucker, hatte sich hervorgetan und es als trostreich zu empfinden wissen wollen, wenn man bräutlich heimgeführt werde, mit einem Blick noch einmal überschauen zu dürfen, bei wem man einst sein mädchenhaftes Vergnügen bewirtet habe. So war Anna mal froh gewesen, Elsa und Geertje dabei zu haben gegen die Stänkerei Lissis, mal wiederum, dass Lissi nicht fehlte, um die Infamie alter Freundinnen mitanzuhören, immerzu aber hatten alle Drei ihr, Anna, Feuer an die Nerven gelegt. Vermutlich hatten ihre vier Pastoren sich prächtig verstanden und jede Menge Übermut getrieben unterwegs.

Außer dem schwarzen Benz standen noch drei Lieferwagen von Firmen da, die diesen Ort für das morgige Fest zu rüsten hatten, und während Anna mit einem ersten raschen Blick den Ort mit ihren nach Emils Erzählungen gebildeten Vorstellungsbildern davon abglich – die sich als erstaunlich unausgeformt und schludrig, geradezu vernachlässigt erwiesen – erschienen aus dem Haus auch schon zwei Männer in Kitteln, die grußlos vorüberstrebten, aber mit besonderem Interesse sie musterten, dabei war an ihrer gegenwärtigen Aufmachung nun wirklich nichts Bräutliches, und eher hätte man sie inkriminieren müssen, dass sie sich ihrem Stande so betont unangemessen hier vorstellte, ganz so, als wollte sie sich als Relativistin ihrer eigenen Eheschließung aufspielen. Dass sie selbst sich einen solchen Verdacht gegen sich ausdenken konnte, brachte sie auf: Sie, Anna Neander, sollte sich in solcher Weise zieren! Das wäre ja das Allerärgste, so ein Greuel, so eine ganz und gar unanständige Unwahrheit und Weibermaskerade und um keinen Deut besser als das unmögliche weiße Kleidchen, in dem Lissi ihren Protest gegen die Ehe Ausdruck verlieh! Überhaupt, wenn Männer in Schürzen jemanden anzustarren hatten, dann Lissi, die sich gerne anstarren ließ; oder Elsa in ihrer seriösen blauen Bluse; oder Geertje, funkelnd wie verklebter Kandiszucker. Entschlossen, dies sei das letzte Mal gewesen, dass sie böse über ihre Begleiterinnen dächte, so gerade noch durch die lange Fahrt mit ihnen in Elsas Schüsselchen entschuldigt, richtete sie ihre Blicke wieder auf das Haus. Sie hatte noch nie viel von Frauen gehalten, und allein die haarsträubende Misogynie ihres Verlobten vermochte sie manchmal, selten, gegen bessere Überzeugung, nicht zwar zur Verteidigerin des eigenen Geschlechts, wohl aber zur Angreiferin gegen das fremde Geschlecht zu bestimmen. Im Übrigen war das keine so bedeutende Herausforderung, weil Emil Eduard Daus mit seiner ewigen, absolut unglaubwürdigen Selbstironie ein so hehres Bild reinen Mannestums entwarf, dass fleischlich zu existieren gezwungene Exemplare – ob Mann, ob

Lümmel – eine nicht sonderlich schmeichelhafte Differenz bezeugen mussten. Immerhin, interessanter allemal als Frauen, die ein so fleischlich-hehres Frauentum stilisierten, dass sie damit so gar nicht in Gegensatz gerieten, sondern nur ein Faktum trauriger Identität beschworen. Kein Wunder, dass die Männer da ausrissen und lieber meditativ in der inneren Emigration das Matriarchat ertrugen, als gegen sowas anzukämpfen.

Das Haus bestand aus zwei Baukörpern, wohl Schlaf- und Gemeinschaftshaus, die sich ein Treppenhaus teilten. Eine kreisrunde Auffahrt vor dem Haus gab ihm das Ansehen eines Herrenhauses, obwohl es mit seinen klaren Formen wohl aus den fröhlich-sozialistischen Fünfzigern stammen durfte. Rundherum standen noch wenige weitere Häuser, Katen eher, das Ganze war kaum als Dorf zu bezeichnen. Umgeben war das Haus von wucherndem Grün. Birken breiteten ihre Zweige über das marode Dach, aufgeschossenes Buschwerk zog sich entlang der Vorderfront. Beinahe alle Fenster waren zerbrochen, Türen gab es, außer einer Flügeltür als Haupteingang, gar nicht mehr. Die Zerstörung überall, teilnahmsvoll hinter dem Grün verborgen, teils auch durch Dorngestrüpp bewacht, regte stark und unmittelbar sich einzubilden an, was für eine Idylle hier entstehen könnte, wenn man es nur verstünde, behutsam vorzugehen, Bäume und Strauchwerk nicht kahlschlüge – dort höchstens, wo sie allzu frei in die Fenster hineingewachsen waren – und dem Haus seine ursprüngliche Schlichtheit ließe, statt es mit eitel Schmuck zu verderben. Emil hatte, dachte Anna, durchaus wieder sein Auge für schöne Häuser bewiesen. Nur dass das Haus so sehr kaputt war, überraschte sie, nicht unangenehm freilich, es war mehr ein Kitzel. Darum schmunzelte sie, als sie eintrat, gefolgt von ihrem bräutlichen Tross, der noch aus dem Staunen nicht heraus war, uneins zwischen Furcht und Freude. Sie betraten einen großen, lichtdurchfluteten Raum, früher wohl ein Speisesaal. Auch hier wuchsen Birken, Holunder und Weißdorn durch die Fenster und malten bewegliche, gestaltreiche Schatten an die Wände und auf den Boden. So verfallen dieses Haus sein mochte, der Vorstellung schien es glaubhaft, dass es nur eines Kusses auf die Lippen irgendeines sozialistischen Dornröschens bedurfte, und die immer leicht unwirkliche und wie durchsichtige Betriebsamkeit eines Feriendomizils schriebe sich fort ohne ein Zeichen, dass sie jemals geruht hätte. Sicher war es keine besondere Auszeichnung gewesen, hier wohnen zu dürfen, nur ein besonderer Zufall, und dieser Saal war einst gefüllt gewesen von Werktätigen mit im Bewusstsein ihres Glücks prächtigem Appetit, deren Füße unruhig auf diesem wundervoll aus Schieferplatten gefugten Boden gescharrt hatten. Entlang der Wände standen bereits Tische, mit weißen Tüchern eingerüstet, einige Stehtische waren im Raum verteilt. Auf einer Durchreiche zur früheren Küche wurde Tontechnik aufgebaut. Ein halb Dutzend Menschen kamen und gingen hier in Geschäften und waren auf ihren Wegen einem Takt unterworfen, der sie immer wieder alle zugleich aus dem Saal entfernte. Augenblicklich versank der Raum in seine Lebensruhe, Lichtzeichen huschten über den Boden, und im Fenster raschelten Zweige. Anna dachte an Kinder in Badehosen und den Geruch von Seetang. Es fiel ihr ein: Wenn sie keine Kinder haben sollte, stürbe der Geruch von Seetang mit ihr aus! Wie furchtbar. Aus einem rückwärtigen Raum erschien jetzt Emil Eduard Daus und breitete die Arme aus, sobald er Annas ansichtig wurde. Aber die Geste galt nicht einer Umarmung, mit der er seine Braut hätte willkommen heißen wollen, sie wollte nur ihr Aufmerken auf ein Mosaik aus grobem Ostseegeröll lenken, das die Stirnseite des Saales zierte, im Rücken der Eintretenden. »Zum Kotzen«, rief er und zog Anna mit sich, »ihr betretet einen Raum und seid zu träge, euch einmal um die Achse zu drehen. Ist das nicht wundervoll?« Er betastete die

Steine: »Wegen dieses Mosaiks habe ich mich in das Haus vernarrt. Darum sind wir hier.« Elsa Laska, Lissi und Geertje nahm er erst wahr, nachdem Anna das Mosaik in lieblichem Tonfall gepriesen und gleich ihm betastet hatte. »Sucht euch Zimmer, solange ihr noch die Wahl habt«, rief er ihnen zu und wies, halb im Gehen schon wieder, in Richtung des Wohntraktes, »ich habe überall Feldbetten und Schlafsäcke reinwerfen lassen. Mehr Komfort gibt es nicht. Aber die Klos funktionieren wieder.«

Damit war er schon fast wieder zur Tür hinaus, wandte sich aber noch einmal um und entschuldigte sich für seine Hast: »Diese Idioten von Dienstleuten wollen mir hier ständig ein Feuerwehrfest aus meiner Hochzeit machen.« Elsa Laska zuckte die Schultern. »Na, dann richten wir uns mal ein. Ich suche meinen Pionier-Gemahl, ihr sucht euch Zimmer, und nachher spielen wir dann miteinander Kämmerchen vermieten.« Sie lachte schmutzig wie in ihren besten Tagen – als sie noch keine blauen Blusen getragen hatte und darum Anna Neander hatte eine derbe Freundin sein dürfen. Mittlerweile hielt sich nur Lissi noch an Annas Seite, nicht als Freundin zwar und vermutlich nur, weil Emil Eduard Daus nicht davon lassen konnte, sie anzufassen und auszuziehen… ein völlig gleichgültiger Umstand für Anna, wäre da nicht das Ärgernis, dass Lissi ihr in allen Dingen nacheiferte, ihre Kleidung, ihre Sprache und Haltung kopierte – wenn sie nicht gerade trotzig war und ein weißes Fummelchen zum Ausziehen anzog.

Anna trat auf der Rückseite aus dem Haus. Ihr war ja wohl ein Zimmer bestimmt, und was das Kämmerchen-Vermieten anging… nun. Sie war doch überrascht, wie gut ihr Elsa plötzlich wieder gefiel. Im Auto hatte sie noch den Untergang der alten Elsa Laska, der Unmöglichen bedauert, statt derer eine bieder professionelle und unmöglich hartleibige Person das Schüsselchen gesteuert hatte – natürlich nicht das alte von früher, ein fabrikneuer Vernunftwagen hatte den Namen ererbt. Jetzt aber war es ihr doch bemerkenswert, ob so eine wohlgeordnete, auf Erfüllung von Berufs- und Sittenpflichten und sogenannte persönliche Interessen ausgerichtete Existenzform, bei der doch immerhin eine gewisse schnoddrige Denkungsart und zumal die alte schmutzige Lache sich hatten konservieren lassen, nicht auch einen Reiz habe – äußerlich, wohlverstanden, also einen Reiz zur Teilnahme und Betrachtung seitens… nun, einer Freundin etwa. Aber die Frage nach einer Freundschaft stellte sich vermutlich nicht, Lache hin oder her, dazu war zu viel Kämmerchen-Vermieten gespielt worden.

Anna Neander strich sich die Gedanken aus der Stirn. Sie stand in einem Gärtchen. Die Wiese zu ihren Füßen war von riesenhaften Disteln durchsetzt, die ersten kleinen Birken und Kastanien streckten ihre Zweige über das Gras. Eine Wand von Rhododendren begrenzte die Wiese, dahinter erhob sich ein Kiefernwald. »Na reizend«, dachte Anna, »eine verwilderte Rokokoszenerie. Da muss ich jetzt mein Füßchen hineinsetzen und die Parade meiner abgelegten Liebhaber abnehmen.« – »Alsdann.« Sie stapfte durch die Wiese. »Entweder«, dachte sie weiter, »hat Emil diese Kulisse für Semjon, den Theatermann, gemacht – oder ich sehe alles nur als Kulisse, mit Semjons Augen…« In der Wand der Rhododendren glaubte sie einen schmalen Durchlass zu erkennen. An einer anderen Stelle aber raschelte es, sehr wenig erst, dann stärker, endlich durchaus beunruhigend. Plötzlich war es wieder still. Was da geraschelt hatte, dass sich die Büsche bogen, war fort. Oder es war still in sich geworden und besann sich auf etwas. Nur einen Augenblick – Anna stand wie angewurzelt neben einer Distel, die sie in den Knöcheln piekste – dann brach das Rascheln in voller Stärke wieder los, und endlich kam die Ursache zum Vorschein: Pütt fiel mehr aus den Büschen, als dass er hervortrat. Als er wieder Stand gewonnen hatte, sah er sich um wie ein großer Herr und Schicksalslenker, den – hoffentlich – niemand im Kampf mit einem kleineren Missgeschick beobachtet hatte. Seine Arme schlenkerten in den Schultern, aber nur sehr leicht. Erst jetzt bemerkte er Anna neben einer Mordsdistel und starrte sie an. »Gleich beißt er mich«, sagte Anna Neander. Pütt starrte weiter, jetzt auf die Distel, ein Exemplar, das Anna bis über den Bauch reichte. Unglaube prägte sich in sein Gesicht. Anna ging zu ihm, umarmte ihn und sagte: »Hallo Wölfchen.« Pütt blieb starr, er schüttelte sich, blies die Backen auf und erwiderte: »Wölfchen! Hat sich was mit Wölfchen, ich heiße Pütt!« Anna wollte gerne etwas recht Herzliches sagen, aber unter seinen wilden Blicken fiel ihr nur ein: »Hattest du Ungemach?« Pütt starrte sie an. Sie zeigte auf die Stelle, an der er aus dem Busch gekrochen war: »Ich wollte ans Meer, geht es da lang?« Pütt riss sich herum, die Arme kreisten um ihn, er starrte auf die Stelle, die ihm bezeichnet war. Es hatte gute Weile, bis ihm einfiel: »Ich hab′ gekackt.« – »Oh«, sagte Anna, »dann gehe ich besser hier lang.« – »Ich beiße dich«, sagte Pütt. Er besann sich jetzt zunehmend und zeigte nach einem Gartentürchen am Haus. »Da raus, dann den Weg lang, dann den Hang runter, da ist Meer.« Anna bedankte sich. »Kommst du mit?« Pütt schüttelte trotzig den Kopf. »Karl und Semjon sind am Meer. Saufen.« Er besann sich weiter: »Semjon säuft, Karl gibt den Befehl.« Anna nickte und ging zur Gartentür. Plötzlich wurde sie von Pütt am Arm herumgerissen, sie wusste gar nicht, wie er so schnell hatte bei ihr sein können. Augenscheinlich war ihm das selbst nicht deutlich, oder er war erschrocken über seine Grobheit. Er zog eine zerknautschte Papierrolle aus seiner Jackentasche und überreichte sie Anna. »Gehört Karl. Wenn du mal Papier brauchst, frag Karl von Kurtz. Hat immer Klopapier.« Anna nahm die Rolle und ging.

»Die Klos sind aber heile«, rief sie ihm noch über die Schulter zu. Zur Antwort vernahm sie ein gedehntes Seufzen.

Sie gelangte in den Wald, den sie schon gesehen hatte. Der Boden federte, und im Abendlicht des Frühjahrs kräftigten sich die Farben, ein Mosaik von Grün- und Brauntönen. Sie schob die Hände in die Taschen und betastete alles nur mit den Augen: Moos, so leuchtend, dass es jeden festen Grund verleugnete, auf dem es wuchs; die Kiefernzweige, alte Weiber, die in ihrer Würde bebten; Büsche, kreuz und quer mit Raum befasst; und Waldboden, beweglich, untief wie ein Dichter griff er nach den Wurzeln; höherher die Rinden um die Kiefern, die ganz knarzig waren bei all der Verantwortung, die sie ertrugen. Hoch und weit wurde der Wald durch das Überall der Vogelrufe. Anna war es, als sie durch diesen Wald ging, herausgerissen aus ihren vorherigen Gedanken, – es war ihr zumute, als weite auch sie sich in diesen Raum der Farben und Geräusche, als spanne jenes Ich in ihr, das niemals Ich sagt, niemals sich bezeichnet, hoch und weit sich hinein in diesen Raum. Doch jenes andere, bezeichnende Ich – das war der Preis für jeden Glücksmoment – es schrumpelte, es wurde hart und bitter wie ein taubes Nüsschen. Und so nahm wieder eine Unruhe Anna Neander gefangen, die sie immer befiel beim Anblick von Naturschönheit. Es bedrängte sie dann die Not, dass solche Schönheit Leidenschaft begleiten müsse, mädchenhaftes Glück und Liebe, dass die Schönheit auch verdient sei, nicht vergeudet. Doch jedes Glück, nach dem sie leidenschaftlich langte; jede Leidenschaft, mit der sie liebte, wich vor ihr, entzog sich ständig und verlor sich in die Möglichkeit, die erstmal kommen musste. Jeder freie, groß die Brust ihr weitende Atemzug löste imgleichen eine Beklemmung aus, ein Entsetzen, als habe sie Wasser geatmet. Und binnen kurzem hatten diese Eindrücke ein so ungefüges, verstiegenes Gebilde aus Sentiment und Sehnsucht in ihr aufgerichtet, dass sie sich weinerlich schalt, als durch die Bäume das Meer zu erkennen war, und ihren Schritt beschleunigte, um das Wiedersehen mit Karl und Semjon hinter sich zu bringen. Dass sie dazu überhaupt keine Lust hatte, war ihr gerade recht, das waren so Anforderungen, für die man dankbar sein musste, um nicht in einem Empfinden zu versinken, in dem jegliche Richtung sich in einem Innen verlor, alles Äußere umgelenkt und zurückgespiegelt wurde, bis alles bodenlos war, Tiefe.

Karl von Kurtz und Semjon Schlechta standen mit aufgekrempelten Hosen im Wasser. Sie hielten Bierflaschen und sprachen. In Semjons hinterer Hosentasche erkannte Anna eine Flasche Schnaps. Es wirkte überaus lässig. Sie suchte nach einer zum Abstieg geeigneten Stelle im Steilhang zum Strand, unterließ es aber, deshalb hin und her zu laufen. »Es sollen sich schon Weiber im Tragstuhl in die Seligkeit aufgemacht haben«, sagte sie sich und sprang lässig in den Hang. Außerdem drängte es sie jetzt sehr, zu den Beiden am Wasser zu kommen. Aber der Hang war lockerer als vermutet und rutschte ab. Drei Meter fuhr sie lotrecht abwärts, lässig, wie Gedankenmänner aus den Wolken sinken. Dann stolperte sie und schlug einen Purzelbaum. Unten angelangt, bemerkte sie, dass ihr bräutlicher Kopf auf einem spitzen Stein zu liegen gekommen war, der ihr schmerzhaft in die Braue stach. Sonst hatte sie offenbar nichts abbekommen, aber immerhin: Ein blauer Fleck über dem rechten Auge der Braut – da würde es wohl heißen, der Daus sei Linksausleger. Sie rappelte sich auf, amüsiert über dieses betrügliche Zeichen für die Mesalliance, die sie in den Augen so ziemlich aller geladenen Gäste einzugehen im Begriff war. Semjon und Karl hatten ihren Absturz nicht gesehen, sie standen immer noch dem Meer zugewandt. Gut, so hatte sie eine Scherzrede für den Notfall in der Hinterhand. Sie stakste über den Strand – er war sehr steinig hier – krempelte sich die Hosen auf und gesellte sich zu ihren ehemaligen

Pastoren. Semjon sagte kein Wort, als er sie bemerkte, und erwartete sie nur mit seinem wunderbaren, warmen Lächeln. Je weiter ihr der Weg wurde, desto ärgerlicher dachte sie, dass Semjon es sich durchaus erlauben könnte, auch einmal wie ein bösartiger Widder zu schauen oder wie ein Lamm oder sonst. Ein bisschen mehr wie Pütt, bei dem immer alles so schön zutage lag. Karl von Kurtz streckte zackig die Hand aus und sagte: »Guten Tag.« Er sagte: »Du bist die Braut.« Anna Neander schüttelte Karl von Kurtz vorschriftsmäßig die Hand und bestätigte, dass sie die Braut sei. »Das ist ein Männergespräch«, sagte Karl von Kurtz, »eine Braut ist kein Mann.« – »Du bist ein impotentes Vieh«, sagte Semjon und trat Karl von Kurtz in den Hintern. »Genau«, sagte Karl von Kurtz und lachte, hart und zufrieden. Eigentlich hustete er Umlaute, die an Sauberkeit vermissen ließen. »Lass nur«, sagte Anna, an Semjon gewandt, »du hättest ihn mal hören sollen, als Emil ihn und Elsa eingeladen hat. Ich habe ihn durch den Telefonhörer schnauzen hören, obwohl nicht mal lautgestellt war. Emil hatte Elsa dran, und im Hintergrund bellte Karl: Wer ist das? Wir essen! Soll später anrufen!« – »Darum rufe ich ihn nicht an«, sagte Semjon, »sondern schreibe ihm, was notwendig ist.« – »Kein Wunder, dass ich den Hang runtergefallen bin, als ich den furchtbaren Mann gesehen habe«, sagte Anna Neander und zeigte auf die Schrammen an den Beinen, die sie beim Aufkrempeln gefunden hatte. Das Meerwasser brannte darin. »Wie sieht mein Auge aus, kriege ich ein Horn?« – »Quatsch, da ist nichts«, verwies ihr Karl von Kurtz, »bloß Hände, Beine, Arme aufgeschrammt.« Und nach einer Pause: »Wenn Du ein Horn willst, geh zum Daus!«

»Was ist denn los mit dir?« Semjon versetzte Karl von Kurtz einen Stoß: »Glaubst du plötzlich an die Nächstursache? Glaubst du, Emil Eduard Daus, wenn er Anna schlüge, schlüge sie mit Notwendigkeit? Derart, dass sie sich darauf verlassen könnte, ein Horn zu bekommen? Nicht vielmehr etwas Anderes, ein sichelförmiges Muttermal vielleicht? Eben noch verrufst du blindstreitig jeden Grund, und jetzt? Ist das Konsequenz?« – »Das ist der wandeligen Dinge Wandelwesen«, sagte Karl von Kurtz, zufrieden und hart. Anna verlangte Aufklärung über diese dunkel-privaten Andeutungen. »Karl ist betrunken vom Fahrrad gefallen, und jetzt fragt er sich, wieso«, erklärte Semjon Schlechta. »Das ist nicht korrekt«, widersprach Karl von Kurtz, »ich bin gegen eine Schranke gefahren.« Er wandte sich Anna Neander zu und dozierte – eine Tonlage, die Anna an ihm nicht kannte und zu ihrem Missvergnügen spannend fand: »Man fährt mit dem Fahrrad in eine Schranke, und während man schwungvoll über die Schranke fliegt…« – »Man?« – »Ich, jawohl, jedermann ist ich… Ruhe. Während man schwungvoll über die Schranke segelt, wundert man sich: Es gibt keinen Grund, über die Schranke zu fliegen. Ich bin betrunken…« – »Ich?« – »Man ist betrunken, kann nicht mehr lenken, bremsen, aber das ist kein Grund umzufallen. Man könnte ebensowohl nicht umfallen. Man fliegt und wundert sich. Und jetzt die Anwendung auf deinen Fall. Bitte Anna.« Karl von Kurtz erteilte Anna Neander das Wort. Er nahm sie dran. »Es gibt keinen Grund, den Hang runterzufallen?«, fragte sie und hob skeptisch die Augenbrauen. – »Setzen. Nein. Dein Fall ist komplexer. Das ist die hohe Kunst. Du fliegst den Hang runter und denkst: Ich habe mir grundlos eine Beule am Auge geholt. Dann stellst du fest: Das Gesicht ist heile, aber vom Hals bis zu den Füßen bist du verschrammt. Toll! Was ist ein Grund! Der wandeligen Dinge Wandelwesen.«

»O Karl«, sagte Anna, »so altertümlich flektierende Sprache? Von dir?« – »Hab´ ich von Semjon. Irgendein Kirchenvater.« – »Schön!« – »Bist ja auch ein altertümlich flektierendes Mädchen«, sagte Semjon. Dazu lächelte er wieder warm, aber nur kurz, er war ganz bei der Sache, und um bei der Sache zu sein, musste er sich an Karl von Kurtz wenden: »Ich weiß eine Therapie für dich. Du musst die Bremsen an deinem Fahrrad abschrauben. Oder kaputtgehen lassen. Nicht immer so ordentlich reparieren, dass alles funktioniert, wie es in der Ordnung ist. Bist du mal ohne Bremsen Fahrrad gefahren? Ist eine Schule des Pessimismus, und damit eine Schule der Gründe. Überall musst du die Gefahr sehen, der du nicht ausweichen kannst, sonst bist du schneller tot, als du Wandelwesen deklinieren kannst. Bist absolut unfrei – und musst das Beste daraus machen.« Semjon zog lässig die Schnapsflasche aus der Tasche und nahm einen Schluck. Er reichte Karl von Kurtz die Flasche, der aber verwahrte sich: »Bier muss fließen. Keine Schleusen, keine Schnapsschiffahrt.«

Er ging. Ein Mann seines Namens durfte sich ein solches Schlusswort nicht entgehen lassen. Und notwendig musste er nun zumindest weiteres Bier besorgen. So blieb Anna mit Semjon alleine. Er ließ jetzt leider kein warmes Lächeln sehen – das hätte ihr geholfen – sondern sah verschlossen Karl von Kurtz hinterdrein, der – eigentlich sehr drollig – versuchte, gewohnt zackig über diesen steinigen Strand zu gelangen, und dabei einen merkwürdig bleiernen Tanz darbot. Das war die Kehrseite dieses warmen Lächelns, dachte Anna, das musste man wissen, wenn man sich davon anlocken ließ: Der verschlossene Blick. Und das eine wie das andere waren Merkmale derselben Eigenschaft Semjons, seines Inkognitos; beides: Wärme und Verschlossenheit dienten nur demselben ewigen Inkognito, das Semjon um sich zog. Sie schlug vor, aus dem Wasser zu gehen, dessen Kälte ihr in die Füße stach. Sie hätte freilich auch nach der Schnapsflasche verlangen können…

»Ich mag es gerne«, sagte sie, »wie ihr Jungs euch eure bescheuerten Theorien vor die Füße und ins Wasser werft, bloß so aus Jux, um euch nasszuspritzen.« Semjon sah sie forschend an, sagte aber nichts. »Am besten seid ihr noch alle vier zusammen«, fuhr sie fort, »aber das wird wohl nichts mehr. Das hab' ich mir irgendwie versaut.« Semjon sagte immer noch nichts, er sah jetzt wirklich ratlos aus. »Naja«, versuchte er, »auf der Herfahrt waren wir zusammen. Ich weiß nicht, ob das schön anzuschauen war.« Anna stellte fest, dass ihr diese offene Hilflosigkeit bei Semjon auch nicht recht war, dann doch lieber Inkognito.

»Im Grunde hat er recht, musst du wissen«, sagte Semjon, »Karl, er hat recht mit seinem Verrufen, mit seinem Blindzweifel, dass Vernunft ihm irgendetwas einzusehen helfe. Letztlich ist es immer nur Glauben, der einen lehrt, welchen Gedankenfinger wir umbiegen müssen, um aus der Flinte eine Ladung Notwendigkeit auf irgendein leckeres Schaf loszubrennen. Aber wenn das Schaf einmal tot und gegessen ist, brüstet die Vernunft sich wie ein Physiokrat und quengelt, sie habe das alles genau beschlossen und könne es jederzeit noch einmal, und mehr könne man nicht wissen über das Schaf. Aber was das Schaf vom Leben zum Tod befördert hat, bleibt doch eine Umformung durch Glauben, keine Erzeugung im Denken. Wenn ich nicht an die Notwendigkeit glaube, mit der Notwendiges sich vollzieht, gibt es keine. Wenn ich die Flinte nicht losbrenne, bleibt das Schaf am Leben. Die Vernunft mimt den Landmann und gibt sich für den Einzigen unter der Sonne aus, der wahrhaft etwas hervorbringt, Notwendigkeit. Alles andere, Umformung, Bearbeitung, wird verworfen. Sie allein, schöpferisch und seherisch auf ihrer Scholle, bringt Erkenntnis hervor, durch Beobachtung und Vorhersage. Ein Landmann zaubert aber nichts aus dem Boden, was nicht vorher darin war. Auch er betreibt nur Umformung, verweigert aber die Rechenschaft darüber. Die Vernunft verweigert Rechenschaft über ihre Voraussetzung, den Glauben, dass Notwendigkeit sich notwendig vollzieht. Eine vernünftige, ich sage:

physiokratische Weltsicht zu haben, heißt zu behaupten: alles was geschieht, vollzieht sich notwendig so, dass es geschehen sein wird, sobald es geschehen ist. Alles wird, wie es geworden sein wird. Notwendigkeit ist eine Wette im zweiten Futur.« Semjon holte noch einmal die Schnapsflasche hervor, er entschuldigte sich: »Du bist die Einzige, die von mir Traktate vorgelesen bekommt. Entschuldige, das ist ungerecht.« Anna kannte das, sie hatte keine Lust, ihm aus der Verlegenheit zu helfen. Es gab nach Ihrer Meinung nicht so viele Leute, die solche Reden hielten und dabei nicht belehrend waren, sondern tastend, suchend sprachen – das besaß Wert für sie, aber nicht durch sie, dieser Wert entstand aus Semjons Reden selbst für sie, warum also sollte es ihr zukommen, ihn zu ermutigen, wenn er schwankte! Semjon zog mit schuldbewusstem Lächeln sein Fazit: »Also, ich gebe Karl schon recht, aber das ist eine unbequeme Sache, mit solchen Überzeugungen zu leben, und schließlich endet man in einer Ehe mit Elsa Laska, der Unmöglichen…« – »… und zieht bei Schwermetallgedröhn im Stechschritt wider die Veränderung. Glaubst du, dass er als Lehrer auch so ist?« – »Nein, da ist er eine Maschine.« Semjon lachte. »Da die Vernunft nunmal alles auf ihrem Boden ziehen will, auch den Weltwillen oder wie du's nennen willst, diese Hilfskonstruktionen des Glaubens, aber notorisch daran scheitert, was wiederum etwas empfindsameren Köpfen wie Karl nicht völlig verborgen bleibt, wird diese physiokratische Vernunft belächelt und verachtet, aber nicht gestürzt und nicht ersetzt durch ein anderes System. Vorläufig übernimmt also als Platzkommandant des Zwecks, man will es kaum glauben, der Charakter, diese alte Chimäre, diese düstere Instanz, voll unhintergehbarer Befehle. Und schon hast du deinen Stechschritt und das Grunzen.« – »Und bis du dein System fertig hast, muss Karl halt weiter Schwermetall hören und Elsa gehorsamen?« Anna fragte in aller Unschuld, dennoch wurde sie rot und unwillig, und auch Semjon wurde rot und unwillig. »Karl ist immerhin einer, der sowas wie Charakter noch besitzt, und um sich sowas zuzulegen, muss man der Buhlschaft Welt schon mal ein paar Jahre entschlossen Widerstand leisten und sein wie schwankendes Rohr im Wind.«

Vorsichtig, auf Wiedergutmachung bedacht, sagte Anna: »Soso, Charakter haben also nur so verdächtige Leute wie du, Leute, die nicht nötig haben, sich zu tummeln, um ihr Leben zu fristen, und tummeln sie sich dennoch, nennt man´s sinnlos und närrisches Zeug, was sie ertummeln. Man hat ja nicht nötig, dass sich solche Gestalten tummeln, und nur, weil man sie nicht nachgerade massakrieren will, lässt man sie ihr Leben fristen – dass sie sich nicht tummeln!« Sie biss sich auf die Lippen, das klang doch eher angreifend als zustimmend, auch wenn ein sauberes Lektorat Letzteres herausstellen würde... – aber Semjon nickte nur, dachte nach. Dann begann er: »Anna, ich will nicht schlecht von Emil reden, nicht jetzt, nicht vor dir, und du weißt, dass ich Emil Eduard Daus innig liebe, aber er geht mir so verteufelt auf die Nerven.« Er machte eine Pause, sammelte sich und suchte, was er hatte sagen wollen. »Du hast völlig recht, und das ist ja gerade das Verhängnis bei diesem Elitenrassismus, wie der Daus ihn ständig auf den Lippen führt. Was ist denn der Leit- und Vorzeigecharakter dieser Eliten? Doch ein Mittel aus Unterwürfigkeit und herrischem Auftreten! Aus Hass auf alles geistige Vermögen und einer ameisenhaften, instrumentellen Intelligenz! Das Erkenntnisvakuum der Vernunft erzeugt solche anaeroben Charaktere geradezu, die sich rein von der Anmaßung des Erkennen-Könnens mästen und alle Kreatur verdrängen, die außer Nahrung auch des Anhauchs der Notwendigkeit bedarf – und immer wieder atemschöpfend innehält. Du könntest mich übrigens guten Gewissens schlagen wegen dieser Bilder, die mir ständig in die Rede flimmern. Ich bin Säufer. Schnaps malt Bilder an die Schädelwände.« Er sah sie an: »Aber du bist zur sehr Literatin, um Bilder prügelwürdig zu finden. Das ist ein Charakterfehler.« Er versuchte, ein lustiges Gesicht zu machen. Anna ging zum Schein darauf ein. »Und wenn ich auch ein System hätte, es hülfe nur den Atemlosen.«

Es gab eine Pause im Gespräch, so es denn Gespräch heißen sollte, wie Semjon lauter Schutzschirme hochriss; eine Pause, die Anna nicht unangenehm fand – auch Semjon nicht, wie ihr schien, wenigstens an der Außenseite seines Inkognitos. Sie sahen aufs Meer, die Sonne ging jetzt unter. »Apropos System«, sagte Semjon, »was hat das mit der humanistischen Hochzeit auf sich, die ihr da morgen feiern wollt? Hat Emil sich das ausgedacht?« – »Nein, ich. Er hat genauso gefragt und war sogar der Meinung, so ein Blödsinn könne ja nur auf deinem Mist gewachsen sein. Er hatte richtig Angst, dass du dem Ganzen hier den Stempel aufdrückst und doch noch als Sieger vom Platz gehst. Und er hat sich erst beruhigt, als ich ihm gesagt habe, dass die Zeremonie von zwei Schriftstellerinnen verantwortet wird, mit denen ich bekannt bin. Jetzt freut er sich auf die Satire.« Anna lachte bei dem Gedanken, wie Emil Eduard Daus sich am Ende noch gruseln werde. Sie hatte keine Ahnung, was ihre Freundinnen sich ausgedacht hatten, rechnete aber mit Fürchterlichem. »Na gut, Semjon, ich gestehe, dir gestehe ich. Es handelt sich um eine Form von Negation. Gekreuzte Finger, verstehst du? Wenn ich schon dieser Heirat nicht entgehe, will ich sie wenigstens unmöglich machen. Es soll recht albern werden, zum Schämen. Dann gilt es vielleicht nicht so sehr.«

Sie hatte gedacht, dass Semjon sie verstünde, aber er blickte eben so angestrengt aufs Meer, dass ihr Zweifel kamen. Sie überlegte, wie er ihre Worte womöglich missverstehen könnte. Dabei empfing sie ein starkes Bedürfnis, sich auf ihn zu werfen, ihn zu küssen und ihm zu sagen: Vergiss es, Semjon,

streich alles aus, streich es aus, alles, alles ist, wie es sein soll…
Sie unterließ das natürlich.

Vom Wald her waren Rufe zu hören, einige weitere Hochzeitsgäste, die heute bereits angereist waren, hatten den Weg zum Meer entdeckt.

»Schade«, seufzte sie und erhob sich, klopfte sich die Hosen ab. »Gerade hatten wir den formellen Teil hinter uns. Ich dachte, jetzt würde es gemütlich.«

Den Rest des Abends verbrachte Anna Neander nicht gemütlich, sondern in routinierter, fast mechanischer Ausübung gesellschaftlicher Höflichkeit. Kaum unterschied sich der Abend von den literarischen Vortragsabenden, die sie moderierte – inzwischen nicht mehr wildwüchsig freilich, sondern im Auftrag eines Verlagshauses, für das sie als Lektorin arbeitete. Lektorin – Semjon hatte sich immer in freundliches Schweigen gehüllt, wenn sie von ihrem Beruf gesprochen hatte; damals, als sie ihn in seinem verfallenden Haus besuchte. Er war darüber hinweggegangen wie über eine Unart, die er duldete, weil er ohnehin nicht glaubte, sie ihr abwendig zu machen. Zwar der Anlass und die Kulisse dieses verlassenen Hotels waren von einem literarischen Abend denkbar verschieden, aber die Gäste waren zu einem großen Teil die nämlichen, und, ständig um die gleichmäßige Auszeichnung dieser Gäste bemüht, war sie durch Haus und Garten gelaufen, hatte ihre Bahnen gezogen durch schwerelos oberflächliches Gespräch. Jetzt sprach zu ihr die Mitternacht. Sie lag auf ihrem Feldbett, nebenan schnarchte Emil Eduard Daus, der ebenso routiniert wie sie den Gästen um den Bart gegangen war, diese beleidigt und jene beschimpft und nebenbei mit Pütt bedeutende Mengen Whiskey verzehrt hatte. In wechselnden Zusammenstellungen waren ihre Pastoren den Abend über immer wieder am Rande der Szene, die sie beherrschte, in Erscheinung getreten, und in wechselnden Zusammenstellungen zogen sie jetzt, da sie auf ihrer Pritsche ruhen konnte, durch ihre Vorstellung. In wechselnden Zusammenstellungen aber auch zogen ihre eigenen früheren Tage an ihr vorüber, wie sie sie mit den Vieren verbracht hatte, und so viel Freude es ihr bereitete, an Pütt, an Semjon, Karl oder Emil zu denken in bestimmten Situationen, die sie erinnerte, soviel Unbehagen bereitete ihr der Gedanke an sich selbst, so wie sie in diesen Erinnerungen auftrat. Es kam ihr so halbherzig, desinteressiert und phantasielos vor, wie sie alles angefangen hatte; wie sie sich ihres Daseins unterfangen hatte, Werk eines gelangweilten, unbegabten Menschen, dessen Beschränktheit man ihm an der Nasenspitze absieht. Und so unendlich nah sie sich selbst in ihrer Vergangenheit auch kam und Lust und Leid von dazumal jetzt wirklich auferstanden und ihr wieder wehe taten, tief und neu; so unendlich fremd war sie sich doch und blieb sich ein Mensch, den sie beliebig genau erkannte und ihm auf den Grund des Herzens schaute, ihn durchschaute, alle Lust und alles Leid einsah, alle einst verwirklichten Motive insonderheit, welche sie, eingezwängt im schwarzen Tunnel ihrer Möglichkeiten, zugleich so frei vom einen Pastoren zum anderen geführt hatten; jedoch ein Mensch, der sie nicht war – nicht mehr – und der zu sein ihrer Vorstellung nicht mehr erreichbar war, so dass die Weite ihres Bewusstseins, die Erhabenheit seines Horizontes, von dem sie doch erinnerte, dass er bei jedem Schritt, den sie gewagt, so zuverlässig um sie gewesen, ihr nur abstrakt noch blieb, als etwas, das sie zeigen konnte, sich selbst darauf aufmerksam machend, doch alles, was sie sah, wenn sie für sich in dieses Weite wies, das immer um sie her gewesen, jetzt noch gar, im Augenblick, aus ihr erzeugt, war so beklemmend fremd und eingeschränkt wie das Gewahrsein eines Schäfchens, das durch Bilderbücher trippelt, und dessen Anwesenheit auf den bunten Pappseiten, sein Zugegensein in seinem Leben so vieler Dimension ermangelte, dass es sich nur in

Richtung einer gestaltlosen Tiefe so zerdehnen mochte, die ihm dann als Weite des Bewusstseins vor den Sinnen stand. Sie erschauerte, da sie so grübelte, bei der Vorstellung, dass alles Weite, Lichte ihres Daseins Täuschung und fürwahr ein dunkel Tiefes sei, in das sie sich verlöre immerzu und immerzu daraus hervortrat. »Das Fertige«, dachte Anna Neander, »ist der böse Spuk der Gegenwart. Fertigkeit! Alles, was geschieht, ist fertig, jeder Augenblick. Und jeder Augenblick reißt jedem vorigen die Maske vom Gesicht, und im Erinnern durchwate ich ein Meer von Unfertigkeit, ein Blutmeer, alles unvollendet hingemacht, alle meine Augenblicke.« Emil Eduard Daus murmelte im Schlaf »Ihr Schweine« und drehte sich auf die Seite. Er schnarchte nicht mehr, dafür lag Whiskey-Geruch in der Luft. Seine Pritsche war durch einen Durchgang zum offenen Fenster von Annas getrennt, trotzdem roch sie den Whiskey in seinem Atem. Whiskey-Trinker hatte sie noch immer für Blender gehalten, Leute, die ohne Aufwand sich mit einer Exklusivität zu umgeben wussten, die nicht nachvollziehbar sein durfte, um die Lüge der Kennerschaft durch den Zauber des Geheimnisses zu schützen. Selbst Pütt, dessen Regungen so offen zutage lagen, gaukelte in diesem Punkt eine Kennerschaft vor, die ihn für Augenblicke zu einem Mann von Bedeutung und Lebensart machte, urkomisch. Und Emil Eduard Daus liebte es, seine vermeintliche Kennerschaft mit Füßen zu treten und den Trinker zu geben, der achtlos tiefe Züge soff. Zweifache Camouflage, aber schlecht gespielt. Karl von Kurtz fürchtete sich vor Schnaps, dafür trank er umso mehr Bier, zackig, hart und schnell gestürzt. Und Semjon drehte das Schnapsglas zwischen den Fingern, gleichgültig, was darin war. Sie atmete tief ein. Vermischt mit der kühlen Nachtluft war dieser abgestandene Hauch von Whiskey gar nicht mal übel. Anna erinnerte sich, wie Semjon, die Füße wie fühllos im beißend kalten Wasser, die Flasche in der Hand, über Karl von Kurtz gesprochen hatte, nachdenklich und ohne jede Hast, während sie die Füße schon abwechselnd aus dem Wasser gezogen hatte; über Karl von Kurtz, der sich im Stechschritt in die Arme Elsa Laskas kommandiert hatte. Sie erinnerte sich kaum noch an Einzelheiten, dennoch übertrug sie die Schemen seiner Ideen, die sie noch vor sich sah, auf sich. Wenn sie, dachte sie, ihre Hochzeit morgen mit Emil Eduard Daus nur einfach als »richtig« ansähe; wenn ihr diese Hochzeit einfach nur »erwünscht« wäre – sie wüsste nicht, ob sie nicht fünf Minuten vorher noch davonliefe. Das wäre möglich, in jedem Augenblick. Sie könnte sich umdrehen und gehen – obwohl sie die Hochzeit vielleicht wollte, wünschte und ersehnte... wie auch immer, das wäre möglich. Was ist ein Grund? Der wandeligen Dinge Wandelwesen. Aber das war eben nicht alles. Es kam noch etwas hinzu, und hinzukam: Dass sie glaubte, diese Hochzeit werde notwendig vollzogen werden. Sie glaubte, dass dies unbedingt geschehen werde. Sie glaubte, sie könnte gar nicht davonlaufen, ob sie nun wollte oder nicht. Das Ich, das ich zu Anna sagte, wurde nicht gefragt, das andere aber, das sich nur im Handeln bezeichnete, heiratete Emil Eduard Daus, weil es notwendig richtig war, Emil Eduard Daus zu heiraten. Anna blieb nur, an diese Notwendigkeit zu glauben. War sie also, wie Semjon gesagt hatte, eine Physiokratin, da sie glaubte, dass sie heiraten werde? Oder gerade nicht? Es fiel ihr nicht mehr ein. Sie nahm die Heirat hin, ein schwankendes Rohr. Im Grunde hatte das Ich, das ich zu Anna sagte, niemals wirklich mitspielen dürfen. Ein kleines Schwesterchen, das zusehen musste. Die Große aber brauchte Anna immer nur als Subjekt für ihre Taten: Anna Neumann tut dies, Anna Neander tut das. Anna, ich. Sie wusste bis heute nicht, was sie da von Pastor zu Pastor getrieben hatte, von Emil zu Semjon, von Semjon zu Pütt, von Pütt zu Karl, von Karl zu Emil, von Emil zu Semjon, von Semjon zu Emil. Sie wusste es nicht, aber es war auch irrelevant, weil sie in diesen Fragen ohnehin nichts zu bestellen hatte. Eine Instanz, die sie zum Subjekt ihrer Handlungen stempelte, traf die Entscheidungen, und Anna, die ich zu sich sagte, blieb nur, sie zu verantworten. Neugier war es eigentlich, nur Neugier, Interesse, ein Interesse am Anderen, das sich steigerte, je näher sie jemandem kam. Am Ende verlor sie sich in dieser Neugier, die Augen geweitet und geheftet auf diesen wunderlichen Anderen, diesen Karl, diesen Emil und das, was hinter dieser Festung des Gebarens lag, mit dem sich diese Anderen ihr zeigten – bis sie sich erkannte in ihrer Unwahrheit, der Unwahrheit, dass sie nicht mehr ich zu sich sagte, sondern zu einer Anna, die eine Person war in den Augen eines Anderen, ein Subjekt von Handlungen Semjon gegenüber oder Objekt von Wahrnehmungen Pütts. Aber das allein, dachte Anna, und sie wollte gar nicht mehr denken auf dieser Pritsche, sondern schlafen – aber das allein hatte sie nicht von Pastor zu Pastor getrieben, nicht die Unwahrheit in den Armen des einen hatte sie die Wahrheit in den Armen des nächsten suchen lassen… das wäre ja furchtbar, nein, wenn das wahr wäre, sie wäre nicht Anna… Anders war das, hoffentlich, so nämlich, dass sie, sich plötzlich abgestorben, auch des Interesses entbehrte am Anderen, und derart abgestorben auf sich selbst verwiesen wäre, weshalb das Spiel nun von Neuem beginnen konnte und sie wieder ganz Interesse werden konnte, am Anderen, ganz und gar Interesse am Anderen.

Anna Neander warf sich hin und her und stand auf. Diese Grübelei war unsinnig. Sie fragte sich, ob sie die Erträge ihres Grübelns Semjon erläutern könnte, ihm vortragen, wie er ihr immer vortrug, und sie beantwortete sich diese Frage ohne das geringste Zögern mit Nein. Traurig genug, traurige Figur, dachte sie, wie sie so im Leibchen zwischen ihrer und Emils Pritsche stand und nicht weiter mit sich wusste. Notfalls konnte sie noch ans Fenster treten und so tun, als nehme sie

Nacht in sich auf. Sie blieb stehen, sah nicht einmal auf ihren schlafenden Mann. Sie nannte ihn schon lange ihren Mann, alle anderen Bezeichnungen waren ihr zu hässlich oder kindisch. Auch ein Grund für eine Ehe: Mein Mann. Kein Partner-Gewürge, kein Gefährten-Blabla. Aber sehen, wie er schlief, wollte sie nicht. Anna Neander bleib stehen, wo sie stand, barfuß, im Leibchen. Du wollte sie sagen, immer nur Du, aber keine grammatische Funktion meinen damit, ein Subjekt, Objekt, Du. Nein. Das Du, das ich zu sich sagte, wollte sie kennenlernen, das war vielleicht vermessen. Jedenfalls sah sie sich plötzlich mit Handlungen konfrontiert, mit Schritten, die sie selbst unternahm, Konsequenzen, denen sie sich aussetzte, sie zu verantworten, obwohl sie in ihrer Notwendigkeit ihr kaum je glaubhaft erschienen waren. Es hatte nie einen Grund gegeben, Semjon zu verlassen, genauso wenig Pütt oder Karl. Irgendwie war es dahin gekommen, dass sie sich von Semjon lossagen musste, um sich Pütt zuzusprechen – obwohl nichts sie von Semjon abstieß, sie niemals mit ihm fertiggeworden war, ihr Interesse an ihm niemals in sich zusammengebrochen war… Semjon, Du. Pütt. Konsequenz, verantwortet von Anna, die ich zu sich sagte, missbraucht von einer Funktion ihrer selbst. »Und das soll Moral sein«, brummte Anna, barfuß im Leibchen zwischen den Pritschen, und Emil Eduard Daus schnarchte wieder. »Das ist Missbrauch! Moral ist Sich-gewahr-halten.« Pütts Liebe war frontal gewesen, war keine Umwege gegangen, hatte keine Empathie gekannt, auch kein Inkognito. Inkognito, das war alleinig der geheime Name Semjons, der den Kopf im Rauchfang der Gedanken trug. Er eigentlich hatte sie auf dem Gewissen mit seinem Inkognito, an dem sie sich in die semantische Entzweiung gerannt hatte: Mit dem Kopf gegen das Inkognito und in die Selbstentzweiung. Niemals wollte sie den Schaden wieder missen, sie war ja ganz vernarrt in diese Behinderung, die er ihr zugefügt hatte.

Das band sie an ihn, das band sie auf ewig, ohne Brief und Siegel, ohne Schwur.

Dieses Wort, auf ewig, beförderte sie nun doch in einem jähen Affekt von Lust und Weh ans Fenster. Dort nahm sie ungeduldig zur Kenntnis, dass die Nacht, wie zu erwarten, tatsächlich ungewöhnlich schön war. »Ja doch«, dachte sie, »ja doch«. Die eingehende Würdigung einzelner Wahrnehmungen ersparte sie sich. Wenn schon einmal so klar die tiefe Mitternacht zu ihr sprach, statt dass sie nur die tagtägliche traurige Suppe von Gleichmut löffelte, mochte sie nicht leichten Kaufes sich von Mond und Sternen lesen lassen. Sie streckte nur einmal kurz den Kopf aus dem Fenster – kurz, weil sie sich auf dem mit Scherben übersäten Fensterbrett nicht aufstützen konnte, und weil das Vorbeugen ihr Hinterteil aus dem kurzen Leibchen entblößt und Emil eine Gelegenheit zum Drauflangen geboten hätte, die sich ein Emi Eduard Daus ganz sicher nicht entgehen ließe – nicht wegen einer kleinen Whiskey-Ohnmacht… Also steckte sie schamwirr nur einmal kurz den Kopf zum Fenster hinaus und murmelte: »Wiederbereiste Nacht«. Das sollte ausdrücken, dass alle schönen Nächte einander gleichen. Eine Anna Neander wusste sich ja zur Wehr zu setzen: Wiederbereiste Nacht. Dann aber legte sie sich ihr Problem in Form einer akademischen Preisfrage vor: Wie also kann diese Ehe mit Emil Eduard Daus, und zweitens, wie kann die Ehe als Institution den Teufelskreis durchbrechen? Den Kreis von Selbstverlust, Rückstoß ins Selbst und neuerlichem Verlust; von Entzweiung und Verschiedenfachung. Sehr unakademisch kamen ihr die Worte in den Sinn: Den Kreis von Emil Daus und Semjon Schlechta… Sie wusste die Antwort genau und seit langer Zeit, die sie auf diese Frage geben wollte, und sie war so unbefriedigend wie nüchtern richtig: Das starre Band der Ehe sollte einfach hindern, dass Anna sich selbst ständig davonflatterte, wann immer ein hübscher Pastor sie fliegen lehren wollte, unendlich interessiert… Gleich ob die Institution der Ehe oder die Person Emils für die Unmenschlichkeit der Maßnahme standen, sie wollte sich dadurch sich selbst entgegensetzen, um endlich dagegenhalten zu können, wenn das Interesse sie löste von sich, so dass dieses ewige Interesse sich ihr nicht immerzu im Selbstverlust befremde, sondern heller lodere im Streit und gerne auch gewaltig verpuffte!

Und mit einem Mal war Anna Neumann, die von den Pastoren Anna Neander genannt wurde, fuchsteufelswild. Dieses ganze nächtliche Gegrübel diente doch nur einem Zweck: Der Rechtfertigung! Sie wollte – sie sollte sich rechtfertigen für das, was Geertje, dieser Kandiszucker, Kämmerchen vermieten genannt hatte. Weshalb bitte, dachte Anna Neander, indem sie wieder ins Bett schlüpfte, musste sie sich mit selbstmordbleichen Wangen rechtfertigen, wie oft und wem sie ihr Kämmerchen vermietete! Das ging übrigens niemanden etwas an, niemanden – solange sich auch niemand dafür interessierte, welche Schmerzen ihr das bereitet hatte, welches Weh das hieß, wenn sie einen geliebten Pastor verlassen musste, um sich einem anderen zuzuwenden, weil sie ihn nicht kannte… Weh des Abschieds, Weh aber auch des Anfangs von vorne, ganz von vorne: Wieder einmal anfangen mit einem Menschen, dessen Eigenarten lieben und entschuldigen, seine Macken lernen und sich ihnen fügen, ach. Die ganze Abgeschmacktheit des Prozesses! Liebenlernen, eine einzige Schmach. Wachstumsschmerzen hatte sie das für sich einmal genannt, nicht ohne Stolz. Aber es lag auch eine Schmach darin. Ja, Emil Eduard Daus, ich will. Weh spricht – vergeh!

Wieder atmete sie den Whiskey-Geruch. Bleischwer fiel Müdigkeit auf sie nieder. Wütend schlief sie ein, aus tiefem Traum erwacht. O Mensch, gib acht, dachte sie. Und schlief.

Als sie erwachte, wusste sie, dass sie in Semjons System gelesen hatte. Sein System! Sie sah den Titel vor sich: System von

Lust und Weh von Pastor Semjon Schlechta – der letzte Satz verdämmerte ihr im Erwachen, der letzte Satz, den sie gelesen hatte, dessen Eleganz sie noch bewundert hatte. Der erste Teil dieses Satzes schien ihr noch greifbar erst, noch präsent, und nur die schöne Wendung, die er nahm, der Schluss des Satzgefüges begann ihr zu versinken… und bald war alles weg, ausgelöscht. Sie hatte im System gelesen und hatte alles vergessen! Sie war nicht benommen vom Traum, sie war völlig klar. »War das wirklich sein System?«, fragte sie sich und meinte damit: Waren das seine Worte, die sie geträumt hatte? Nein, sie meinte: Waren also diese Worte, die sie geträumt hatte, manifest vorhanden? Gab es sie, diese Worte, so dass sie sie also erst gewusst hätte, tatsächlich gewusst – wenn auch im Traum – und dann verloren hätte, irgendwie – sie manifest verloren; verloren, was sie erst hatte? Ihr Herz klopfte schnell, panisch suchte sie, die Gedanken zu ordnen. Oder war der Traum nur die Empfindung von Worten gewesen, ein Nachklang der Wahrnehmung, und diese Worte selbst, material, hatte es nie gegeben? Aber musste nicht ein spezifischer Nachklang von Worten bestimmten Worten angehören? Worten, die es also dennoch gab, auch wenn sie nie gedacht, gesprochen worden waren? Konnte sich ihr Traum darauf beschränkt haben, ihr Worte – oder Nachworte – einzuräumen, die es nie gegeben hatte? Was für ein Spuk! »Hab´ ich Worte geträumt«, dachte Anna, »oder nur Gedankenblasen? Leere, schillernde Außenseiten von Worten?« Erst wollte sie aufspringen und zu Semjon laufen, ihn rütteln und fragen! Vielleicht konnte sie etwas wiedererkennen – solange noch eine Spur des Traums in ihr vorhanden war, erinnerlich; solange die richtigen Worte Semjons die richtigen Worte des Traums noch »treffen« konnten – »treffen«, dachte Anna. Solange noch ein Nachhall da war. Solange noch ein Glimmen…. Sie wurde klarer, erkannte, wie benommen sie war. Wie schnell sie aus der Tiefe an den

Tag heraufgeschossen sein musste! Sie atmete tief und suchte, sich zu beruhigen. Unwillkürlich musste sie lächeln, dankbar für dieses reiche, tiefe Dasein, das sich in ihr bäumte, das sie rüttelte und schliff. Mochte alles Weh auch tief sein, tiefer war die Lust noch, tief wie die Welt, und schaute herrlich auf die Ewigkeit. Sie lauschte in die Nacht hinaus. Wieder tat sich jenes Feriengefühl in ihr auf, wie vorhin in der Halle, bei ihrer Ankunft, als sie plötzlich den Geruch von Seetang in der Nase hatte. Und auch jetzt wieder glaubte sie Seetang zu riechen – diesen Geruch, der mit ihr aussterben musste, wenn sie keine Kinder haben sollte, die ihn erben könnten. Aber anders als in der Halle vorhin stand ihr jetzt ein Bild von Semjon vor Augen, Semjon mit den Füßen im Wasser und der Flasche in der Hand… jetzt sank er tiefer ins Wasser, es strudelte um seine Füße, schneidend kalt, und bald hatte der Strudel ihn schon ganz erfasst und riss ihn herum. Er streckte die Hand nach ihr aus, ganz stumm, und sie reichte ihm die ihre, wissend, dass er sie nicht mehr fassen könne… nein, das war wieder Traum. Ein Scheißtraum. Fast so schlimm wie damals, als es links und rechts von Semjon einschlug, beide Eltern starben und er wie versteinert vor den offenen Gräbern stand und seine Tränen im Inkognito erhärteten. Kein Wort hatten sie damals gesprochen, nur stumm sich geliebt, kein Wort davon, nur Briefe waren geschrieben worden, abgelöst von allem Irdischen, Briefe, mit keinem Krumen Erde beschwert, wunderbare, erhaben schöne Briefe – das war die beste Zeit mit Semjon, ausgelöst aus allem Biographischen, aus aller Form erlöst und selbstverständlich, heimlich, leise… Aber auch damals schon hatte sie Semjon nicht zu fassen vermocht, ihre ausgestreckte Hand… dann träumte sie wieder, aber harmlos diesmal, Kindertraum, auf dem Fahrrad fuhr sie auf eine Gefahr zu, Tiefe, aber sie erkannte die Gefahr und bremste, die Bremsen packten zu und zwängten die Felgen, fast wäre sie über den Lenker gestürzt, fast – dann stand sie sicher.

V. LUSTIG IM TEMPO UND KECK IM AUSDRUCK

Emil Eduard Daus, der sich selbst der Belfagor nannte, seit er zu heiraten entschlossen, betrat am Morgen des entscheidenden Tages, aus dem Speisesaal seiner Hotelruine kommend, den Garten und erblickte ein Bild, das ihn ebenso amüsierte, wie es ihm Mitleid eingab. An einem der Tische, die er dort hatte aufstellen lassen, in der allerprächtigsten Morgensonne, saß Semjon Schlechta, rauchte und trank Kaffee. Vor ihm lag umgeklappt ein Buch. Soweit die Idylle, die er hier gesucht haben mochte – und zuerst auch gefunden. Mit ihm am Tisch aber saßen jene zwei Schriftstellerinnen, die Emil Eduard Daus am Vorabend als Rosamunde und Eugenia vorgestellt worden waren und die humanistische Trauzeremonie erdichtet hatten, die ihm noch bevorstand. Ihre Namen hatte er längst wieder glücklich vergessen, aber die Sanftmut und überirdische Blässe dieser schönen Seelen hatten auch in seinem Buhlerherz ihre Schmuckänkerchen verhakt. »Sieh an«, dachte Emil Eduard Daus, »die Engelchen haben Semjon bei der Morgenlektüre überwältigt.« – »Sie treiben ihm die Exkremente aus«, dachte Emil Eduard Daus und reckte sich zu seinem Gefallen. Semjon schnitt überaus komische Grimassen, in denen Hass und Höflichkeit miteinander rangen. Die Engelchen hatten den Tisch mit einer Unmenge gesunder Frühstücksspeisen vom Buffet bedeckt, lauter Sachen, die Semjon niemals oder nicht vor Nachmittag anrührte, und sein Buch damit durchaus eingekreist. Eine der beiden, Eugenia, die die Haare burschikos trug, hatte vor sich einen blinkenden

Damenrechner, über dessen Tasten sie mit flinken, spitzen Fingern eilte, während ihr Mundwerk auf und zu ging. Rosamunde, die andere, die ihr Haar ganz rasierte, um der Lieblichkeit ihrer Anmutung freies Spiel zu geben, schaute über Eugeniens Schulter mit auf den Bildschirm, und auch ihr Mundwerk, reizend gespitzt, ging auf und zu. Semjons Mundwerk blieb geschlossen, verzerrte sich aber bald so, bald anders. Offensichtlich hatten diese Engelchen, da sie hier einen Menschen bei der Morgenlektüre antrafen, sich unmöglich an einen der freien Tische setzen können, so sehr drängte es sie hin zu den Menschen. Also erklärte sich Emil Eduard Daus die Szene mit nur einem abschätzenden Blick. Herrisch und dreist trat er an den Tisch: »Komm, du musst hier nicht sitzen, nimm dein armes Buch und lass es gehn.« Semjons Gesicht, das sich erst aufgehellt hatte, verzerrte sich noch stärker und sah jetzt beinahe böse aus. »Setz dich«, sagte er. Emil Eduard Daus setzte sich. Er dachte wohl, dass er die Engelchen gestern bereits genugsam beleidigt hatte, aber wenn Semjon das anders sah – bitte!

»Obst zum Frühstück«, sagte er kopfschüttelnd, »wollt ihr ewig leben, Harnbeschauerinnen?« Weit entfernt, sich um Emil Eduard Daus nötlich zu tun, wandten sich dem Daus oder Belfagor zwei Gesichter zu, welchen so viel Ungezogenheit doch nur allsoviel Freude erregen konnte. »Pfuipfui«, sagte Eugenia. »Tfu«, flötete Rosamunde.

Damit widmeten sie ihre Aufmerksamkeit wieder dem Tee und löffelten Früchte miteinander, die sie zuvor in mundgerechte Happen zerteilt hatten, zärtlich um ihr Befinden besorgt, voller Teilnahme auf ihre Digestion bedacht. Anmutig legte Rosamunde ihr Kinn auf die Schulter Eugeniens und machte Anmerkungen, wobei sie mit gespreizten Fingern auf den Bildschirm wies wie auf Märzenbecher und Narzissen. Eugenia nickte und ließ ihre Finger über die Tasten flitzen.

Emil Eduard Daus starrte auf den rasierten Hinterkopf Rosamundes. »Sieh dir mal diese Ausbuchtungen und Knubbel an«, sagte er, »man möchte Fähnchen reinstecken! Weißt du – wie man sie in die Landkarte steckt: Hier war ich schon! Und hier!« Semjon klappte sein Buch jetzt endgültig zu. »Sicher ist dir das Begriffspaar Askesis und Aisthesis geläufig«, sagte er beherrscht, aber kummervoll. »Das eine ist Betrachtung, das andere Geschwätz darüber. Je eitler man ist, desto mehr setzt man sich dem Urteil ästhetischer Geschwätzigkeit aus; je weniger, desto mehr wird man erhört. Du, mein Freund, wirst nicht erhört, deine Frechheit ist eitel, sie erregt Geschwätz, nicht Scham und Schande.« Emil Eduard Daus lachte laut und herzlich. So gefiel ihm Semjon. »Dann lasse ich dich an meiner Betrachtung teilhaben«, rief er, »kennst du das Bild von Piazetta: Suzanna und die zwei Greise? Als ich euch drei hier draußen sah, dachte ich: Sieh an, Suzanna und die zwei Greise, die sich über sie hermachen.« Semjon war es ein wenig peinlich, wie Emil Eduard Daus sich jetzt in eine genaue Bildbeschreibung verzettelte, er hätte pointiertere Darstellung eleganter gefunden. »Der eine hält so wundervoll seine Hand über das Mädchen, begütigend, aber Aufmerksamkeit fordernd, Zeige- und Mittelfinger leicht abgespreizt zu einem über den Handrücken gehauchten Psst! So ähnlich regieren die Engelchen da ihren Honiglöffel. Die andere Hand des Alten besitzergreifend auf dem Arm des Mädchens, das sich wegrollen will. Der zweite Alte geifert ihr über die Schulter auf den schneeweißen Kinderbusen, sie drückt ihn weg, in ihrem Gesicht – Entsetzen, klar, noch Abscheu, Überraschung, baldiges Vergessen auch…« Über den letzten Einfall lachte Emil Eduard Daus sehr schmutzig. Jetzt konnte auch Semjon dem Daus eine gewisse Anerkennung nicht versagen. Für einen Augenblick lachten sie gemeinsam. Dann wollte Eugenia, deren Seele klar war bis auf den Grund, sich am entstandenen Gespräch beteiligen – Rosamunde sagte bloß »Tfu« – und erklärte, so eine Sache habe sie in Guatemala erlebt, aber sie habe in keinem Augenblick ernstlich Angst gehabt. »Pfuipfui«, sagte Semjon Schlechta. Eugenia erklärte sich: »Das waren Menschen! Ich habe zu ihnen gesprochen! Angst habe ich, wenn es um etwas anderes geht!« – »So, du hast dich von Indianern befummeln lassen, du ajourierte Suzanna?«, fragte Emil Eduard Daus, war aber ohne Glauben. Jetzt schaltete sich auch Rosamunde ein und führte die Andeutung Eugenias weiter aus. Beklemmend bei ihrer Reise nach Guatemala sei die durch öffentliche Gefährdung eingeschränkte Freiheit, bedeutete sie. Das Wort Freiheit zitterte auf ihren Lippen, es war ihr Empfängnis des Höchsten. Man könne dort nicht einfach etwas besichtigen, hauchte sie, man benötige eine Eskorte. Das machte sie traurig. »Warum fahrt ihr hin«, fragte wieder Emil Eduard Daus, »es gibt, glaube ich, ein Bienenmuseum in Niedersachsen…« – »Um darüber zu schreiben«, sagte Eugenia und tippte zum Beweis auf einige Tasten. »Das ist unser Beruf«, ergänzte Rosamunde und legte zum Beweis ihr Kinn auf Eugeniens Schulter. »Ich weiß nicht, was ihr habt«, sagte Emil Eduard Daus. Falten auf seiner Stirn bewiesen großen Ernst. »Ich war mal da, bin wegen Drogen verhaftet worden. Aber ich konnte mich freikaufen, das Rechtssystem funktioniert einwandfrei. Öffentliche Gefährdung, puh.« – »Pfuipfui«, sagte Eugenia. Emil Eduard Daus sagte: »Und Leute, die ihre Gedanken aufschreiben, kann ich auch nicht leiden. Abgeschnittene Zehennägel! Legt man sowas in ein Kästchen?«

Mit diesen Worten ging er und empfahl Semjon, ein gleiches zu tun.

Semjon empfand nach diesem Auftritt Emil Eduard Daus gegenüber wieder einmal große Aufgeschlossenheit, und er wollte auch gerne etwas recht Lustiges sagen. So begleitete er den Daus und schüttete, obwohl er seit dem zweiten Schritt an schon sich wie ein Pudel vorkam, sehr gesprächig und anhänglich sein Herz darüber aus, was ihm an diesem Morgen widerfahren war. »Hast du mal versucht, etwas zu lesen«, begann er, »wenn neben dir eine Frau etwas am Rechner tippt? Das ist so eruptiv, so ruppig! Plötzlich rappelt es los, Pause, es rappelt wieder. Man kann es nicht vorauswissen, ich erschrecke jedesmal bis ins Mark. So entschlossen, so aggressiv! Ein Urrappeln! Es ist viel zu wenig kontrovers, wie aggressiv das Tappen auf Tasten sein kann.« Emil Eduard Daus lächelte höflich, aber hilflos zu diesen Betrachtungen und eilte ins Haus. »Und ist dir aufgefallen, wie sie schlucken«, fragte Semjon und schüttelte sich. Das war dem Daus freilich nicht aufgefallen. Er gab einige rasche Anweisungen, das Frühstücksbuffet betreffend. »Es macht Gulp, wenn sie schlucken. Bei jedem Schluck. Gulp. Als müsste durch ein sprachliches Zeichen die wohltuende Wirkung des Tees auf Geist und Körper angemerkt werden. Und bei beiden! Entweder haben sie sich so gefunden – saßen im Café, und am Nebentisch machte es laut Gulp – und da waren sie dahin! Oder eine ist die Urschluckende, und die andere hat sich das Gulp erst angeeignet, weil es sich so leichter leben ließ – oder infolge einer Einsicht in die Natur sprachlicher Zeichen. Pütt furzt ja auch mit Bedeutung.« Emil Eduard Daus stand still und kratzte sich am Kopf. »Aber am schlimmsten ist es, wenn sie den Mund aufmachen…« Semjon ließ sich nicht abbringen, aber er sprach jetzt nur noch, finster und hastig, um Emil Eduard Daus Verlegenheiten zu bereiten. »Du hast es ja selbst gehört… Guatemala. Stell dir vor, sie sind sich manchmal unsicher, wieviel sie spenden sollen, wenn sie eine humanistische… eine humanitäre Einrichtung besuchen! Zuviel wäre beleidigend, zu wenig peinlich – holla, zwischen solche moralischen Mühlsteine können zarte weiße Damen geraten, wenn sie die benachteiligten Weltteile bereisen! Das ist eine so widerliche Falschheit, unschuldige Falschheit, man möchte, aber darf nicht strafen, eigentlich, nur brennt mir so der Ekel im Hals, dass ich…«

Emil Eduard Daus hatte auch wirklich viel zu tun an diesem für ihn so entscheidenden Morgen. Zwar war er entschlossen, nach seiner Maxime zu handeln und den Tag zu genießen, ihn seinem Genuss zu unterwerfen und dazu nutzbar zu machen; aber Carpe diem – das hieß ja eben nicht, dass man sich gehen lassen durfte. Es hieß, dass man sich des Tages unterwinden sollte, ihn angehen, eigentlich: Ihn nehmen. Rape the day, wie Karl von Kurtz ganz zutreffend kalauerte, gelegentlich. Nach und nach wurde jetzt der Großteil der Gäste erwartet, die Berliner vor allem, die in der Frühe aufgebrochen waren. Diese Leute – die meisten zählten zu Annas Bekanntschaften, soweit es sich nicht um Familie handelte – mussten zur Begrüßung einzeln und individuell beleidigt werden. Mittags sollte die Zeremonie stattfinden, aber zuvor war – nichtöffentlich – auch noch der standesamtliche Teil zu absolvieren. Zu diesem Zweck musste der Standesbeamte, vielleicht ohne vorherige Beleidigung, identifiziert und in das vorgesehene Kellerloch geworfen werden. Hinzu kamen unvorhergesehene Sorgen. Pütt hatte zum Frühstück einen ganzen Aal gegessen und brach nun links und rechts neben seine Wege, ließ sich aber nicht dazu überreden, sich bis zum Ende seiner Brechkrämpfe halbwegs ortsfest zu bezeigen. Er schüttelte die Fäuste und schrie: »Ich bin euch peinlich, sagt es doch!« Dann winkelte er wieder die Arme an, zog die Ellenbogen nach hinten, was stark an einen Albatros erinnerte, der seine Flügel verstaut, kippte den Oberkörper vor und erbrach in kleinen Portionen etwas Weißliches. War ein Anfall vorüber, wischte er sich den Schweiß von der Stirn und verlangte Bier. Lissi wiederum, die sich gerne auszog, hatte sich zwar bislang nicht ausgezogen, aber schon mehreren Gästen erklärt, Anna heirate nur aus dem einen Grund, dass sie, Lissi, ihr widerlich sei und sie verachte.

Von zwei unabhängig voneinander Zeugnis ablegenden Gästen war im nämlichen Wortlaut berichtet worden, was sie gesagt haben sollte: »Sie heiratet Emil, weil sie nicht ertragen kann, dass ich sie trotzdem liebhabe.« Damit hatte sie sehr wahrscheinlich einen Gedankenschnörkel abgeliefert, der sich sehr schön anfassen und ausziehen ließ und sicher bald populär wurde. Und schließlich waren da auch noch zwei Leute, denen Emil Eduard Daus, der sich ja nicht ohne Grund der Belfagor nannte, das Hotel andrehen wollte, und um die er sich etwas eingehender kümmern musste. So eigentlich war er auf die Idee gekommen – die Idee zu heiraten: Er hatte überlegt, wie man der üblicherweise stark verbollwerkten Einbildungskraft möglicher Investoren einhelfen könnte, so dass sie mehr die Möglichkeiten sähen, die in diesem Ort steckten, als die Realität einer Ruine. Da ihm als Verwendung für das kleine Haus ein Ort für Klausuren oder Feste im intimen Kreis vorschwebte, eine luxuriöse Klause, ganz aus der Welt geträumt, wo Schmutzfink und Ludrian einander armvoll Geld aus den Börsen eskamotieren sollten, wollte er den Herren gerne ein rechtes Mirakel aufbinden und war darauf verfallen, ein Fest für sie zu inszenieren. Einen Tag und eine Whiskeyflasche später war er um Annas Hand eingekommen. Seither fand er Gefallen an dem Gedanken, dass er ein Ehemann und Vater werde, und inzwischen interessierte er sich brennend – das konnte bereits beobachtet werden – für Erziehungsfragen, Schulpolitik, kleine Häuser im Grünen, die Höhe von Prellsteinen und was dergleichen weltanschauliche Paraphernalien des patriarchalen Bürgersinns mehr sind. Viel zu tun also für Emil Eduard Daus, wie gesagt wurde, und das musste auch ein Semjon Schlechta einsehen, weshalb der Daus ihm die Hand auf die Schulter legte und sich mit den Worten »Entschuldige mich« empfahl. Semjon sah ein, dass er schleunig eines verträumten Winkels bedürftig war, wo er über sein

System der Verachtung und Liebe nachdenken konnte. Es war noch viel Arbeit daran notwendig, wie sich soeben erst wieder erwiesen hatte: Da stand er und hatte den Kopf voller Apfelgrütz.

Also ging er an den Strand und hatte eine heimliche Unterredung mit Frau Theoria, der Rateingeberin. Ihr beklagte er sich bitterlich über Emil Eduard Daus, den Seidenmann, zornmütig wütete er wider den Ruch- und Ruhelosen, der sich ergattete an der Liebe, die ihm angetragen, und sie gierig herunterschlang, als wäre sie Aas. Und wie er sich solcherart beredete mit seiner Rateingeberin, schämte er sich wieder los von seiner Scham, Frau Theoria aber war ihm gut, ließ ihn nicht losledig sitzen in grabender Selbstschau am Meer, die Wasser so weit, sondern redete die konzipierten Worte des Kirchenvaters zu ihm: Samt ihnen ist schön das All, und selber sind sie hässlich... – nämlich die Ruch- und Ruhelosen. Das tröstete Semjon Schlechta und, die Wasser so weit, weidete er sich daran, wie er seine Gaben verschwendete, die Fülle seiner Liebe ausgoss über die Wenigen, die ihm geheißen, dass sie damit verführen nach ihrem Gutdünken – und wollten sie sie auch verliederlichen und verleichtsinnigen.

Derart brachten Emil Eduard Daus und Semjon Schlechta den Vormittag in sehr verschiedentlicher Art hin. Und sie sahen einander erst wieder, als ein infernalischer Gitarrenlärm die im Gelände sich ergehende Gästeschar zur großen humanistischen Zeremonie zusammenrief. Schwermetall. An den Reglern der Anlage und Quelle des Tosens stand, das Kreuz gerade, Karl von Kurtz, der seinem Gesicht die Zier eines trocken ausgehärteten Schmunzelns gestattete. Zur Ausübung seines Amtes hatte er sich eine alte Lederjacke übergeworfen, auf seinem Hemd, kurz über der Falte, die sei Bauch verursachte, stand geschrieben ›Horns up‹, und er streckte zur Begrüßung der neugierig Herbeischlendernden die linke Faust in die Höhe, Zeige- und kleinen Finger abgespreizt. Das war, wie er ersah, eine angemessene Vorgehensweise, wenn der Daus oder Belfagor eine Anna Neander ehelichte.

Aber Karl von Kurtz durfte sich nur kurz der Wonne überlassen, dass eine Menge ihn umringte, viele mit den Fingern in den Ohrlöchern, und aufmerksam verfolgte, wie er sie mit Grimassen, Fingerzeigen und Gründen unterhielt. Schon tauchten rückwärts in der Menge zwei orangefarbene Zylinderhüte auf, die sich langsam auf Anna Neander und Emil Eduard Daus zuschoben. Als die Zylinderhüte die beiden erreicht hatten, die an verschiedenen Orten standen, verklang die Musik, und die Zylinderhüte begannen, die Hochzeiter stumm zu umkreisen. Unter geringfügigem Murmeln und nur wenig offenem Gelächter bildeten sich um Anna und den Daus sowie ihre zylindrierten Trabanten herum Kreise, die Leute traten zurück, und bald erkannte man, dass unter dem Zylinderhut bei Anna Eugenia steckte, während Rosamunde den Daus umkreiste. Anna lächelte professionell wertschätzend, sah aber in ihrem weißen Hochzeits-Spitzenleibchen und einem Anflug von Röte dennoch rechtschaffen lieblich aus. Der Daus trug schwarzen Anzug und Ingrimm. In das gedämpfte Murmeln und Feixen hinein ließen Eugenia und Rosamunde ihre Stimmen aufklingen, modulierten Töne, keine Worte, was bei Eugenia an eine Amsel erinnerte, bei Rosamunde mehr an einen Spatz denken ließ. So sungen die Engelchen süßen Gesang, und bald untermischten sie ihrem Gesang ein Jauchzen, bald bitterlich Jammern, oder sie niesten einfach. Währenddem wussten sie ihre Kreise um Anna und den Daus so zu verlagern, dass sie durch die Menge hindurch übereinanderkamen. Sobald die Kreise geeint waren, durften aber die beiden Eheleute dennoch nicht zusammenstehen, vielmehr umkreisten beide Zylinderhüte weiterhin ihre Sonnen, sungen süßen Gesang, und an die Stelle der Jauchzer und Seufzer traten allerhand pantomimische Künste spezieller Art, begleitet von den Schlucklauten einer magischen Sprache.

Auf Karl von Kurtz wirkten all diese Beschwörungen sehr bedrohlich, und um seine Beunruhigung ertragen zu können, reicherte er das Geschehen durch Fanfarenstöße aus seinem Repertoire an. Mal klirrte ein Basslauf in das Murmeln und Murren, dann knallten wieder Trommeln oder Gitarren exerzierten – aber nur kurz, so dass die Zylinderhüte ihre Amtshandlungen nicht für eine Rüge unterbrechen mussten. Während Karl von Kurtz so seine Schwermetall-Salven über die Versammlung prügelte, ergingen sich Eugenia und Rosamunde in ihrer Liturgie. Jetzt brachen sie weinend zusammen, dann wieder schüttelten sie ernst die Köpfchen oder wiesen streng mit dem Finger auf die beiden Opfertiere. Allerdings wollten mehrere Zuschauer bemerkt haben, dass diese offenbar strafenden oder mahnenden Teile des Rituals bei Emil Eduard Daus nicht so milde und verständnisvoll ausfielen wie bei Anna. Bei ihr stand demnach Vergebung im Vordergrund, beim Daus Ermahnung.

Wie dem auch war, in das magische Zeremonienmurren der beiden Zylinderhüte mischten sich Lehnworte einer wenig magischen Sprache, die allgemein mit »Tfu« oder »Pfuipfui« wiedergegeben wurden. Schließlich mussten die beiden Opfer in die Knie sinken und etwas bereuen, wobei die Zylinderhüte himmlische Freude intonierten. Ihre Gesichter erschienen wie gebadet in Anmutsmilch, die Gesichter der Opfer waren durch den Reinigungsvorgang rechtschaffen zerknautscht, und in die allgemeine Seligkeit hinein ließ Karl von Kurtz wiederum irgendein Schmettern erschallen. Emil Eduard Daus und Anna Neander durften sich jetzt erheben und beieinanderstehen, ohne dass Zylinderhüte um sie herumschaukelten. Sie tuschelten etwas, und ein durch die Pantomime gewitzigter, ratefreudiger Zuschauer mochte sich dazu ausmalen, Emil Eduard

Daus erkundige sich dringend bei seiner Braut, ob sie das alles wirklich gewollt habe. Wie aber die Frage auch lautete, die Antwort bestand in einem energischen Kopfschütteln mit vorgestülpter Unterlippe. Pütt wollte verstanden haben: »Hast du einen Flachmann im Mieder?«

Jetzt begann nach dem allgemein bedeutenden der besonders ernste Teil der Zeremonie. Rosamunde und Eugenia sprachen Verse, Anna Neander und Emil Eduard Daus mussten – nicht nachsprechen, aber durch Akklamation einmütig beschließen, dass alles so sei, wie im Vers ausgedrückt.

»Krankheit, Verfolgung, Betrübnis und Pein soll unsrer Liebe Verknotigung sein.« – »Hurra.« – »So sei es.« – »So wird die Lieb' in uns mächtig und groß durch Kreuz, durch Leiden, durch allerlei Noth!« – »Jawohl.« – »Leiden und Noth.« – »Wo man sich peiniget, zankt und schlägt…« – »Momentchen mal«, sagte Emil Eduard Daus, der sich der Belfagor nannte, »wo ist Vers elf? Ich bestehe auf Vers elf!« – »Tfu«, sagte Rosamunde. Emil Eduard Daus, stattlich und dreist, wandte sich an sein Publikum: »Vers elf: Was ich gebiete, wird von dir getan, was ich verbiete, das lässt du mir stahn. Ohne das mache ich es nicht.« Bei »du« und »dir« zeigte er auf Anna. »Pfuipfui«, sagte Eugenia, »dafür bekommt Anna Vers fünfzehn: Was Anna begehrt, ist lieb dir und gut, sie lässt den Rock dir, du lässt ihr den Hut.« Aus diesem Disput entstand eine kurze Verwirrung, wie es nun weitergehen sollte, und in die Pause hinein sagte Pütt zu Lissi, die sich gerne auszog, so dass jedermann es hören konnte: »Unter diesen Hüten sehen die Gesichter aus wie Eigelb.«

Im allgemeinen Gelächter drohte sich die Versammlung bereits aufzulösen, aber Karl von Kurtz stellte die Ordnung mit einigen schmerzhaften Salven wieder her. Es war aber auch fast vorüber jetzt. Das Eheversprechen wurde in einer Form abgelegt, die nochmal Heiterkeit verbreitete: »Du sollst dich in sie hineinfühlen, dass du ihr Verhängnis erspürst. Kannst und willst du das – an jedem Tag?« – »Tfu, nur Sonntags«, sagte Emil Eduard Daus. Anna lachte bloß, das galt aber allemal als korrekte Antwort. Dann kreuzten die Engel ihre Händchen sehr zierlich über ihren weißen Busen und sungen: »Wir gehen vorüber.« Und sie gingen vorüber – nämlich an Anna Neander und Emil Eduard Daus – kreisten ein letztes Mal anmutig mit den Hüften, lupften die Zylinderhüte und verbargen sich in der Menge. Somit waren Anna Neander und Emil Eduard Daus Mann und Frau. Der Standesbeamte winkte ab, da hatte er schon anderes gesehen, das hatte nichts zu bedeuten. Freies Spiel für Karl von Kurtz. Schwermetall.

VI. LANGSAM. RUHEVOLL. EMP-
FUNDEN

Du aber, sagt der Kirchenvater, bist der Immergleiche, und alles Morgige und was noch ferner, und alles Gestrige und was noch weiter dahinten – heute wirst Du es tu, heute hast Du es getan. Ein schöner geistiger Taumelwein ist das, was der Kirchenvater uns da hochzeitlich zu kosten gibt, und ein sehr gleichwertiger Taumelwein gurgelte Karl von Kurtz durch seine Denkwindungen, als nach gehabter Zeremonie ihm Elsa Laska, die Unmögliche, ein Bier in die Hand drückte, gedacht als Belobigung für seine musikalische Zurückhaltung während der Zeremonie, und ihm eine bedeutende Mitteilung machte – aber erst, nachdem sie ausgiebig und sehr gründlich sich über die Zeremonie ausgelacht hatte, vielleicht auch nur über das Wort, das sie von nun an mit so viel ingründig bedeutsamen Handlungen verbinden musste; so viel Bedeutsamem, dass sie, so sehr diese Zeremonie ihre Lachlust reizte, dennoch ein inneres Zeichen in sich aufgerichtet gefunden hatte, welches ihr dringend zuriet, dies sei der herausgehobene Augenblick, auf den sie gewartet hatte, um Karl von Kurtz, ihrem angetrauten Mann, eine bedeutsame Mitteilung zu machen. »Ich bin nämlich schwanger«, sagte sie, immer noch feixend, Karl von Kurtz aber rann ein Taumelwein ins Denkeselbst, und er dachte: Heute wirst du es tun, heute hast du es getan – oder vielmehr dachte er, den Worten nach nämlich, nicht dem Sinn: »Ich weiß noch immer nicht, weshalb dies eigentlich geschieht.« – »Das ist gut«, sagte er zu Elsa Laska, gab ihr mit Umstand einen Kuss, tätschelte ihre Wange und zwinkerte feucht. Dann trank er das Bier aus, das sie ihm, dem Erzeuger, dargereicht hatte, drückte das Kreuz durch, spannte den Bauch auf, rülpste und winkte – hart und knapp die Gebärde – jenen Menschen heran, den Emil Eduard Daus fürs Musikauflegen bezahlte, und den er vor der Zeremonie verscheucht hatte, weil er es als regelgerechter empfunden, dass er, Karl von Kurtz, die musikalische Untermalung besorgte. Als ebenso regelgerecht aber empfand er es nunmals, Elsa Laska, inskünftige süße Urmutter eines von Kurtzischen Donnergeschlechts, in seinen Schwermetall-Benz zu bitten und ihr einige seiner stampfendsten Lieblingsstücke vorzuspielen – ihr und nicht nur ihr. Denn warum auch immer dies eigentlich geschah, sein Sohn sollte erfahren, was Herrlichkeit ihn erwartete, nun er ins Dasein trat.

Heute wirst du es tun, heute hast du es getan – auch Pütt obschwebte solche Wahrheit über seiner Seele Scheitel, nachdem er, wie der Kirchenvater sich ausdrücken würde, den nach Seiner Ordnung bis in der Dinge Tiefen angelegten Reichtum erbrochen hatte. Lunge und Leber hatte er sich ausgebrochen, hatte seine Wege mit wiedererwürgtem Aal besilbert und fühlte sich nunmehro tüchtig zu tausend Missetaten, das ist: Er wollte Bier trinken, Gras wollte er rauchen, sein Ergatten wollte er haben und vielleicht mal wieder, so die Gunst ihm war, Lissi anfassen, die sich gut anfassen ließ – er als erster hatte das schließlich herausgebracht! Vorderhand aber versuchte er sich an nichts Geringerem als einer völligen Synthesis der Geisterwelt, indem er seiner Gesprächspartnerin, deren er sich zu versichern vermocht hatte trotz der besilberten Wege rings um seinen Fuß, mit klugem Bedacht wie folgt ein Rätsel aufgab: »Die Kindl-Brauerei, die Versuchsbrauerei, die Brauerei am Südstern, die Rixdorfer Brauerei – was haben die denn gemeinsam – was haben die alle gemeinsam, Menschenskind?« Und da seine Gesprächspartnerin nur erschrocken die

Augen aufriss, sich aber sonst keinen Rat wusste, beugte er sich nahe an sie heran, die sich trotz einiger Befürchtungen, er möchte wieder seine Wege und damit nebenbei auch sie selbst mit Aalerwürgtem besilbern, zutraulich zeigte und lauschte, und sprach zu ihr in der Manier eines leisen, stammelnden, aber zutiefst ergriffenen Singsangs: »Friedhöfe! Alle diese Brauereien – und noch weitere – stehen neben Friedhöfen!« Und da die Kleine immer noch verständnislos blieb, entfernte er sein Gesicht wieder von ihrem, verdrehte die Augen und flüsterte: »Seele macht das Brauwasser weich.«

Als seine Gesprächspartnerin, die bisher vor allem scheu gewirkt und sich in alle Richtungen umgesehen hatte, nun lauthals losprustete, ließ Pütt ein zufriedenes Meckern hören und wand seinen Oberkörper, so dass seine Arme in ihren Scharnieren schaukelten.

Bei dieser Gesprächspartnerin aber handelte es sich um keine andere als die kleine Juliane Aschberg, jene Nachbarin Semjons, in Zusammenhang mit deren Person, wie schon berichtet wurde, Semjon sich berechtigt glaubte, das Wort »Schlampe« im Munde zu führen, nicht weil ihr Lebenswandel unsittlich gewesen wäre, im Gegenteil, sondern weil sie sehr unordentlich war. In einem anderen Zusammenhang hätte er dieses Wort niemals gebraucht. Diese Juliane Aschberg, verkramte Studentin, verpuppt in ihre Wohnung im Hause Arno Selickes, das jetzt Semjon Schlechta eignete, auch er mehr oder weniger verpuppt in seine allerdings ordentliche Wohnung, hatte es über ihre allerschwersten Bedenken vermocht, die Tür zu öffnen, nachdem sie dorther ein Poltern und Tobsucht vernommen hatte, sehr gegen ihre Artung, die von Angst und Nöten bestimmt war, was Juliane Aschberg aber geschickt zu verbergen wusste, indem sie ihr herbes Gesichtchen mit Herablassung und still amüsierter Abgunst sehr raffiniert verstellte – und sah sich einem über alles Maß hinaus wütigen Herrn gegenüber, den sie nur als Onkel Alban kannte, obwohl er weder ihr noch Semjons Onkel war, sondern Anna Neumanns – oder sich zumindest so anreden ließ. Onkel Alban also hielt Juliane Aschberg, die zitterte vor Not und Angst, aber sehr überlegen die Mundwinkel nach unten zog, jenen Zettel vor die Nase, den Semjon bei seiner Abreise für Juliane hinterlassen hatte, und rief: »Da! Jetzt ist er doch hingefahren, der Trottel!«

Damit hatte er das verdutzte Mädchen kurzerhand in sein Auto gesetzt und war mit ihr nach Rügen gefahren – obwohl er die Einladung dorthin bereits abgelehnt hatte mit den ruhmvollen Worten: »Katzenmord und Steigedach, Entenfechter, Büchsenheld!« Alle diese Titel galten Emil Eduard Daus, und Anna Neander, nunmehrige Anna Daus, hatte billig aus der Form dieser Absage schließen dürfen, dass Onkel Alban immer noch gegen ihre Heirat eingenommen war. Onkel Alban nämlich, der bei ihr Vaterstelle vertreten hatte, und an dem sie vielleicht mehr hing als an irgendeinem Menschen sonst, war Semjon-Partei. Er verübelte es Anna schwer, dass sie Semjon von der Bank gestoßen hatte, und noch viel mehr verübelte er es ihr, dass sie statt seiner Emil Eduard Daus erwählt hatte, den er, wie schon angedeutet, nicht ausstehen konnte. Dass Onkel Alban so gar nicht zu besänftigen war und sich durchaus nicht in ihre Entscheidung schicken konnte, bedeutete für Anna eine schwere Last, zumal ihr Verhältnis sich früher schon eingetrübt hatte, kaum merklich erst, als Anna ihre literarischen Unternehmungen begonnen hatte, ernstlich, als sie Lektorin wurde, und sehr bedenklich, seit sie ihm Hilfe angeboten hatte. Onkel Alban nämlich war Literat, wenn er selbst auch seinen Beruf mit Erfolgloser angab. Er hatte dicke Bücher verfasst, aber nie eine einzige Zeile veröffentlicht, und als Anna einmal angedeutet hatte, sie könne da womöglich etwas deichseln, sie sei jetzt in der Position, da war Onkel Alban, dieser kleine Mann mit den wilden Gesichtszügen und dem langen, dünnen Silberhaar, im Dreieck gesprungen und hatte sich verschworen – bei der Ewigkeit seines Nachruhms – er werde eher alles verbrennen, als Anna etwas deichseln zu lassen. Denn er glaubte fortan, sie habe den ganzen »Literaturquatsch«, wie er es nannte – mit Semjon war er sich einig, dass das alles Quatsch war, und ermunterte ihn zu seinem »System« – nur auf sich genommen, um ihm zu helfen. Dass er aber Anna, ohne es zu wollen oder nur zu bemerken, bestimmt hätte, sich so für ihn an den Literaturquatsch wegzuwerfen, erschien ihm als unverzeihliches Verbrechen. Außerdem war er gekränkt. Dass er ein Erfolgloser war, bewies schließlich die Wahrheit seines Genies in verderbter Zeit. Und nun sollte da einfach etwas gedeichselt werden? Nein! Wer ließe so sein Licht verdunkeln!

Onkel Alban also war seit einiger Zeit sehr vernarrt in die kleine Juliane Aschberg, so verkramt und schüchtern herablassend sie war, und dachte, dass Semjon, wenn seine Anna es schon mit ihm vermurkst hatte, es verdient hätte, ohne Anna glücklich zu sein – mit Juliane. Dasselbe dachte insgeheim auch Juliane, aber da sie wusste, wie Semjon an Anna hing, und sich selbst für unwürdig hielt, gegen Anna anzutreten, hätte sie ihr letztes Hemd hergegeben – vorausgesetzt, dass es sich fand in dem Durcheinander – nur damit Anna es zur Nacht tragen könnte, jedoch unter einer ebenso notwendigen wie zureichenden Bedingung: Dass Semjon ihr Bettgeselle sei und herzlich wohl darum. Und nun hatte Onkel Alban die kleine Juliane in sein Auto gesetzt und sie nach der Insel Rügen fortgeführt. Denn dass Semjon doch noch zu dieser Hochzeit gefahren war, las er als Versuch, doch noch mit Anna etwas anzuknüpfen, und er kannte ja seine Anna: Nachdem sie Emil Eduard Daus, dem widerwärtigen Flausenpeter, schon ihr Ja geschenkt hatte, wäre sie durchaus imstande, mit der

Hochzeitsnacht mal wieder Semjon zu bewidmen. Onkel Alban hielt das für möglich, o ja, durchaus. Das galt es zu verhindern, oder sonst etwas. Juliane Aschberg dagegen galt es, genau das oder sonst etwas zu ermöglichen. Sie wusste nicht wie, nicht was gerade sie da tun könnte, aber ohne eine Absicht solcher Art hätte sie sich niemals in Onkel Albans Auto setzen lassen, denn Onkel Albans Absichten waren so peinlich und schön, dass sie die Fahrt nicht überlebt hätte, entweder glatt verschmachtet oder vor Scham vergangen wäre.

Lebend, aber trotz der Schutzwirkung ihrer Absicht in keiner guten Verfassung, erreichte sie die Hotelruine von Varnkewitz. Dann entkam ihr auch noch Onkel Alban, der die seinige Absicht als einen reisigen Knüttel über dem Haupt schwenkte und planlos, aber mit wehendem Silberhaar sich inmitten der Gesellschaft stürzte. So alleingelassen tastete sie sich hochmütig, aber dezent lächelnd durch die Leute, immer in Angst, Semjon zu begegnen, bevor sie Onkel Alban wieder eingefangen hätte. Als sie Pütt erkannte, den sie nicht fürchtete und darum sehr gern hatte, war ihre Erleichterung groß.

Das Morgige, das Gestrige, heute wirst du es tun, heute hast du es getan. Semjon Schlechta fühlte sich nach Beschluss der entwürdigenden Zeremonie klapprig, so erregt war er. Dabei war er es ja durchaus imstande, mit Ruhe anzuerkennen, was im Immergleichen über ihn beschlossen war, aber das bedeutete eben nicht, dass solches Schicksal, solche Bestimmung sich nicht noch mit all den unvorhersehbaren Wendungen und Windungen durch und in die Zeitlichkeit fressen musste, die seine Existenz bedeutete. Darum wollte er es sich nicht einmal zum Vorwurf machen, dass er so gar nicht ruhig war; dass er vielmehr zitterte. Denn so eben wollte es seine Zwienatur, dass er mit Ruhe auf den längstbeschlossenen Weg hinsah, den sein Schicksal nahm, und doch und zugleich erzitterte davor, durch welche Windungen und Wendungen er hier und jetzt hindurchmusste mitsamt seiner armen Existenz. Und gleich was immer im Immergleichen über ihn beschlossen war, hier im Theater begann jetzt das Stück. Es begann jetzt, genau jetzt, spulte sich ab, und dann ging es zu Ende, ging unerbittlich dem Ende entgegen, und immerzu entschied sich alles und schälte sich erbarmungslos aus dem Immergleichen, bis es ganz und gar geschehen war und aus, versteinert, unverrückbar. Sein Weg wurde schmaler, der Fels des Geschehenen rückte näher und engte seine Aussicht ein. Heute wirst du es tun, heute hast du es getan – Semjon dachte an Schnaps, aber er konnte sich nicht mal dazu entscheiden – jetzt, da das Stück begann und er noch immer nicht wusste, welche Rolle er darin spielte. Den demütigen Liebhaber? Den gedemütigten Liebhaber? Die lächerliche Unwürdigkeit der Zeremonie hatte ihm diese Frage nur noch mehr verwirrt, und jeder Tappen, den er jetzt unternahm, konnte ihn auf die eine oder die andere Rolle festnageln, und er wusste nicht einmal, welche er bevorzugte. Nur in dem einen Punkt war er sich sicher: Dass ihm eine Liebhaberrolle bestimmt war auf der Ehebühne Anna Neanders. Das war einmal ausgemacht, erst recht nach jenem Gespräch, das er gestern mit ihr gehabt hatte; merkwürdig, er wusste nicht, ob er ihr überhaupt je einmal näher gekommen war als in diesen kurzen Momenten im Wasser, als sie seine verzausten Gedanken zu kämmen versucht hatte und vor Kälte im Wasser trat. Wie gelähmt war er und wartete ab und sah doch unerbittlich die Zeit verstreichen. Heute, heute. Karl von Kurtz hätte seine Freude an Semjon gehabt.

In geschilderte Komplexionen verstiegen, immerhin, konnte sich Semjon einem Anfall von Zeichengläubigkeit und magischem Denken nur wehrlos ergeben, der ihn durchrüttelte, als Onkel Alban, wie aus dem Nichts, auf ihn zugeschossen kam, auf den Lippen den Kampfruf: »Was stehst du da mit selbstmordbleichen Wangen!« Allerhand, war das vielleicht nicht die Strafe; die der Tat auf dem Fuße folgende Strafe dafür, dass Semjon, dieser nicht mehr junge Buhler, in frevelhafter Absicht sich geruhiger Selbstschau befleißigt hatte, vorgeblich nur in alles sich zu schicken gesonnen, um vielleicht dennoch sich an höherher geholten Zeichen zu scheuern wie an Sinnendingen? Und wie ein Demiurg und nicht ganz gescheiter Sohn der Weisheit herumzutricksen mit dem Immergleichen, in dem Augenblick, da es sich in die Existenz verbeißt? Semjon empfand eine solche Strafe als durchaus rechtlich, als die ihm Onkel Albans wilder Auftritt erschien, Strafe der Verstiegenheit in dunkles Denken, das er selbst nicht klar ersah, doch umso lieber sich darin die Wege blind ertastete. Wie durchstrahlt doch die reine Möglichkeit jedes Ahnens das Dunkel gläubigen Nichtersehens! Gereizt und schuldbewusst, ein Junge mit dem Finger im Rübensaft, erwartete er seine Bestrafung – völlig unklar, worin sie bestand. Aber damit hielt Onkel Alban nicht lange hinter dem Berg. Wie er so auf Semjon losstürmte, wurde ihm bewusst, dass er die kleine Juliane Aschberg beim Auto vergessen hatte und sie nicht, wie es ihm jetzt praktikabel erschienen wäre, am Handgelenk hinter sich herschleppte. Da hätte er sie Semjon in die Arme werfen können und sagen: Da, ihr Vielen und Pastoren, habt ihr euch, nun scheuert euch! Der Augenblick erlaubte ihm keinerlei Zweifel daran, dass dies die rasche und jedermann zufriedenstellende Lösung aller Probleme gewesen wäre – hätte er die kleine Juliane Aschberg am Handgelenk mit sich zu schleifen nicht ausgerechnet versäumt! Also schrie er Semjon an, wo denn die kleine Aschberg sei, schnappte, ohne sich viel zu besinnen, Semjons Handgelenk, setzte sich schon in Trab, um wenigstens Semjon zu Juliane zu schleifen, da er schon Juliane nicht zu Semjon geschleift hatte, und suchte mit aberwildem Blick, wo das Persönchen sich wieder verkramt haben mochte. Zu seinem Unglück musste Onkel Alban unsanft erfahren, dass

Semjon stand wie ein Fels, und statt ihn mitzuschleifen, rissen Onkel Albans ihm vorauseilende Füße, in Mittäterschaft mit seiner in Semjons felsige Beharrungskraft verkrallten Hand, ihn so lächerlich mühelos zu Boden, als wäre er auf eine Bananenschale getreten oder auf Pütts besilberte Wege.

Zu seinem Trost darf gesagt werden, dass Semjon sich mit seinem vollen Gewicht gegen die Laufrichtung Onkel Albans gestemmt hatte, unwillig über dessen Auftritt, weil er überzeugt war, dass Anna ihn zweifellos beobachtete – so funktionierte Theater schließlich – und die Szene – Semjon wusste auch nicht wie – ebenso zweifellos in einer Weise deutete, die Semjons Bühnenrolle nicht allein in einer ihm unerwünschten Weise beeinflusste, sondern ihn gar völlig von der Bühne entfernen müsste wie einen ruhmsüchtigen Kulissenschieber, der plötzlich von einem verirrten Bühnenlicht erfasst und gestellt worden. Aber so sehr er sich auch umsah – und Onkel Alban vorerst außer sich liegen ließ – er konnte Anna nicht entdecken. Nur Lissi schien die Szene bemerkt zu haben, schlimm genug… und richtig, als Semjons Blick sie traf, sah sie gleich zu Boden, aber nicht dorthin, wo Onkel Alban lag.

An diesem Ort muss eine Bemerkung Platz finden, dass Semjon bezüglich der kleinen Juliane Aschberg nicht ohne Schuldbewusstsein war – Anna gegenüber. Er war auch sonst in dieser Sache nicht ohne Schuldbewusstsein, nämlich Juliane gegenüber, auch seinem System gegenüber, denn sie war so etwas wie der personifizierte Fehler im System, vor allem aber und in allererster Linie bestand Pastor Semjon Schlechtas Schuld Anna gegenüber, und es war ganz gleich, was Anna über die Existenz einer Juliane Aschberg und Semjons Verhältnis zu ihr immer in Erfahrung bringen würde, sei es Fiktion oder Wahrheit, sei es das Ganze der Sache oder nur ein Krümelchen, und sei es, Anna wollte verstehen oder doch lieber missverstehen – in jedem Falle; in allen diesen und denkbaren anderen Fällen stand eins – für Semjon – unverrückbar fest: Mit Anna war alles aus. Unverrückbar und ein für alle Male. Denn Semjon Schlechta, dieser irrtriebige Pastor, wusste, dass er ein unbewiesener Mensch sei, und er ahnte, dass Anna für ihn die absolut Einzige sein musste, damit sie es wagen konnte, mit ihm anzubinden, die Erste und Letzte. Der Gedanke verbot sich eigentlich, da er Anna Irrationalität unterstellte, aber er konnte sich nur so einen Reim auf sie machen und ihr unterstellen, dass sie ihn für unwägbar hielt, seine Geistestätigkeit für zufällig und überraschend, seine Herzenstätigkeit für willkürlich und fremd. Was ihm, Semjon, die Betätigung geistiger Freiheit hieß – das Prüfen und unverbindliche Vertreten der unterschiedlichsten Ansichten, das Spiel mit der Meinung, ironisches Versuchen der Wahrheit, auch Exerzitium der Gefühle, ihr Einpauken und Deklinieren, dass er sich seiner Seelengrammatik nur sicher sei und sie im Schlaf beherrsche – all diese Übung der Freiheit musste ihr wie ein Übersetzungsfehler vorgekommen sein, ein defektes Modul dort, wo Empfinden in Verhaltung übertragen wurde und bei Semjon eine Verzerrung ins Willkürliche, eben Unwägbare erfuhr. Irgendwie musste es ja zu erklären sein, dass Anna auf dem Höhepunkt ihrer beider Glück davongegangen war, an ihm vorübergegangen, und es erschien Semjon am Plausibelsten, dass sie unter Voraussetzung des Vorstehenden sich ausgerechnet davor gegraust hatte, wie Semjon sich ihr stets so bedingungslos bekannt hatte und seine Liebe zu ihr für absolut erklärt. Worte, die Anna wie ein plumper Trick des Bösen geklungen haben mussten. Leimruten, lockend ihr vor die Nase gehalten, dass sie sich niedersetze. Semjon, der Verächtliche, der Verächter, der noch über jeden ihrer Schriftsteller die Nase gerümpft hatte, als Ritter, der sich ihr verschwor mit offenem Visier? So dachte sich Semjon das, hilflos genug, aber immerhin konnte er für den zweiten Versuch mit Anna ein

Rezept für sich daraus entwickeln. Und so hatte er, damals, als Annas Besuche bei ihm anfingen, fügsam angenommen, was er von ihr noch erhielt, hatte dankbar empfangen, nichts aber ausgesprochen, nichts benannt, sich nicht verschworen, hatte in Worten sein Inkognito gewahrt, damit es nicht in Taten ihr offenbar wurde. Wo er seine Gedanken unschuldig in Ausführungszeichen setzte, ersah sie in seinen Handlungen etwas wie Uneigentlichkeitszeichen, das galt es anzugehen, und so schwieg er ihr. Das aber machte einen Umstand unverzichtbar: Dass er in Taten keusch blieb, Anna als die Einzige, die Erste und die Letzte sich erhielt. Und nun die Nachbarin.

Es war ja eine Kleinigkeit – wenn man wie Emil Eduard Daus das Dahinterliegende verachtete und allein auf das Gegebene sah – Anna in vollkommener Aufrichtigkeit über diese Nachbarin zu orientieren; darüber, dass Semjon mit Juliane Aschberg eine einseitige, von Hilfestellungen seinerseits geprägte Geneigtheit verband, eine fürsorgliche Freundschaft, die ihm von der kleinen Aschberg mit einer ohnmächtigen, anbetenden und nur in der Abwehr sich aussprechenden Liebe vergolten wurde, einem Bedürfnis, wortlos schwarz wie Hunger. Schon nachdem sie erstmals seine Hilfe in Anspruch genommen, hatte sie ihn darauf wochenlang derart geschnitten, dass er sich nach einem zufälligen Aufeinandertreffen im Hof, bei dem er einige belanglos freundschaftliche Worte an sie gerichtet hatte, wie ein aufdringlicher Mensch vorgekommen war, der sehr zu recht mit wortloser Herablassung abgewiesen worden. Zu seiner Beunruhigung war seine Hilfsbereitschaft aber unmittelbar im Verfolg dieser Szene erneut in Anspruch genommen worden. Und was mit einer Seminararbeit begonnen hatte, die sie ihn durchzusehen gebeten, weil sie eine Rechtschreibschwäche habe – von der freilich Semjon nichts feststellen können, so dass er stattdessen einige Aufräumarbeiten am völlig verkramten Text vorgenommen hatte, der vor

Überschriften nur so starrte, dabei aber jeglicher Gliederung entbehrte, ein Ameisentext mit harter Hülle, aber weicher Füllung, in welchem der kleinste Einfall der Kollektivierung und Verdemütigung durch Überschriften zum Opfer gereicht wurde, statt dem harten Knochen wohlbestimmten Denkens Fleisch und Leben anzusetzen – was also mit der vorsichtigen Verbesserung solcher Seminararbeit begonnen hatte, setzte sich bald fort damit, dass Pastor Semjon der kleinen Juliane Aschberg die verkramten Socken ordnete und ihre verkramte Beziehung zu einem Schnöselchen löste. Er half, sie schnitt ihn, dann setzte sie ihm die nächstschwierigere, intimere Aufgabe vor. Er hatte wohl überlegt, ob ihr Leben nicht schlicht darauf berechnet war, durch Hilfestellungen Dritter geordnet zu werden, befand jedoch, dass sie auch ohne dergleichen durchaus zurechtkäme – bloß würden ihre Tage mehr Brüche, Sprünge, Schönheitsmakel aufweisen. Nicht existentiell hatte sie ihn nötig, darum half er, band sich nicht. Aber indem Semjon derart überlegte, bemerkte er schon den Misston in seinem Denken, der Juliane Aschberg kleiner erscheinen ließ, als sie war; ihre Verkramtheit übertrieb, ihre Abweisenheit und Herablassung, ihre Hilflosigkeit und Angst. Anna, die Erste und Letzte – in Taten! Was Semjon dachte, war ganz gleichgültig, gleichgültig war es, dass er durchaus überlegt hatte, sie kurzerhand zur Frau zu nehmen, Juliane, versteht sich, bloß um diese Front in seiner Existenz zu schließen, ein für allemal, und den Rücken freizuhaben für echte Sorgen – wie das System; ein Gedanke, bei dem er sich jetzt innerlich aufbäumte, so toll war er: Juliane Aschberg! Zur Frau! Schon allein bedacht, wie sie durch jede menschliche Handlungsweise, die ihr widerfuhr, von neuem in ihre gehässige Ecke getrieben wurde, wo sie, spöttische Grimassen schneidend, so lange schmorte, bis sie durchaus etwas Neues sich zu erwirken wusste… Aber das war gleichgültig, Taten zählten, Fakten, und sie war hier!

Auf Annas Hochzeit. Das war der Sündenfall, Inkognito an Taten, Maskerade der Handlungen, die damit begründet und begriffen werden mussten, statt Anna einfach gegeben zu sein.

Onkel Alban klopfte sich die Hosenbeine ab. Seit jener Nacht, in der Anna, wie er unbedingt annehmen musste, gezeugt worden war und er selbst in demütigender und höchst unmoralischer Weise von einer Zecke gebissen worden war, fürchtete er sich sehr vor hohem Gras. »So treibt man die Leute ins Inkognito«, schalt ihn Semjon, »und hör auf, nach Zecken zu suchen! Was ist das für eine anmaßende Vorstellung, die du hier gibst, willst den Dramaturgen geben, der lenkend eingreift? Mieser Dramaturg, der du bist, stellt ein Mädchen auf die Bühne... mal sehen, ob sie die Dramenhandlung schön verkramen kann! Na, Glückwunsch...«

So ließ Onkel Alban nicht mit sich reden, er hielt Semjon seinen Zeigefinger unter die Nase: »In der Zuspitzung der Verhältnisse liegt eine Kraft...«, zischte er und fuchtelte drohend mit dem Finger. Semjon schnappte nach dem Finger und hielt ihn fest: »Was soll Anna davon denken, was? Du kennst meine Haltung zu ihr: Ich gehöre einfach ihr, bin ihr gegeben ganz und gar. Wenn schon meine Rede mit dem Fluch belastet ist, dass sich ihr kein fester Halt daran bietet; dass sie keinen ersten Grund auffindet, von dem an ich ihr begründbar bin – so will ich in meinem Handeln abstinent sein, abstinent von Handlungen, die sich nicht unbegründet selbst erklären. Und nun du und diese Kleine...« – »Papperlapapp«, sagte Onkel Alban, »so ein Blödsinn, du willst, dass deine ergebene Indifferenz, mit der du dich für Anna schmückst, auch schon der Schluss ist, den sie daraus ziehen muss! Das übliche Gewurschtel. Du hast die Wahl: Du kannst für Anna einfach und gegeben sein, sie kann das dann zur Kenntnis nehmen und – vorübergehen, entschuldige. Aber es führt zu nichts, du zwingst sie nicht. Oder aber es ist eine Haltung, die sich ihr begründet so, dass also sie sich vielmehr dir begründen muss – indem sie irgendeinen Emil heiratet, vielleicht?« Onkel Alban zwinkerte und grimassierte gehässig vor Semjon herum, der ärgerlich über ihn hinwegsah. »Herrgott, nun denkt er wieder«, seufzte Onkel Alban, »was willst du überhaupt, du Theaterdenker, bist du nicht für eine Entscheidung hergekommen? Ich liefere dir die Krise, unmotiviert und heftig, wie sie im Buche steht. In der Krise sondern sich die Möglichkeiten voneinander – und die eine wird real, passiert, und alles andere, na, das hätte auch passieren können. Zack! Da kann man doch zum Wenigsten sein Urteil fällen! Und du, mein Semjon, urteilst falsch, du urteilst falsch über die eine, du urteilst falsch über die andere. Sondere und urteile, dann lass die Anna, nimm Juliane, fertig, Glück ist da.«

»Ich suche eine andere Entscheidung«, knurrte Semjon. »Damit hat die kleine Aschberg nichts zu tun. Ihr Hiersein ist ein mieser Dramaturgentrick, ihr Hiersein ist so nichtsbegründend, dass es nur als nichtsbegründend noch begriffen werden will und darf. Na, sag mir selbst: Und das ist nicht das übliche Gewurschtel?« – »Außerdem«, setzte er nach einer Pause hinzu, »hast du mal an Juliane gedacht? Kannst du dir vorstellen, wie sich ihr gerade alles verkramt im Kopf? In dieser Situation?« – »Ach, das hält sie aus«, sagte Onkel Alban. Ein bisschen mulmig war ihm aber schon zumute.

Emil Eduard Daus inzwischen war wieder ganz in seinem Element. Die Zumutung der Zeremonie hatte er von sich getan und Eugenia und Rosamunde für ihren Eifer gedankt. Bei dieser Gelegenheit hatte er sie zwei warme Schwäne genannt und sie gebeten, sich nurmehr gegenseitig zu befiedern und seine Gäste weder anzuschnarren noch ihnen lieblich zuzuzwinkern. Und für den Fall, dass ihn jemand auf die Zeremonie ansprache, in der Absicht gar, sich auf seine Kosten zu erlustigen, hielt er ein ansteckendes Lachen in Bereitschaft, das er obendrein mit der entwaffnenden Formel »Singflug der Schwäne« garnieren konnte. Mit seinen Investoren im Schlepp stolzierte er breitbeinig durch Haus und Gelände und stellte sie Persönlichkeiten des literarischen Lebens vor, deren Bekanntschaft sein Ansehen nur steigern konnte. Seiner Schwester Frieda gab er derart Gelegenheit, den Neumanns, Annas Eltern, die alte Geschichte vom Pfeifen im dunklen Walde aufzubinden.

Nachdem Karl von Kurtz vom Musikpult abgelassen hatte und man ihn mit großen Bierkrügen zu beschäftigen wusste, dass er sich nicht erneut damit einließe, erging sich die Hochzeitsgesellschaft bei Nachmittagsmusik im Sonnenschein, plünderte das überreichliche Buffet und traktierte die umhereilenden Kellnerinnen mit Aufmerksamkeiten und Sonderwünschen. Anna, die mit Friedas Kindern und Lissi, die gerne verstecken spielte, im Wald verstecken spielte, wurde von Onkel Alban gefunden, als sie in einem artigen Mooswinkel kauerte, und erregt instruiert, sie müsse Semjon »zu Juliane Aschberg hintreiben«, das sei ihre moralische Pflicht: »Du hast vor dem eigenen Glück versagt, versage nicht vor seinem«, drohte er ihr. Lissi nickte finster. Da Anna wissen wollte, wer diese Juliane sei, erhielt sie den Bescheid: »Da ist sie doch, bei Semjon, nimm sie nur in Augenschein, ja, ja, vergleiche dich mit ihr, du reifes Nüsschen!« Und alles das, ehe Anna sich hatte wundern können, warum Onkel Alban nun doch gekommen war. Die Freude darüber behielt sie sich für später auf.

Unerwartet, aber nicht unwillkommen war es für Semjon, dass Emil Eduard Daus mit seinem Gefolge auch zu ihm herantrat. Er wusste ohnehin nicht mehr, was er mit Pütt und Juliane noch reden sollte, und hatte eben mit herzzerreißender Inbrunst gedacht, wie schön es doch wäre, allein mit Karl von Kurtz und kaltem Bier am Meer zu sitzen und zu schweigen. Sollte das Morgige und Gestrige halt ohne ihn subsistieren, solange er seine Gemächlichkeiten hatte. Dabei war ihm Emil Eduard Daus aufgefallen, und er imponierte ihm in Gesellschaft dieser zwei widerwärtigen Menschen. Sein Auftreten war sicher, souverän, sein ganzes herrisches Benehmen, das Semjon sonst anstößig war, erschien ihm plötzlich sinnhaft und wahr – in dieser Gesellschaft. Immer wieder nahm Daus das Wort und sprach mit einnehmenden Gesten, unterbrach sich, hörte ungeduldig, aber teilnehmend an, was man ihm sagte, brachte das Gespräch wiederum an sich und behauptete es rigoros, wie lange ihn für gut bedünkte. Indem er näherkam, verstand Semjon auch, was er sprach. »…das ist furchtbar! Nichts ist mehr ein Klischee als sonnige Maientage, aber kommt wirklich mal einer sonnig daher, worüber redet alle Welt? Klimaerwärmung! Umso besser: Wenn alle anderen sich um das Klima sorgen, sorge ich mich lieber um dieses Haus. Was geht mich Bangladesch an? Ich stehe vor einer Ruine!« Damit wandte er sich energisch dem Haus zu und forderte Zustimmung ein: »Sagen Sie, es ist so! Ich bin Moralist. Sehen Sie das Haus an!« – »Ist der April schon um«, wunderte sich einer der Herren.

Doch ohne Pause ging es weiter: »Ah so, und dies, meine Herren, ist Semjon Schlechta, der Feingeist des Hauses, hmm. Er arbeitet an einem System der vier entarteten Leidenschaften, sehr spannend, hmm.« Semjon musste Hände schütteln. »Hmm«, sagte Pütt. Juliane Aschberg lächelte spöttisch, aber da flackerte schon etwas wie Zusammengehörigkeit im Spott, das kannte Semjon bei ihr nicht. Er schlug die Augen nieder. – »Ich halte es da eher mit dem Freigeist als dem Feingeist«, trompetete Emil Eduard Daus. Er wandte sich seinen Begleitern zu, so dass Semjon, Pütt und Juliane Publikum wurden, ein schweigendes Grüppchen, das es geschafft hatte, dem entscheidenden Zirkel unbemerkt nahe zu kommen. »Jeder Sack ist Freigeist, jeder Schwanz ein Spaßmacher. Was bleibt dem wahren Freigeist? Er muss Spießer werden! Sehen Sie mich an!« Die beiden Investoren versicherten Emil Eduard Daus, sie könnten in ihm bestimmt keinen Spießer erkennen. »Ach je!« Emil Eduard Daus wies diese Zumutung weit von sich. »Um ein Freigeist zu sein, ist es eher hinderlich zu meinen, man sei ein Freigeist. Man prüft sich dann zu wenig und behauptet zu selten. Nein, man muss unangenehm aufzufallen wissen! Was fällt unangenehmer auf als ein bekennender Spießer, der sein Sibyllenlächeln herlächelt? Sehen Sie, dazu braucht man Feingeister, das hat mich dieser Mann gelehrt.« Er drehte sich zu Semjon um, jetzt wurden seine Begleiter aus dem inneren Kreis gedrängt. »Er hat mich alles gelehrt. Die Welt ist vollgestopft mit verächtlichen Existenzen, und sich von denen zu unterscheiden, bleibt nur ein Ausweg: Zu sagen, seht her, ich bin ein Spießer, ihr Schweine, na? Spießer sind ja verächtlich, und niemand will verächtlich sein. Alle hassen Spießer, das ist so verbreitet wie die Sorge ums Klima.« – »Ich glaube, ich sagte mal, dass sich Leute, die Spießer geschimpft werden, und Leute, die auf Spießer schimpfen, nur akzidentell unterscheiden, und suchte nach einer spezifischeren Unterscheidung«, sagte Semjon. Seine Stimme war belegt, so dass er sich zweimal räuspern musste, und es war ihm unangenehm, wie prüfend Juliane ihn beobachtete, während er dem Daus gegenüber wiedermal rhetorisch zu versagen glaubte. »Genau!« Emil Eduard Daus kehrte jetzt wieder Semjon den Rücken. »Ich bin ein Spießer! Das heißt eben auch: Ich brauche eine Spießerin, die mit mir einig ist, dass es spießig ist, Spießer zu verachten!« Semjon versuchte es nochmal: »Um sich von den Schweinen zu unterscheiden, würde ich eher Sublimation anraten als Suggestion und plakatives Betragen.« Aber das war dem Daus in den Rücken gesprochen, er schubste seine Begleiter schon in Richtung der nächsten Gruppe von Leuten.

»Es gibt eine Nagelprobe für Spießer«, sagte Semjon vor sich hin, »man sagt, man sei einer – und wartet ab. Der wahre Spießer antwortet iterativ: Ich auch. Wenn einer bloß lacht, ist es schwieriger. Aber das kommt nicht sooft vor, glaube ich…« Die letzten Worte murmelte er nur noch. Es war der Gipfel der Selbstverdemütigung, dass er das noch hatte nachschieben müssen – für niemandes Ohren als Pütts und Julianes. Pütt nickte eifrig und wollte Bier, er hatte genug vom Reden und Leute treffen. Und die kleine Juliane Aschberg lachte, vermied aber jeden Blick. Immerhin.

Doch dann sagte Pütt: »Früher hat er Spießer noch gehasst«. Dabei sah er verblüfft auf Juliane Aschbergs Nase. Sie fühlte sich angesprochen: »Wer, der Popanz eben?« – »Der Daus! Damals, als er das erste Mal was mit Anna hatte. Dann kam ja Semjon, und der Daus hatte das Nachsehen.« Er kicherte und zog die Schultern hoch, als jucke ihm der Rücken. »Mann, hat der dich gehasst damals! Vor Wut hat er das Wettrennen um die sperrigste Musik begonnen. Bloß kein Schwermetall, war ihm plötzlich zu spießig. Metal in Sonatenhauptsatzform, pah.« Jetzt kam Pütt in Schwung. »Deswegen müssen wir heute diese Scheiße ertragen, der Daus hört ja nur noch Jazz und Easy Listening. Alles andere ist ihm wohl zu anstrengend, sogar Pop mit Melodei und Glockenstimmchen.« Er ballte die Fäuste. »Wird Zeit, dass wir Karl von Kurtz befreien!« Aber ehe Pütt solche Kriegstat auch nur mit Fäusteschütteln beschwören konnte, war Semjon Schlechta schon fort. Mit großen Schritten, zitternd vor Wut, eilte er über die Wiese.

Karl von Kurtz befand sich in einem der Seligkeit nicht unähnlichen und womöglich nur mangels Ewigkeit von ihr abweichenden Zustand, in welchem ihn die Frage, warum dies eigentlich geschah, nicht sehr berührte. Das war so eine obschwebende Frage, jedoch – den Henker was! Er war stark bezecht, seine Augen waren ganz klein geworden und staken wie Knöpfe in seinem Gesicht. Er blinzelte. Dieses Fest entwickelte sich genauso, wie ein solches Fest sich, den festgefügten Einsichten Karls von Kurtz folgend, unbedingt und notwendig entwickeln musste, damit es etwas taugte als erinnerungswürdiges Ereignis. In der rechten Hand hielt er einen großen, fast leeren Bierkrug, und er hielt ihn nicht einfach, sondern hielt ihn fest, als ziehe unsichtbar eine finstere Kraft daran, die ihm den Krug entwinden wollte. Das aber ließ er nicht zu. Seiner linken Hand hatte sich Elsa Laska, die Unmögliche, bemächtigt, die – ebenfalls hochzufrieden – bei ihm auf einer Bank saß. Fürsorglich achtete sie, dass Karl von Kurtz der Bierkrug nicht entglitt. Nachdem er mit den Jahren immer mehr, wie sie befand, ein vollgültiger Mensch geworden war, an dessen beruflicher Aufführung und alltäglichem Betragen sie kaum je etwas auszustellen hatte, betrachtete sie gelegentliche Trinkgelage als regulative Elemente ihrer Ehe und unterstützte Karl von Kurtz darin bedenkenlos, indem sie ihn zu großen Taten ermunterte. Und wenn sie zurzeit auch nicht mittrinken durfte – sonst begleitete sie ihn immer ein Stück des Wegs, soweit sie eben kam – blieb ihr doch übrig, ihn freundlich anzusehen und aufmunternd zu nicken, wann immer er den Krug wieder ansetzte und in tiefen Zügen trank. Wirklich, sie war eine fürsorgliche Gefährtin. Und wenn Karl von Kurtz am Ende sich abgekämpft hatte mit den Bierkrügen; wenn die Phasen, in denen er nur noch aus den kleinen Äuglein vor sich hin sah, nicht mehr oder kaum noch unterbrochen wurden durch mentale Ereignisse, als welche sich, wenn schon nicht durch sprachliche Verhaltungen, vermittels wilder Grimassen erkennen ließen, die er unvermittelt sehen ließ, dann – aber nicht früher – nahm sie ihn aus dem Feuer, zog ihn aus den vordersten Linien in die Etappe zurück, mit einem Wort: Sie brachte ihn zu Bett. Und aus freien Stücken ließ ein Karl von Kurtz sich dann auch abführen, strampelte nicht und markierte nicht den harten Kerl, den Unverwüstlichen, denn er hatte gelernt, ihrem Urteil zu vertrauen: Wenn Elsa Laska, seine liebe Frau, ihn fortführte, war er fix und fertig und hatte genug. Als Lohn für ihren menschenfreundlichen Umgang mit dem betrunkenen Mann empfing Elsa Laska, die Unmögliche, von Zeit zu Zeit, wann immer Karl von Kurtz ihrer gewahrte, einen Klaps aufs Haupt, ein freudiges Tätscheln, gespendet von ihrem Pastor mit segnender Hand: »Elsa, du Läuschen, bei allen Seligen!« Und sie ließ sich tätscheln und sagte wohl zu ihm: »Hast noch zu trinken, mein Grimmbart?«

So weit, dass er abgeführt werden musste, war Karl von Kurtz heute noch lange nicht. Er schnitt noch nicht einmal seine plötzlichen Trunkenheitsgrimassen, bloß etwas einsilbig war er schon. Darum war es Lissi, die mit Karl von Kurtz und Elsa Laska hier saß, sehr recht, als Semjon zu ihnen kam. Sie langweilte sich und befürchtete im Übrigen, dass früher oder später die Bierpfütze in Karls Krug auf ihrem Kleid landen würde.

Semjon machte keine Umstände. »Anna war also mit dem Daus schon zusammen, bevor sie und ich…? – »Ja«, bellte Karl von Kurtz. – »Du wusstest das.« – »Ja.« – »Seit wann?« – »Immer.« – »Warum wusste ich das nicht?« Karl von Kurtz gab sich nicht den Anschein, als gebe es hier ein Rätsel aufzuklären, so ungeheuer wie der wandeligen Dinge Wandelwesen. Er zuckte mit den Schultern: »Die Wirklichkeit redet mit sich selbst.« – »Warum hast du mir das nie gesagt, Herrgott!« – »Was hätte das geändert?« – »Was? Alles! Alles hätte das geändert!« Semjon raufte sich die Haare. Er machte einen Schritt zurück und einen Schritt vor. Es war ihm alles ungeheuer. Nichts, was er wahrnahm, trat ihm mit der Parole ins Bewusstsein, dass es das sei, was es sei. Karl von Kurtz erhob sich mühsam. Sobald er sicher stand, marschierte er zwei zackige Schrittchen auf Semjon zu und fasste ihn bei beiden Schultern, wobei sein Bauch bebte (Karls Bauch). Diese bedeutende Geste ließ er einige Zeit ruhig auf Semjon wirken, denn Karl von Kurtz wusste um die beseelende Anschauung der Bedeutung. Streng sah er Semjon in die Augen. Nachdem er allerdings feststellen musste, sowohl dass Semjon trübsinnig vor sich hin sah, während in seinem Kopfinneren mancherlei übereinander gehen mochte, und er jedenfalls nicht imstande war, beseelt die Bedeutung anzuschauen, welche in Karls Geste sich darbot; als auch dass er schwankte, Karl von Kurtz, und über die Verklammerung seiner Hände in Semjons Schultern auch ihn ins Schwanken brachte, ließ er seine bedeutende Geste und setzte sich wieder hin. Er wies auf den Platz neben sich – wo Lissi saß, die das genau bemerkte – und sagte: »Setz dich. Wir trinken. Wir denken. Du bist bewegt. Sei still und trink.« Diese großherzige Einladung verursachte in Semjons beiden Augen entgegen seinem Willen die Entstehung jeweils einer Träne, er schwankte. Zum Ausgleich machte er einen Schritt vor und einen zurück, dann zwei zur Seite, drehte sich hierhin und dorthin und wusste nicht wie. Er glaubte, dass er sich, so wie er jetzt dastand, niemals wieder zu irgendeinem Schritt entschließen könnte. Er glaubte das, weil er wusste, dass es niemals wieder einen Grund geben könnte, sich zu einem Schritt zu entschließen, weshalb – das folgte notwendig – er niemals wieder würde sich zu einem Schritt entschließen können. Das war beinahe komisch. Semjon Schlechta, der sich rühmte, ein unbegründeter Mensch zu sein, verlor sich aus den Gründen. Da ohnehin schon Tränen in seinen Augen standen, fielen sie bei dieser Gelegenheit – etwas selbstherrlich – heraus, bevor sich keine andere Gelegenheit mehr böte. Karl von Kurtz patschte mit der flachen Hand auf Lissis Schenkel – was ihr grundsätzlich nicht unrecht, in diesem Zusammenhang allerdings gar nicht lieb war – und forderte weiter, Semjon solle sich setzen und trinken. Auch Elsa Laska ließ durch Nicken sehr bestimmt erkennen, dass das eine hervorragende Idee ihres Mannes war, die sie unterstützte. Karl von Kurtz stemmte mit einiger Anstrengung seinen Bierkrug ins Gesicht und trank den letzten Schwaps in einem Zug. Dann winkte er einladend mit dem leeren Krug und versuchte es mit lustigen Gesichtern. Da auch das nichts half – Semjon stand immer noch halb abgewandt zwei Schritte weg und wusste nicht wie (Lissi fand in sehr anziehend so) – unternahm Karl von Kurtz eine letzte Anstrengung aller seiner Kräfte und redete, fast gar nicht lallend, die folgenden Worte, deren Bedeutung allerdings keinem der Anwesenden einzuleuchten vermochte, nicht Elsa, nicht Lissi, nicht Semjon: »Wir trinken und nehmen uns wahr, wie wir trinken, still und kriegerisch, und was wir wahrnehmen, erfährt uns in den Zeichen, die verrauschen, und alles, was wir noch empfinden, denkt uns, denkt uns aus, du musst dich nur setzen, komm.« Diese schöne, aber dunkle Anrede Karls von Kurtz an Semjon Schlechta verrauschte indessen nicht unerhört, dazu scheuerte sie zu sehr an Sinnendingen, dazu klang sie zu weit aus der Tiefe der Zeit vorgeholt, von damals, als sie der Welt Buhlschaft abgewiesen hatten, die jungen Pastoren, und Semjon fuhr herum, vielmehr, er fuhr auf – aus der Verwirrung – und fuhr herum und fragte geradezu: »Wann waren sie zusammen? Emil und Anna. Wann genau?« Karl von Kurtz zuckte, von der Bedeutungslosigkeit solcher Details überzeugt, abermals mit den Schultern und sah sich ratsuchend nach Elsa und Lissi um: »Immer?« – »Immer.« – »Glaube auch.«

»Aha«, sagte Semjon und begab sich ins Haus. Er trat an die Bar, begann zu trinken. Von der improvisierten Bar aus hatte er freien Blick auf das Steinmosaik, das die Stirnseite des Saales bildete. Es sagte ihm zu, dieses Mosaik, schön und einfach wie ein Wolkenhimmel. Nach den unausfolglichen, einzig sich selbst entwickelnden Regeln des Schönen staken dort Steine in einer Wand. Pest! Sonst nichts. Wie schön, dachte Semjon und trank. Wenn schon das Schauspiel dieser Hochzeit hier entartet war zu einer sinnlosen Leistungsschau menschlicher Komödianten, die Gewähr nur dafür übernahmen, was sie darstellen konnten, nicht aber dafür, wer sie waren, und jedermann eine Gewähr für sich selbst verweigerten, nur bereit zu zeigen, wie ihnen schiene, dass sie sich erschienen, tot und leer, bestrichen von Empfindung, die sich selbst empfinden musste; Menschen, die in Menschen verrauschten, ihre Existenz in die Unverbindlichkeit des Unverbindlichen hüllend – so war wenigstens der Hintergrund ihrer Bühne schön, das Gemäuer, vor dem sie spukten. Die Mauer war schön.

Vor dem Mosaik erkannte Semjon Anna, die mit Juliane Aschberg sprach. Die beiden sprachen angeregt miteinander, lachten und berührten einander am Arm oder der Schulter. Offenbar verstanden sie sich ausgezeichnet. Nun, dachte Semjon, er wünschte gute Gespräche! Juliane zeigte nicht einen Anflug ihres spöttischen Lachens, Anna riss herzlich und offen die Augen auf und sah die andere so an. Der Anblick machte ihn rasend. Er machte ihn so rasend, wie der Anblick der Trauergäste ihn bei den Beerdigungen seiner Eltern rasend gemacht hatte, der Anblick dieser betretenen, kummervollen, hilflos unwahrhaftigen Gesichter um ihn her. Wahrlich, die Erinnerung an seine Eltern stellte sich nicht ein mit festgesetzten Zeiten. Immer, wenn er besonders wehrlos war, erwischte das Andenken ihn. Er drehte sich weg. Neben ihm an der Bar stand Lissi. Sie musste ihm gefolgt sein. Immerhin – das war ihm angenehm: Sie grinste nicht in irgendeiner Weise, zwinkerte nicht unangemessen oder was dergleichen läppisches Betragen wäre. Sie sog einfach weiter an dem schwarzen Strohhalm, der zwischen ihren Lippen steckte, und zog kurz die Brauen hoch. Mehr nicht. Das war in Ordnung. Er trank ihr zu. Dann tranken sie beide, schweigend, beieinander. Semjon, in einem beiläufigen Bemühen herauszufinden, was für ein buntes Zeug Lissi da soff, starrte auf die Longdrinkkarte, einen opulent verzierten Goldrahmen um eine Schiefertafel herum. In einer schönen Kreideschrift waren die Drinks verzeichnet. Semjon freute sich, wie sauber und scharf die Buchstaben sich dagegen verwahrten, vom Rahmen überwuchert zu werden. Und er bemerkte: »Fein, ich werde betrunken.« Lissi starrte ebenfalls auf die Longdrinktafel, unschlüssig, welche Wahl sie als nächste treffen sollte. Semjon trank Schnaps, das war einfacher. Er sah wieder auf die Tafel, jetzt waren die Buchstaben schon unscharf. »Verrauschen der Zeichen«, dachte er und war ratlos, was die Worte bedeuten sollten. Gleichwohl war es ihm, dass er den Sinn aufspüren könnte, wäre er doch wieder etwas weniger betrunken. Ihm verrauschte also nur, was die Zeichen bedeuteten, dachte Semjon mit Anstrengung, aber auch darin lag dennoch Wissen: Semjon wusste, dass Karl von Kurtz, obwohl er vielleicht selbst nicht so genau wusste, was er mit Verrauschen der Zeichen meinte, sich dennoch hingestellt hatte und behauptet: Wie auch immer, so ist das! Nicht anders! Klar? Klar. Jetzt hatte er es, jetzt konnte er in einem wohlgeordneten Satz überschaulich sagen, was das Verrauschen der Zeichen im Zeichen hieß, er benötigte nur noch einen Schnaps, um die nötige Antriebskraft zu erhalten, diese Explikationsübung durchzuführen, schnell, denn er fühlte, wie ihm der Gedanke entglitt; wie ihm der wortlose Kern des Gedankens entsank, das reine Verständnis, nackt und unbegriffen, das doch nötig war, damit die Worte daran zum Satz kristallisieren konnten; um die Begriffe darum anzuordnen, mochten sie am Ende auch auf nichts als aufeinander fußen – nein. Fort. Die Einsicht war weg. Der Schnaps kam zu spät. Nun, dachte Semjon und trank, man musste opfern können. Verschwenden aus der Fülle des Einfalls, ohne festhalten zu wollen, besitzen, haben. Ein andermal nahm ein anderer Gedanke einen anderen Weg, weil er, Semjon Schlechta, hier und heute diesen einen Gedanken vergessen hatte, im Schnaps ertränkt, nichts ging spurlos an einem vorüber, nichts. Gar nichts geht verloren, das einmal gedacht ist, nie. Im Übrigen fühlte er sich beobachtet. Anna stand da immer noch mit Juliane. Oder vielmehr: Nicht so sehr beobachtet fühlte er sich als beobachtend. Wie kleinmütig und niedrig. So etwas Unstatthaftes. Er schlug Lissi vor, sich ein wenig mit Getränken auszurüsten und nach dem Meer zu sehen. Lissi hakte sich ihm unter. »Zugegeben«, dachte er, »das fühlt sich gut an.«

Wirklich, Anna Neander, nunmehrige Anna Daus, war ganz eingenommen von der kleinen Juliane Aschberg. Jetzt, nachdem sie von Pütt Näheres erfahren hatte über die zarten, noch unscheinbaren Bande, die sich zwischen Semjon und ihr angeknüpft hatten – Pütt bestritt freilich, dass es damit eine Bewandtnis habe, und schüttelte energisch den Kopf, nicht ohne Stolz, dass er Semjon so viel besser kannte – und nachdem sie selbst im Gespräch mit ihr hatte erfahren können, was für ein kluges Mädchen sie war, brauchte sie auch keine Ermahnungen Onkel Albans mehr, Juliane mütterlich unter ihre Fittiche zu nehmen und Semjon zuzuführen. Darum hatte sie ihr auch ganz offen erklärt, dass Semjon Schlechta der Beste sei, den sie je gehabt habe, und überhaupt der Beste, den irgendeine Frau wünschen könne. Sie hatte das im Überschwang so dahingesagt – gleich darauf war sie erschrocken, wie aggressiv das klang! So als wollte sie hier ihre Sonderstellung behaupten. Aber Juliane Aschberg hatte nur besonders fein gelächelt und spitz nachgefragt, warum sie denn einen anderen geheiratet habe. Und da hatte Anna sie endgültig in ihr Herz geschlossen und versonnen erklärt, zum Heiraten tauge nicht der Beste immer: »Die Begeisterung für ihn entartet nur, wenn ich ihn immer habe, und wird zu schlimmer Leidenschaft.« Das war ihr wiederum so rausgerutscht, also fügte sie hinzu, sie habe übrigens gar keine Wahl gehabt, es handle sich um eine Art Zwangsheirat, aber sie sei sehr einverstanden mit dieser Wahl, auch wenn es nicht ihre gewesen sei, sondern ihre Schicksalsfäden derart gesponnen gewesen wären. Und da ihr eben Emil Eduard Daus ins Blickfeld geriet, holte sie ihn gleich heran, damit auch er diese famose Juliane Aschberg kennenlernen könne. Es stellte sich freilich heraus, dass ein Kennenlernen so obenhin schon erfolgt war, und sehr zu Annas Zufriedenheit entschuldigte Emil Eduard Daus sich, dass er sich von seinen Geschäftspartnern vorhin so sehr in Anspruch habe nehmen lassen, dass er ihr gegenüber vielleicht die Regeln der Höflichkeit nicht habe wahren können. »Ich bin ein Arschloch, aber herzlich«, sagte er. Juliane Aschberg sah auf seine Gürtelschnalle und lächelte spöttisch.

Da Semjon endlich nicht mehr die Bar besetzt hielt, konnte Juliane sich jetzt billig entschuldigen und dort abwarten, bis der Daus, dieser Schreckensmensch, fort war. Wie Anna einen solchen breitbeinigen Prahlhans auch nur bis zu ihrer Oberbekleidung vordringen lassen konnte, war ihr völlig unbegreiflich.

Anna nutzte die Gelegenheit, Emil ihr Entzücken über Juliane Aschberg zu bekennen. Emil Eduard Daus hörte mit pflichtgemäßer Teilnahme zu, aber als Anna sich zu Phantasiegebilden aufschwang, wie Semjon und Juliane die Wochenenden bei ihnen in Caputh am Schwielowsee verbringen sollten, unterbrach er sie: »Semjon würde wieder interessanter für dich, wenn er mit der Lütten da verpaart wäre, was?« Was für ein schöner Treffer! Um eine noch bessere Wirkung zu erzielen, ließ der Daus Anna stehen und begab sich irgendwohin – nein, einen geläufigen Kuss, schon im Gehen, hatte er noch übrig.

»Arschloch, aber herzlich«, dachte Anna, »aber wie hat er das wieder rausbekommen« Er hatte ja durchaus recht, und

Anna freute sich, als hätte sie sich unrechtmäßig in den Besitz von Nachbars Kirschen gebracht. Ganz recht, sie fand diese Geschichte mit Juliane furchtbar aufregend, und sie wusste auch genau warum: Semjons Inkognito war gefallen, durch Juliane. Sie hatte es ihm genommen! Ihre bloße Existenz beraubte Semjon seiner Absolutheit, nahm ihm die Unwägbarkeit, das Ungeheuerliche, dass er immerzu Semjon blieb, wie auch immer sie über ihn denken mochte. Stets war ihr Semjon bereits gegeben gewesen, immer er selbst, so wie er war, jetzt aber kam ein Anschein zutage und Bewegung ins Bild. Man konnte sich über ihn täuschen, nicht einfach Semjon war er mehr, sondern Semjon zwischen zwei Frauen, war nur relativ er selbst, je nachdem, was er tat und entschied, und schlicht nur darum, dass Juliane Aschberg da war. »Richtig, Emil, du großer Hans, das macht ihn wieder deutlich interessanter«, dachte Anna und legte Juliane, die noch darauf wartete, dass der Barkeeper sie wahrnähme, die Hand auf die Schulter.

Pütt indem befand sich in ernsten Schwierigkeiten. Seine Lage war unhaltbar geworden, das bestimmte ihn zum Handeln. Man hatte ihm eine Schwermetall-Hochzeit versprochen, und nun das: Smalltalk und Gedudel. Eine so abgewichste Hochzeit konnte nicht im Interesse Annas und des Daus' liegen. Allerdings war Karl von Kurtz nicht aus seiner bierseligen Ruhe zu bringen, ganz betrunken von so einer schlaffen Behaglichkeit war er. Da half es auch nichts, dass Elsa Laska sich auf Pütts Seite stellte und in Karl von Kurtz drang, Pütts grimmiger Bundesgenosse zu sein bei einer gewaltsamen Erhebung gegen das Regiment am Musikpult. Karl von Kurtz, die Augen klein und selig feucht, winkte nur ab. Bei solcher Gelegenheit konnte er bemerken, dass es ihm viel Spaß machte zu winken, und er reckte seine Arme hoch und winkte, bis er von der Bank fiel. Als er wieder saß, hatte er erst recht keine Lust zu kämpfen.

Einen ersten, man muss schon sagen: viel zu zaghaft vorgetragenen Alleinangriff Pütts auf das Musikpult hatte das Ancien Régime, das mit seinem Fiedidei das Fest lähmte und mit des Lebens Süße quälte, so dass es nicht gehörig ausschweifend werden konnte, mühelos und furchtbar abgeschlagen. Dann war auch noch Lissi vorübergekommen, eingehakt bei Semjon und mit diesem Gesichtsausdruck, der nach Pütts Originalerkenntnis besagte, dass sie sich jetzt furchtbar gerne ausziehen würde. Pütt eilte zu Emil Eduard Daus, es war jetzt Zeit für heruntergestimmte Gitarren, die durch Bassverstärker röhrten. Das musste der Daus einsehen, schließlich war er dafür verantwortlich, dass das Fest wie versprochen zu einem mörderischen Gelage ausartete. Er fand ihn und beschwerte sich bitterlich. Der Daus gab sich höchlich erstaunt über Pütts Aufführung, fand sein Anliegen aber durchaus gerechtfertigt. Interessiert schaute er zu, wie Pütt die Fäuste schüttelte, wartete noch ein wenig zu, als Pütt fertig war mit seinen Brandreden und schnaufend den Schiedsspruch erwartete, endlich entgegnete er: »Der bitterböse Blick des eifersüchtigen Kindes...« Pütt dachte: »Dieser Daus ist doch ein bloßer Sachverhalt!« – »Sag dem DJ, er soll verschwinden«, entschied der Daus, »und wenn er sein Geld will, möge er sich mal nützlich machen und ein paar Bierkisten an den Strand schleppen! Ist teuer genug, der Hampel.«

Mit solcher Botschaft kriegstüchtig gewaffnet, eilte Pütt inständig erhitzt wiederum zum Musikpult. Diesmal nahm er die Festung.

Das neue Régime kündigte sich der nichts Bösen gewärtigen Hochzeitsgesellschaft zunächst durch Stille an, weil Pütt, vom raschen Erfolg noch ganz überwältigt, seine Gerätschaft nicht so schnell abspielbereit hatte, auf welcher er alle Musik vorhielt, die ein Metaller wünschen konnte, und ohne die er niemals das Haus verließ – nicht einmal zum Bierholen an der

Spätverkaufsstelle gegenüber. Um diese dramatische Stille vergessen zu machen, entschied sich Pütt statt hypnotischer Gitarren für die rasende, doppelt getretene Basstrommel und zweistimmige Gitarrenläufe. Wie Hagel und heulender Sturm kam es auf die Gesellschaft nieder. Dann ging er zu rhythmus-orientierten Mid-Tempo-Stücken von äußerster Härte und infernalischem Gebrülle über, nahm einen Umweg über einige melodisch chaotische Stücke, die nur von einem atemlosen Stakkato zusammengehalten wurden, und gelangte endlich in ruhigeres, basslastiges Fahrwasser.

Der Erfolg dieser Sofortmaßnahme zur Rettung der Hochzeit war durchschlagend. Während Pütt hinter seinem Pult allerhand absonderliche Kopfstöße wider den unsichtbaren Bösen vollführte und zum Zeichen der Hörner geballten Fäuste um sich fliegen ließ, wich die übrige Gesellschaft unter der Prügel der Musik mit eingezogenen Köpfen in Richtung Wald und Meer. Emil Eduard Daus stand wie ein unbewegter Beweger auf den Stufen seines Hotels und beobachtete, wie der Nebel von Geschöpfen, der über der Wiese gelegen hatte, sich lichtete. Die Masse wich, nur Ausgewählte blieben. Er fand das höchst interessant und in befriedigender Weise gesetzmäßig. Auf einer Bank am Rande der Wiese, Pütt bei seinem Hochamt direkt zugewandt, saßen Elsa Laska und Karl von Kurtz, die beide verträumt ihre Köpfe im Takt bewegten. Inmitten der Wiese aber standen Anna und Juliane Aschberg und sprachen noch immer, als wäre sonst nichts. Geertje, süß wie Kandiszucker, streckte hinter Emil Eduard Daus ihr Näschen aus dem Haus und sagte: »Aha. Pütt.« Besagter Pütt spielte soeben einen Titel an, in welchem ein besonders wütender Sänger all seine besondere Wut zu einem markerschütternden Brüllen sublimierte – wie ein Blitz schlug das ein in Karl von Kurtz! Er zuckte und zappelte, als schüttelte das Dahinterliegende seinen Seelenapparat durch, dann hob es ihn auf die Beine, und er begann einen von-Kurtzischen Veitstanz. Er mochte dergleichen bei den nachmittäglichen Schlagerveranstaltungen am Treptower Spreeufer gesehen haben, wohin er gerne Sonntagsausflüge mit seiner Gemahlin unternahm. Dort tanzten Frauen in weiten Röcken und Männer in weiten Hemden, und wenn auch Karl von Kurtz ein äußerst knappes Hemd trug, das ihm vermittels seiner Leibesbiegungen eben durchaus hochrutschte und einen prallen, wohlgelittenen Bauch freilegte; solche Bewegungen konnte er sich nicht von Seinesgleichen abgesehen haben. Insbesondere zeigte er ein sehr intrikates Ausschwingen der Hüfte zu beiden Seiten, welches ihn so in Anspruch nahm, dass er die Zunge herausstrecken musste. Sein Blick aber war von entschiedener Härte. Heute wirst du es tun, heute hast du es getan.

Nein, ein solches Kammerspiel hatte Semjon Schlechta sicher nicht erwartet, als er mit Lissi aus den Büschen stolperte. Möglich, dass eine auf wilder Flucht in den Wald und bis ans Meer vordringende Hochzeitsgesellschaft die beiden nur gehindert hatte, angesichts der ewigen See ihre Kontemplation aufrecht zu erhalten – hingegossen die Sinne in die eigentümliche Ozeanik ihres Existierens; möglich auch, dass sie aus geheimem Winkel… nein, besser doch: aus vermeintlich geheimem, tatsächlich oder einer sehr realen Möglichkeit nach der Entdeckung preisgegebenen Winkel aufgestört worden, in welchem – es sei erlaubt, auch Vermutliches zu sagen – Lissi sich womöglich gut und gerne hatte anfassen lassen und am Ende gar ausziehen; in welchem Falle – sei er also gegeben – sich weiter fragen ließe, ob Semjon seine liebende Begeisterung habe entarten lassen zu sinnlicher Leidenschaft, streng gemäß seinem System und seiner Dialektik des Sparens und Vergeudens, welche demnach – so wird gefragt, nicht gesagt – in Vergeudung der Leidenschaft zwecks Aufsparens der Begeisterung also erschiene? Dergleichen ist ja nicht leicht zu entdecken und erfordert viel konzipierte Spekulation. Immerhin konnten derangierte Kleidungsstücke und Frisuren, was Lissi mehr betraf als Semjon, allem Möglichen geschuldet sein und nicht zuletzt dem Buschwerk, aus dem sie eben mit schönster Evidenz herauskrochen; insgleichen, wenn auch mit geringerer Wahrscheinlichkeit, die Moosflecke auf Lissis Kleid sich ebensogut einem Ausrutscher Lissis verdanken konnten wie – wohlunterschieden – einem Ausrutscher Semjons. Soviel immerhin darf als gesicherte Erkenntnis gelten, dass Semjon sich nicht vermutend gewesen, wie er so mit Lissi aus dem Busch fiel – und Lissi desgleichen nicht – dass er sich mitten auf der von aller Komparserie entleerten Bühne wiederfände – was ja nur als übler Bühnentrick nach dem Geschmack Onkel Albans aufzufassen war – umringt wie in einem Kammerspiel von eben der Handvoll Gestalten, um welche es zu tun war. Und nicht genug, stand er, indem Lissi sich noch kichernd auf ihn stützte, Auge in Auge mit Anna und Juliane zugleich! Lissi errötete stolz, klopfte sich das Kleid ab und zog es – recht demonstrativ, wie gesagt werden muss – um sich herum zurecht. Anna war bleich, in Julianes Gesicht zeigten sich kleine rote Flecken. Semjon aber trug erhabene Verzweiflung in seinen Zügen; Verzweiflung, welche sich – in gehobener Sprache, wie aber anders nicht zu bewerkstelligen – anfühlen mochte wie das Haben einer propositionalen Einstellung der Form: Dass alles Werden sein Ende gefunden – leer der Wille, das Herz ohne Sollen.

Von einem Standpunkt erhabener Verzweiflung aus, symptomatisch ein Infarkt jenes taktgebenden Organs im tüchtigen Leib des Denkens, das ohne Weile Lust und Wille, Norm durch alle Wege schwemmt, mochte das Geschehen, welches Emil Eduard Daus anstieß – nebenbei, wie in Gedankenstrichen, wie gesagt werden muss – nicht weiter ins Gewicht fallen: Er ließ Tische in den Wald tragen, aber er verteilte seine

Anordnungen hierzu mit solcher Gebärde an seine Mietlinge, als müsse es künftighin mindestens sprichwörtlich sein, Tische in den Wald zu tragen. Immerhin hielt sich im Wald die Mehrzahl der Leute auf, reichlich unberaten, was nun weiter, herrje, und da ergriff Emil Eduard Daus die Gelegenheit, es ihnen komfortabel zu machen. Was nun weiter? Und ein Belfagor wollte er sein, dass er ihnen nicht ließe Tische in den Wald tragen?

Indem also die Tische in den Wald getragen wurden, erschienen aus den Wäldern wieder die beiden Investoren, seien sie gekennzeichnet durch die Ausdrücke Junior-Partner und Senior-Partner. Der Senior war nicht überzeugt, dass er die richtige Richtung eingeschlagen hatte, mochte aber nach der Maxime des Kirchenvaters handeln, so lautet: Wer weiß denn genau, ob er von etwas überzeugt ist oder nicht? Der andere gehörte zu jenen jungen Leuten, über die der Kirchenvater, aber ein anderer, sagt: Sie würden überall durch ihr Äußeres auffallen, sogar beim Jüngsten Gericht, wenn die gesamte Menschheit versammelt sein wird. Sein Gesicht war rein dazu geschaffen, jedermann ein Gefallen einzugeben, und seine Krawatte war lila. Sein Nadelstreifen saß perfekt, doch unwillkürliche Bewegungen verrieten, dass dieses Herrchen nicht im Nadelstreifen zur Welt gekommen war, sondern sich im Kampf darum ausgezeichnet hatte, weshalb sich seine Natur nun an dem Stöffchen rieb. Indessen die willkürlichen Bewegungen verrieten, dass dem Menschen die Musik gefiel. Vielleicht, dass das Bengelchen es für klugen Rat hielt, seine Vorurteilslosigkeit in Sachen der Kultur zu dokumentieren, dem Daus gegenüber, dem Senior oder sonst. Andererseits sagt der Kirchenvater – ein Dritter: Denn das Erschauern ist immer und überall in der Welt vorhanden und es lauert in jedem Menschenherz. Also mochte er, gleichviel, auch bloß das Erschauern bekommen haben. Jedenfalls: Nachdem er einige tänzerische Bewegungen angedeutet hatte, die jedermanns Gefallen erregen mussten, nicht aber dasjenige Karls von Kurtz, trat dieser Junior statt an Karl von Kurtz, den knurrigen Irrwisch, an Semjon Schlechta heran, der ihm im Übrigen auch gebildeter erschien, und begann mit ihm eine Unterhaltung, wie sie jedermann nur gefallen konnte, so er nur überhaupt aufzuschließen war einer gebildeten Unterhaltung.

Um gegen Pütts Inferno bestehen zu können, reckte er sich Semjons Ohr entgegen und rief aus Leibeskräften, die aber aus seiner Begeisterung für den Gegenstand herrührten und darum seinen gewinnenden Gesichtsausdruck kaum beeinträchtigten: »Das mit den entarteten Leidenschaften hat mir gefallen!« – »Ja«, sagte Semjon und sah woandershin. – »Na, und um welche Leidenschaften ging es da nochmal? Ich interessiere mich dafür…« – »Vier«, sagte Semjon. Mit Wut gepaart, stand ihm die erhabene Verzweiflung gleich nochmal so gut, das stellten unabhängig voneinander Anna, Juliane und Karl von Kurtz fest. – »Hochmut, Völlerei und so. Mir persönlich am wichtigsten: Trägheit. Trägheit gehört verboten, sage ich.« Semjon atmete tief durch, seufzte ergeben und sagte – so leise freilich, wie es für Unterrichtungen in der Weisheit geziemend war: »Das sind Laster. Interessiert mich nicht. Laster sind erfunden worden als Scheinrechtfertigung dafür, dass man fast alle Menschen hassenswert findet. Wovon die Rede war: Begeisterung. Begeisterung tritt in vier Formen auf: In Dichtung, Mystik, Prophetie und Liebe. Man erleidet sie. Erleidet man sie nicht, sucht man sie als Leidenschaft nachzuahmen. Leidenschaft entartet und hassenswerte Menschen nerven uns mit schmeichelnder Musik, mit Aberglauben, Wissenschaft und Sinnenlust.«

Der Junior-Partner war über diesen Aufschluss, obwohl er nur einzelne Worte in dem Lärm aufschnappen konnte, sehr angetan. Er nickte intelligent, dann fiel ihm ein: »Genau.

Schmeichelnde Musik. Sehr gut.« Sein Zeigefinger zuckte ekstatisch – ein Zeichen, dass der Junior im Umkehrschluss nichtschmeichelnde Musik für bewunderungswürdig erkannt hatte. Pütt war wieder zum grollenden Gerammel des Doppelbasses übergegangen.

»Emil Eduard Daus«, brüllte Semjon – selbst Lissi wich einen Schritt zurück, »schaff diesen Penner hier weg! Scheiß Nebenfiguren!«

»Und?« Anna kam an die zurückweichende Lissi herangetänzelt. Sie wies auf Semjon: »Fasst er sich gut an?« Lissi pfefferte ihr eine Ohrfeige, bereute ihre Übereilung und verkündete: »Nicht so gut wie Emil.« Anna quittierte mit einem bösen Lachen, auf ihrer Wange zeichneten sich fünf feurige Finger ab. Semjon sagte: »Schade, ich hatte mir vorgestellt, dass Lissi mit so einer Beflissenheit zu Werke geht, mit so einem… beider-Sache-Sein! Pustekuchen.« Lissi schnappte nach Luft. »Scheiße was«, sagte Anna, bei dir wäre das gleich wieder für ewig gewesen!« – »Beflissenheit«, sagte sie, »pfft.«

Unterdessen zerbiss der Junior-Partner Worte. Fortgehen wollte er nicht, nicht so. Karl von Kurtz, der mit eingestülpten Lippen und abgespreizten Armen sehr wie eine Marionette herangetanzt kam, überraschte mit einer Lagebeurteilung: »Hier rast der giftige Zahn.« Nachdem das gesagt war, wich er um drei gefühlvolle Sprünge zurück und umkreiste die Gruppe, wobei er von Zeit zu Zeit Tfu-Rufe ausstieß. Es herrschte nun Ratlosigkeit, wie man wieder auseinanderkäme. Der Junior-Partner, ob er gleich immer noch Worte zerbiss, sah flehentlich abwechselnd auf den Senior-Partner und Emil Eduard Daus, der aber keine Anstalten unternahm, von seinem Posten auf der Treppe herabzusteigen. Jetzt setzte er sich sogar hin. Allerhand, doch was nicht alles kann ein Anlass sein und Folgen wirken, welche wohlbegründet scheinen: Als der Daus sich auf die Treppe setzte, trabte Semjon Schlechta los und setzte sich dazu. Wer wollte da dem Augenschein von Folglichkeit misstrauen! –»Widerliche Type«, sagte Semjon. Emil nickte.»Keine Frage.«

»Gassensteher!«

»Hat der Esel im Galopp verloren.«

»Die Art wird jetzt groß angebaut, in Monokultur: Angenehme Herrchen. Lila oder Gelb.«

»Sämerei und Anzucht im Fernsehen. Verdrängt den Wildwuchs bürgerlicher Zuchtversuche. Hochachtung.«

»Das Schauspiel dieser Massenzuchtelite ist schon wegen der ästhetischen Zumutlichkeit ein Grund, das Theater zu verlassen.«

»Dumm, brutal, verfügbar, kitschig. Was Fernsehen aus den Menschen macht.« Emil Eduard Daus steckte sich umständlich ein Zigarillo an. »Ist noch gar nicht mal so übel, was das Fernsehen mit der Unterschicht anstellt. Wird ruhiggestellt mit Frauenfernsehen, Klatsch und Tratsch, Intrige, Amoral, da kommt man auf politisch nicht so unruhige Ideen. Dressur zum Waschweib, aber meinetwegen.« Emil Eduard Daus sog gedankenschwer an seinem Zigarillo und zeigte auf den Junior-Partner: »Aber das da ist verheerend. Es macht die Oberschicht gleich mit kaputt. Das ist Elite, die du in der Pfeife rauchen kannst. Macht nicht mal Spaß, die Nasen übern Tisch zu ziehen. Ich könnte Elsa Laska auf sie von der Kette lassen, würde mir nicht schaden. Diese Typen sind so wässrig – wenn sie faulen, spendet man sie dem Gemeinwohl… wie Gewächshausobst.«

Semjon sah ihn von der Seite an, schüttelte den Kopf. »Diese gewohnheitsmäßige Vortrefflichkeit, dabei sittlich so irrational… wie machst du das, Emil Eduard Daus? Du siehst mich ohne Glauben.«

Emil Eduard Daus grinste und rieb sich das Kinn, sowas nahm er als Ovation. Aber Semjon Schlechta wollte mit

Verstand zu ihm sprechen. Der Daus schien ihm so gesonnen im Moment. Also sagte er – und imitierte, wie Emil Eduard Daus mit betontem Unernst seine apodiktischen Urteile in die Welt entließ: »Ganz recht. Du bist ja Pessimist, wenn du nur willst! Und Pessimisten haben recht. All die gescholtenen, geprügelten Pessimisten, die vom Ende der Zivilisation gesprochen haben, sie hatten recht. Sie hatten recht, als sie die Zeitungen fürchteten, das Radio, Fernsehen. Sie hatten recht, als es ums Privatfernsehen ging, Spiele, das Netz. Sie hatten recht. Der Tag danach ist immer Alltag, das setzt den Pessimisten ins Unrecht: Siehst du? Nix passiert, hält man ihm entgegen. Die Welt besteht! Aber wie weit sind wir gekommen! Wir bräuchten einen Mann des neuzehnten Jahrhunderts, um den Verfall zu bestimmen. Uns fehlen längst die Worte, um uns zu erkennen. Die Kinder deiner Kinder werden nicht mehr schreiben können, und sie werden denken: Gut so!« –

Es muss gesagt werden, dass Semjons Nachahmung nicht sehr gut gelang. Wo Emil Eduard Daus keinen Deut von seiner Botschaft abließ und es verstand, den vermeintlichen Unernst rein eine Qualität seiner Persönlichkeit anzeigen zu lassen, zeugten Semjons Gesten wider seine Rede, und seine Rede bezeugte einen Menschen, der witzlos eins mit sich war. So immerhin empfand Semjon Schlechta. Er bedauerte schon, dass er sich wieder hatte hinreißen lassen, verführen. Emil Eduard Daus sagte: »Die Tiraden der Schwarzseher haben mich immer schon angekotzt.«

»Und glaubst du nicht, dass Anna mal was Anderes von dir verlangt als immer nur das Eklatante, Unerwartete?« Semjon fuhr auf: »Warum Anna? Warum Ehe?«

Emil Eduard Daus verfolgte diesen Ausbruch unbewegt. Nur einen gewissen süßlichen Ausdruck erlaubte er sich, indem er sich zur Antwort sammelte: »Ich weiß nicht, worüber ich mich mehr ärgern sollte – über die Niedertracht dieser

Frage – oder über deine Dummheit.« Und mit Genuss fügte er noch hinzu: »Siehst du, ich habe ein waches moralisches Empfinden.« – »Nicht die Frage ist infam, sie fragt nach Infamie…« Semjon hätte jetzt noch mehr zu sagen gewusst, sah aber, dass Anna langsam, zögerlich herankam, Sorge im Gesicht. – »Sorge«, dachte er, »zum Kotzen.« Er hob den Kopf. Gerade jetzt, in diesem Augenblick, nach dem, was vorher war, vor dem, was später kam, war es Semjon Schlechta, als müsse er dringend der Musik lauschen, nein, als müsse er seinen Kopf hineinheben in einen Strom von Musik, der über ihn hin gurgelte. – »Semjon?« Er hörte Anna nicht. – »Semjon?« – »Hmm«, sagte Emil Eduard Daus und streckte ebenfalls den Kopf hoch, »was bleibt, ist nur der Mann, der taub im Lärmgewitter hoch den Kopf hebt, Schmerz in melancholisch süßen Tönen lobt, Gedanken zum Gesang missbraucht, zur Schönheit mitten Energie und Stampfen…hmm.«

Emil Eduard Daus machte sein verschmitztestes Gesicht – erkaltete aber schnell: »Du fragst, warum? Frag lieber, was! Du suchst nach dem Dahinterliegenden. Mach die Augen auf, dann siehst du das, was da ist. Alles, was dahinterliegt, ist einfach Wille. Meiner.« Er erhob sich. Es war getan, er konnte gehen. Eigentlich wäre es nicht nötig gewesen, noch etwas hinzuzufügen, der Streich, den er getan hatte, war mitleidlos, aber umso schärfer und sauberer erfolgt. Dennoch sagte er im Gehen, es war ein Singsang: »Das ist der Liebe Verknotigung, ich lass den Rock ihr, sie lässt mir den Hut.«

Den Platz neben Semjon nahm Anna ein. Sie war schlecht im Eröffnen, tastete sich vor: »Er hat ne Kodderschnauze. Zugegeben. Pfeifen im Wald.« Und noch vorsichtiger, sie erwartete tatsächlich jenes vernichtende, trockene Räuspern Semjons, durch welches er anzeigte, dass ihm eine verletzende Antwort noch eben im Halse steckengeblieben war: »Eigentlich ist er voller Bewunderung, Bereitschaft, Glauben.« Kein

Räuspern, eine Antwort, Anna war erleichtert. »Eigentlich, eigentlich«, murrte Semjon, »ich dachte, dem Dahinterliegenden lauf ich alleine nach! Beim Daus vergeht es mir.« Er machte eine Pause, rang die Hände, malte sehr geheime Zeichen in die Luft, uneins, ob er sprechen sollte. »Dabei hat er fast immer recht, zumindest bis er sich ins Unrecht setzt, sieht scharf und nennt die Dinge – nur dieser feige Anarchismus, wenn das Wort auch gelten soll, tanzt Kuckuckspolka, einen Schwerttanz, und am Ende speit er Gift, nur weil es stark frappiert! Ich frage mich: Wo bleibt die Scheu, wo Liebe, wo die – sei es auch nur spröde Glückserwartung?« – »Das alles ist dahinter. Semjon, siehst du nicht? Wenn Emil… Emil Daus uns etwas sagt, dann hat das nichts Gemeinschaftliches, kein und-jetzt-kommst-Du! Es ist noch nicht mal Sprache, nur der einsame Versuch, etwas zu schaffen. Nein, er meldet etwas an, das Andere in ihm, er zeigt es nicht, weist es nicht aus, er meldet es wie Feuer bei der Feuerwehr – und meidet alles, was ihn dem Verdacht aussetzt, er wüsste auch, was Feuer ist! Ich höre nur auf das, was er schon auslässt. Was er auslässt, lässt er gelten. Und auch das ist Sprechen.«

Semjon, um nichts auszulassen, sah sie an: »So also willst du leben? Als Feuerwehr, die einen Soziopathen abspritzt und sein Denken aus den Wasserlachen liest?« – »Das ist doch nichts, ach Semjon, Kleinigkeit, so heißgelaufne Soziopathen duschen!« Anna schüttelte sich, sie schüttete sich aus vor Lachen: »Wenn das schon alles wäre, dass ich mädchenhaft vor Mäusen mich ergrauste! Gott, es geht doch ums Projekt.« Semjon zweifelte und wollte nicht erst wissen, was das heiße: Ein Projekt. – »Die Ehe! Das Projekt!« Und Anna konnte nicht begreifen, was da unklar war. »Es geht um Ehe, nichts als Ehe, kein Dahinter, kein und-sonst-noch. Schon ein bloßes und-sonst-nichts ist schon zu viel gesagt. Nur Ehe. Als Projekt. Wir machen das? Wir machen das. Und abgemacht.« – »Aber siehst du das denn wirklich nicht? Der Daus dreht alles um, wenn er verschmäht, was doch dahinterliegt – dann sieht er doch nicht auf die Existenz – auf deine Existenz – er sieht auf eine Formel, den gemachten Inbegriff für das, was eigentlich dahinterliegt – aufs Vorgeschobene! Das ist nicht das Gegebene, das ist gemachtes Ich und Du. Gegeben ist allein die Existenz, hinter allem Anschein ist sie aufgegeben, liegt zutage, um erkannt zu sein. Du lässt dir dein Inkognito aufzwingen, nenn es ein Projekt, von mir aus…«

Beide schwiegen, wechselten nur flüchtig Blicke, ungut. Zu ihrem Unglück hatte Pütt hinter seinem Musikpult unermüdlich darauf hingewirkt, dass er als vollständig bekifft gelten konnte, und nun wählte er Musik, die ihn auf dem Rücken wiegte und ihm bunte Farben zeigte. So war es mehr Weichheit als Erbitterung, als Semjon sagte: »Das ist eine Scheißrolle, die ich hier spiele.« Und es war mehr Weichheit als Erbitterung, als Anna erwiderte: »Ja.« Und fast wie Schäkerei, wie süßer Übermut hörte sich das an, was Semjon Anna vorzuhalten wusste: »Du bist aber auch beschissen als Rollenbeschließerin. Trägst den schmierigen Schlüssel unter säuberlichen geweißtem Brusttuch.« Und Anna, auch nicht angefroren, sagte wieder: »Ja.« – und nestelte was an der Brust. Erbitterung? »Ich dachte halt mal – gar nicht lange her – dass nur die Hauptdarsteller wechselten; nicht dass es immer nur derselbe wäre; dachte, dass es um die Pfarrer geht, die kommen, predigen und gehen, und vergaß die Pfarre, wo die Pfarrwitwe sich konserviert.« – »Was?« Semjon fing eine auf ihn niedergehende Ohrfeige glücklich mit dem Unterarm ab. »Komm, das wirst du ja wohl mal aushalten«, rief er, duckte sich lachend, »was soll ich denn sagen: Ich dachte, habe dich verloren, zwar; gleichwohl – ich hatte dich! Und das war falsch, ich war nur die Verirrung. Das erfahre ich mal so…« – »… und ist ein Schwachsinn, den ich gar nicht fassen kann! Ich war dir immer ungeteilt und du mir alles – und was Verirrung und was das Wahre…« Lange Pause, jetzt rang Anna die Hände, suchte nach dem Ausdruck im Auszudrückenden, denn heute hast du es getan, heute… – »Um der Frage zu entkommen«, sagte sie, stammelte, »das Dilemma – bei den Hörnern!« Und beherzt ergriff sie zwei gedachte Hörner, rang mit ihnen. Semjon freilich hielt es für ein Lenkrad, das sie hin und her riss. Heute wirst du…: »Nur dein Lächeln«, sagte Semjon, abgekämpft, und sah sie an, »weißt du, dass das Neugier ist? In deinem Lächeln? Das, was all die dicken Brummer anzieht, die aufs Licht zusteuern, hin und her?« – »Ob ich meine Neugier kenne? Bin ich nicht ein Mensch, dass Menschen, andersartig, zart und schön von mir verschieden, mir die Neugier nicht aufweckten? Semjon! Nur, ich dachte: Neugier langt notwendig nach der Form: Beziehung. Hin und her, Quatsch, Irrtum. Nun, in all dem Hin und Her lief Emil so am Rande mit – nur nicht bei uns, das musst du glauben – und weil er nicht fragte, wer ich sei, und auch nicht, wer ich sein sollte, kam ich mir da immer rein und ganz vor, unbespiegelt, musste mich in seinen Augen niemals selbst ansehen, weil sie stumpf sind. Also dachte ich: Die Form wird vorgegeben: Ehe. Und die Neugier kann flottieren, kann, das dachte ich, dann immer wieder auf ins Unbekannte, auf zu dir, bekenne ich, auch das, gerade das. Quatsch, Irrtum. Jetzt, in diesem Augenblick, jetzt sehe ich: Es gibt kein Sonst, er bleibt nur Ehe, daraus muss ich jetzt was machen.« Und eilig fügte sie hinzu, fast ängstlich: »Aber das ist gut, versteh mich!«

Semjon nickte und verstand. »Nein, Scheiße«, sagte Anna, »nein, hör mir zu, er hat gesagt, mein Mann – O Gott – er sagt: Dass Leute, um die Vierzig, die noch Kinder kriegen, lächerlich, abscheulich, rein zum Spucken seien; und er sagt: Doch Leute über Vierzig ohne Kinder, die um nichts als um sich selber kreisen, aller Pflichten ledig, doch das Ego reizbar, schlaff, zur Blutung neigend wie die übernutzte Schließmuskulatur, so unbeschreiblich widerlich und furchteinflößend seien, dass die wilde Flucht vor ihnen allerschönste Ratio wird. Ja, ja, sag nichts, wir beide lachen, fluchen, was weiß ich. Nur, Semjon, wenn er recht hat? Davor hab´ ich Angst.«

»Ich weiß, o Semjon«, sagte Anna, drang in ihn, dass er verstehe, »dass es furchtbar öde wird und einsam, Mühsal, rein zum Schreien; weiß, dass ich mein Leben lang ein großes Hätte denken werde. Aber es ist richtig. Was nicht haben wir gelacht, wie biederlich es Karl und Elsa halten, und laufen ihnen nach, gekränkt, dass sie mit ihrem Kind schon wieder vorne sind. Doch ist es richtig. Kinder und die Pflicht, sie Glück zu lehren, sie das Glück erschauen lassen, für das sie ebenso zu klein sein werden wie schon ich und…« Anna schluchzte, brach in Tränen aus und warf sich bitterlich an Semjons Hals.

»Leben am angegebenen Ort«, sagte Emil Eduard Daus, der hinter sie getreten war, »angesehen und stumpfsinnig leben.« Er nahm einen großen Schluck Whiskey. »Glück im Winkel, Semjon, gib es zu, du würdest eher von der Brücke springen!«
–

»Leben am angegebenen Ort«, sagte Semjon Schlechta zu Karl von Kurtz. Sie saßen am Strand, Karl schwieg wohltuend. Er war wieder nüchterner, seit er mit Juliane Aschberg und den Kindern von Frieda Daus im kalten Meer gebadet und die drei mit zackigen Kunststücken entzückt hatte. Je mehr die Sonne sich neigte, waren immer mehr Leute aus dem Wald bis an den Strand vorgedrungen, der jetzt stark bevölkert war und mit seinen wandernden, wachsenden und wieder sich vermindernden Grüppchen im Abendlicht wie ein Kaleidoskop anzusehen war. Selbst einige Tische waren bis hierher getragen worden. Fernher und gedämpft durch den Wald dröhnte die Musik.

Pütt gleichwohl fiel aus dem Wald und die Böschung zum Strand hinunter, rappelte sich hoch und schleppte sich zu Karl und Semjon. Er zeigte hinter sich, in Richtung des Waldes, auf die Musik: »Hab´ was programmiert. Jetzt hab´ ich Zeit.« Mit einem Schnaufen ließ er sich nieder, in seiner Jacke klimperten Bierflaschen.

»Und ich dachte, man bräuchte ein System«, sagte Semjon, »allgemeine, grundsätzliche Verachtung jedermanns« – er sprach verächtlich – »mit ein paar Ausnahmen von bedingungsloser Liebe. Die Menschen sollst du lieben, die schon da sind, keine neuen suchen, alle anderen verachten. Niemand störe deine Kreise, niemals darf man sie betreten, immer schon betreten haben.« Er schüttelte den Kopf. »Gut, nicht?«, fragte er und stieß Karl von Kurtz den Finger auf die Nasenspitze, »eine anspruchsvolle Lehre, nicht? Das nenn´ ich paradox, so ein regulatives Prinzip, nicht wahr? Frappierend. Gleich bohrt es sich in den Verstand, denn nichts meint er so glatt zu verstehen wie das Paradoxe.« Er schüttelte den Kopf, drehte sich zu Pütt und betrachtete nun seine Nase: »Hüte die Begeisterungen, anderes verschwende. Sparen und Vergeuden, Dialektik der Verschwendung!« – »Philosophie der Liebe und Verachtung?« Semjon warf sein leeres Bier fort. »Leben am angegebenen Ort. So einfach.« Pütt kramte drei volle, kalte Bierflaschen aus seinen Innentaschen und baute sie im Sand auf. Semjon dankte. »Stell dir vor, Karl, ich wäre zufällig nicht hergekommen! Ich wüsste gar nicht, was für ein verflixter Musterschüler Emil ist. Besser als sein Lehrer. Überholen ohne einzuholen.« – »Der Typ ist doch ein Sachverhalt«, krähte Pütt. Semjon und Karl musterten ihn stirnrunzelnd. Pütt schluckte irritiert und sammelte sich aus der Zerstreuung. »Na, der Daus ist immer sehr ironisch«, sagte er, »und er ist vulgär. Was ist denn da der Sachverhalt?« Pütt dachte nach, verlor den Faden, fand ihn wieder und erklärte den Sachverhalt: »Er verstellt sich nicht, er zeigt es, das Vulgäre, das macht die Ironie. Aber wenn es Ironie ist, dann verbirgt sie was. Und was? Klar, das Vulgäre! Im Vulgären. Darin, dass es nicht verborgen ist. Das kürzt sich alles raus!« Pütt triumphierte über den Gedanken, er hatte ihn am Boden: »Das kürzt sich alles raus, vulgär, ironisch, und was bleibt? Ein leerer Sachverhalt. Der Daus!«

»Karl?«

»Hmm.«

»Hast du außer mir noch jemandem vom Verrauschen der Zeichen im Zeichen erzählt?«

»Pütt.«

»Damit hat es eine Bewandtnis«, sagte Pütt und leerte eilig sein Bier.

»Anna hat recht. Scheiß Selbstverwirklichung. Das ist nur immer leer sich wiederholende Verweigerung, zu sagen: Na, das bin ich, nicht zu ändern... O doch! O nein! Viel mehr, ganz anders, weiter! Ich bin ein einziges Geheimnis, schreit der Homo novus… Das ist doch Ausschweifung…«

»Nein, Schiss!«

»Nein, was?«

»… Ausschweifung ins Anderssein. Die ungehemmte Selbstverwirklichung ist Ich-Verweigerung. Anna macht es richtig, sagt: Das bin ich – und gibt die Gewähr.«

»Aber Emil.«

»Mir.«

»Elsa sagt zu Karl: Das bist du – und gibt ihm die Gewähr! Hähä.« – »Genau«, sagte Karl von Kurtz und fuchtelte mit dem Zeigefinger in furchtbarer Präzision, »genau! So geht das nämlich, Semjon! So.«

»Ich bin Elsa«, murmelte Karl von Kurtz, »genau.«

»Du bist Papa.« – Karl sprang auf. »Du bist fast Vierzig, Pütt! Ich habe dir gesagt, du sollst dich so benehmen. Klar? Ja?

Ist das klar?« – Auch Pütt sprang auf: »Auf die Fresse, Karl von Kurtz, auf die Fresse!«

Semjon ließ mit Nachsicht die Pastoren sich beruhigen. Er war noch nicht fertig, immer noch nicht: »Ein fremdes Ich, ein Nicht-Ich spintisieren – um es anzubeten und als künftig Siegreiches Kredite auf den Willen aufnehmen zu lassen. Widerlich.«

»So widerlich!« Pütt nickte. Vor ihnen neckte Lissi den Junior mit seiner lila Krawatte.

»Selbstverwirklichung«, sagte Karl von Kurtz, »das sind so Machenschaften. Wie der Zufall. Wusste ich schon immer.«

Semjon dachte: »Anna wählt nicht nur, sie wählt auch ab aus Liebe. Sie verstößt, um zu erhören, und ist paradox in ihren Taten, wo ich es im Denken bin: Ich leiste ihr Gewähr für mich, indem ich nichts bewähre.«

Er sagte: »Gut, das ist gelaufen.«

»Da läuft was ganz anderes«, nölte Pütt.

»Herr seines Schicksals, frei zu sein«, dachte Semjon und erhob sich, »was ist das anderes als Angst und Abstehen davon, sich Gewährsmann seiner selbst zu sein.« Er klopfte sich den Sand aus den Hosen.

»Scheißpastorenleben«, sagte Pütt.

»Wenigstens können wir jetzt zu Onkel Alban gehen: Schreib auf, du Schwein von einem Kirchenvater. Schreib deine Pastorenleben.«

»Ja, der kann jetzt loslegen. Heute hast du es getan, heute wirst du es tun.«

»Der wandeligen Dinge Wandelwesen.«

»Selbstmordbleiche Wangen.«

»All das Nicht-Geheure, Ungemäße.«

»Selbstschau, grabend.«

»Und Juliane?«

»Scheiße.«

»Und Juliane?«

»Ja doch! Scheiße, ja! Und wenn sie …«

»Du musst halt Gewähr...«

»Und ihr, nicht dir!«

»Und wenn sie nicht – das wird sie nicht...«

»Doch, doch.«

»Das wird.«

»Und sag ihm, er soll keine Scheiße schreiben. Er soll schreiben, dass du nur der Bass bist, Bass, auf dem der liebe Gott im Himmel spielt, so lange, dicke Saiten, Mann, was meinst du, wie das bummst, wenn er den Slap schlägt: Böooou… Schwermetall. Bloß keine Scheiße.«

»Pütt, ach, Pütt.«